CIESSE
Edizioni

Dallo stesso Autore de "Il vampiro di Munch"

Alessandro Maurizi

L'ULTIMA INDAGINE

ISBN **978-88-6660-318-4**

Giallo

L'ULTIMA INDAGINE
Autore: **Alessandro Maurizi**
II Edizione

© **CIESSE Edizioni**

www.ciessedizioni.it
info@ciessedizioni.it - ciessedizioni@pec.it

I Edizione: **gennaio 2015** | II Edizione: **giugno 2019**

Impostazione grafica e progetto copertina: © **CIESSE Edizioni**

Immagine di copertina: **Simona Fornari**

Collana: **BLACK & YELLOW**
Editing a cura di: **Pia Barletta**
Editore e direttore editoriale: **Carlo Santi**

PROPRIETÀ LETTERARIA RISERVATA

A Flavia ed Eva,
scolpite nell'anima

"Scoppiò quindi una guerra nel cielo: Michele e i suoi angeli combattevano contro il drago.

Il drago combatteva insieme con i suoi angeli, ma non prevalsero e non ci fu più posto per essi in cielo."

(Apocalisse 12, 7)

Prologo

Così è il nero.

Nera la notte. Nera la morte. Nera la paura. La peste nera. Nero è il pericolo che ci sovrasta.

È nero il mistero. Il malvagio è nero. Nero è il lutto. Il sogno è nero.

Così è il bianco.

Il candore è bianco. L'innocenza è bianca. La neve è bianca. Le illusioni sono bianche. Bianche le nuvole. L'abito della sposa. Bianco è il colore dell'innocenza. Il sogno, a volte, è bianco.

Il male è colorato di nero.

Il male è raccontato con storie nere. Il male è il mare nero della vita. Male, monocromia di nero.

Il bene è colorato di bianco.

La giustizia ha bianca la benda sugli occhi. Il bene è il mare aperto della vita. Bene, monocromia di bianco.

L'ombra sfiora il nero.

L'ombra nasconde il pericolo. L'ombra cela la colpa. L'ombra, a volte, protegge anche il bene.

La luce si immerge nel bianco. La luce non nasconde pericoli. La luce non consente il peccato. La luce, a volte, lascia indifesi davanti al male.

Ma tra la luce e le tenebre il passo è breve.

1

I platani tentavano di germogliare sfidando lo smog, per affermare il loro diritto all'esistenza. Stormi di gabbiani sorvolavano il Tevere e planavano sul filo dell'acqua alla ricerca di nuove prede che cercavano scampo sprofondando in un fiume maleodorante.

Tra vicoli e incroci le automobili sfrecciavano con disinvoltura nel traffico infernale di Roma.

La città!

Immergersi nel caos dei veicoli, nel frastuono e nello smog, confondersi tra milioni di persone fino a divenire un'entità astratta, a molti può dare giovamento e conforto.

A Marco Alfieri no, a lui tutto questo non piaceva.

Di Roma, lui amava la bellezza dei millenari e imponenti monumenti e i fasti di un passato glorioso.

Quando poteva passeggiava per i Fori Imperiali, chiudeva gli occhi e ripensava ai grandi imperatori. Girava per i mercati di Traiano, un centro commerciale di Roma antica, dove gli sembrava di udire ancora il vociare dei bambini e delle donne intente a scegliere i prodotti come moderne casalinghe.

Immaginava i lamenti dei cavalli e dei buoi che a fatica trainavano le merci, le bancarelle di legno sistemate in fila con i commercianti a richiamare l'attenzione dei clienti.

Quel giorno un vento tiepido e umido soffiava dal mare. Nelle strade affollate un frenetico scalpiccio scandiva lo scorrere del tempo. Alfieri procedeva spedito.

Il ministero lo aveva trasferito da Milano a Roma e tutto sommato poteva ritenersi soddisfatto. Avrebbe iniziato una nuova vita, altre facce, altri colleghi.

Guardò il cielo avvolto da una nebbia grigia e inveì contro quell'atmosfera ovattata.

Camminò sul bordo della strada e con la mente passò in rassegna ogni dettaglio del trasferimento. Di lì a poco avrebbe conosciuto le nuove mansioni a cui sarebbe stato assegnato.

Per la centesima volta rilesse la lettera nella parte che più gli interessava: "Assegnato alla Questura di Roma".

Era ansioso di conoscere in quale ufficio avrebbe continuato a svolgere il suo lavoro. Ma non si faceva troppe illusioni, anche se avrebbe preferito la polizia giudiziaria. Con appena dodici anni di esperienza, in una metropoli come Roma e senza un santo in paradiso non poteva evitare la vigilanza armata dei punti nevralgici della città. Era lo spauracchio di tutti i poliziotti, il servizio che ogni sbirro tentava di evitare: rimanere inchiodato per ore di fronte alle ambasciate, allo Stato del Vaticano, alle compagnie aeree o ai palazzi istituzionali. Giorno e notte a osservare le mura, le porte, i cancelli, le strade e i vicoli.

Alfieri scacciò via questi pensieri, in quel momento voleva solo godersi il trasferimento, assaporare il fluire di una nuova vita.

Un clacson lo distrasse, si guardò intorno e si rese conto di essere arrivato a piazzale Flaminio, da lì avrebbe preso la metropolitana. Affrettò il passo ed entrò nel tunnel che portava ai treni. Passò davanti a un mendicante, gli lanciò una moneta nel cappello mentre poco distante una madre chiamò la sua bambina.

«Nicole, Nicole, non ti allontanare» disse.

Lui si girò di scatto, gli fece male sentire quel nome.

Scacciò il ricordo e continuò a camminare, percorse un lungo corridoio, oltrepassò la barriera per la vidimazione dei biglietti e si mise ad aspettare il treno che arrivò preceduto da un feroce frastuono. Salì e dopo tre fermate si ritrovò a piazza della Repubblica.

La nebbia era quasi scomparsa e un tiepido sole iniziava a fare capolino dietro un banco frastagliato di nubi.

Entrò in un bar, ordinò un caffè e lo bevve amaro, come al solito, soffermando lo sguardo sui bordi dei polsini della camicia dove un alone nero spiccava sul bianco. Lo smog aveva già iniziato la sua opera. Una decina di minuti e si trovò davanti alla questura, un palazzo costruito verso la fine dell'Ottocento, con grandi portali d'ingresso.

Le autovetture di colore azzurro-bianco con la scritta polizia avevano preso il posto delle carrozze e dei cavalli, mentre i corridoi e le stanze, un tempo abitate da conti e marchesi, erano ora un turbinio di divise. Si diresse verso l'ufficio del personale al terzo piano, come indicava un cartello. Prese l'ascensore e subito si ritrovò in un lungo corridoio. Le pareti trasudavano umidità dietro la carta da parati e sul soffitto macchie nere coprivano quella che una volta era stata una pittura murale.

Quel palazzo emanava un grigiore che contrastava con la magnificenza della facciata.

Seguì le indicazioni, girò un angolo e proseguì oltre una vetrata.

11

2

La Charleston dell'84 di Alfieri macinava chilometri sulla statale Cassia in direzione di Roma.

Si sentiva orgoglioso di quell'auto, la considerava una sua creatura, non solo un mezzo per spostarsi. Si era pure documentato sulla nascita della *lumaca di latta*. Era stato Pierre Jules Boulanger, capo della Citroen, a fornire nel millenovecentotrentasei a Flaminio Bretoni e André Lefebvre le disposizioni per la costruzione della Due Cavalli.

«Deve portare quattro passeggeri, un barilotto di vino» aveva comandato, «e un sacco di patate a sessanta chilometri all'ora con un consumo di tre litri di benzina per cento chilometri. Le sospensioni dovranno permettere l'attraversamento di un campo arato con un paniere di uova che dovranno restare intatte e la vettura dovrà essere concepita in modo semplice per permettere ai contadini di guidarla con il cappello in testa.»

Dalle parole ai fatti. Boulanger si era messo con un copricapo al volante del prototipo conducendolo sulle zolle di un campo appena arato. Alla fine, aveva preso dal bagagliaio un uovo riposto nel paniere e lo aveva bevuto per provare la veridicità delle teorie.

Anche Alfieri per la sua Charleston aveva fatto molto. Un viaggio fino in Francia, vicino Marsiglia, doveva aveva reperito i pezzi di ricambio in una fabbrica. Un suo amico meccanico e un carrozziere avevano poi provveduto a ridare vita all'auto.

Non era certamente dotata di prestazioni brillanti o di un motore dal rombo impetuoso, ma questi erano dettagli del tutto insignificanti, pensò Alfieri dando un colpetto affettuoso sul volante monorazza.

Stava guidando sulla Cassia, mentre ascoltava le note di Aretha Franklin, Think. Era il suo primo giorno di lavoro, l'ispettore Menghi dell'ufficio della questura, un uomo dall'aspetto mite e benevolo, gli aveva proposto il commissariato nel quartiere Parioli e lui aveva accettato perché si trovava nella zona nord di Roma, quella più vicina a Viterbo, la sua città.

Dalla Flaminia risalì per Corso Francia, sulla destra lo stadio Flaminio. Più avanti girò per i Parioli e dopo pochi minuti giunse a destinazione. Posteggiò la Charleston, guardò l'ingresso per memorizzare il momento e poi entrò.

«Mi chiamo Marco Alfieri, sono un collega e sono stato trasferito da voi» disse d'un fiato al poliziotto in servizio al gabbiotto.

«L'ufficio servizi è al piano superiore.»

Alfieri annuì notando il via vai di gente dagli uffici. Salì le scale che portavano al primo piano. Camminò guardandosi intorno fino a che non ritenne di avere individuato la stanza giusta.

«Buongiorno, mi scusi, sono Marco Alfieri, questo è l'ufficio servizi, vero?»

«Sì» rispose un sovrintendente, «tu sei il nuovo trasferito. Mi chiamo Rocco Artini, prendi una sedia e accomodati.»

Alfieri la prese da sotto una vetrina e si sedette vicino alla scrivania.

«Sono il responsabile della gestione del personale per quanto concerne i servizi, i riposi, le ferie, le malattie» riprese il sottufficiale. «Quando avrai delle necessità rivolgiti a me. Vedo che provieni dalla polizia stradale di Milano. Come mai hai scelto la questura? È strano che tu abbia cambiato specialità, di solito gli stradalini sono gelosi della loro divisa.»

«Nella vita è meglio cambiare, no?»

«Ok, non vuoi dirmelo» concluse sbrigativo Artini. «Ti serve una camera?»

«Sì, se è possibile, non vorrei fare ogni giorno avanti e indietro da casa.»

«Va bene. Alloggerai nella caserma lungo il Tevere, non è distante da qui.»

Alfieri annuì.

«Come servizi, per il momento» proseguì il sottufficiale, «farai alcuni turni all'ambasciata algerina, poi vedremo.»

«D'accordo.» Alfieri era preparato a quell'eventualità.

«Di sopra ci sono due colleghe, anche loro trasferite con te. Si chiamano Giulia Mariani e Silvia Grandi e per un po' lavorerete insieme in ambasciata. Ti chiedo la cortesia di raggiungerle e non appena il dirigente del commissariato, Danizzetti, si libera vi mando a chiamare. Vuole conoscervi.»

Alfieri uscì e si avviò verso la sala benessere.

13

3

«Così, spacciano al Parco delle Rimembranze?» chiese Danizzetti all'ispettore Rossetti, responsabile della giudiziaria del commissariato.

«Sì, dottore, e se mi mette a disposizione otto uomini li prendo» rispose l'ispettore con sicurezza.

«È attendibile la fonte da cui hai avuto la notizia?»

«Sì. L'informatore mi ha detto che sono algerini, in cinque. Uno di loro ha la droga, gli altri quattro, in coppia, controllano il territorio.»

«Ma il parco di notte non è chiuso?»

«I giardinieri chiudono l'ingresso principale, mentre un piccolo cancello, posto nella zona nord, rimane aperto. È in una posizione particolare, dove l'illuminazione pubblica non arriva. Si può entrare anche dalla parte opposta, in una zona in cui il muraglione che circonda il perimetro del parco è interrotto da una ringhiera facilmente scavalcabile.»

«Come vuoi organizzare il servizio?»

«So che gli algerini si muovono con un'auto nera, non conosco la targa. La cosa migliore è appostarsi nei pressi del cancello nord e aspettare che arrivino.»

«Vi serviranno delle colleghe per dare meno nell'occhio.»

«Sì dottore. Non vedo l'ora di mettere le mani addosso a quei negri di merda» aggiunse Rossetti con piglio arcigno.

Danizzetti s'indispettì.

«Ti ho detto più volte che sul lavoro devi assumere un atteggiamento distaccato senza coinvolgimenti personali o emotivi. Devi essere asettico e professionale.»

«Non sopporto chi spaccia, specie se sono extracomunitari. Sono dei maledetti che fanno la bella vita sulle spalle degli italiani.»

Danizzetti con lui stava perdendo ogni speranza. L'ispettore, in passato, si era trovato immischiato in brutte storie d'intolleranza razziale, eppure continuava a persistere in atteggiamenti estremisti e pericolosi. Cercò di ignorare la frase e si concentrò sul servizio.

«Vuoi organizzare per domani sera?» chiese poi.

«Sì, di notte, dopo l'una. Gliela faccio mangiare quella schifezza a quei musi neri» disse d'impeto.

«Adesso basta Rossetti, cerca di controllarti! Non sei uno sceriffo!» proruppe spazientito il dirigente. «E ricorda che per ogni cosa che farai, ogni passo, ogni gesto ne dovrai rispondere a me e alla Procura della Repubblica. Ti avverto, niente azioni personali altrimenti sarò costretto a prendere provvedimenti.»

Danizzetti non attese che l'altro replicasse, era deciso a non ascoltarlo e a toglierlo quanto prima dalla giudiziaria. Prese il telefono e compose il numero interno dell'ufficio servizi.

«Artini, vieni da me» comandò.

Pochi istanti e il sovrintendente entrò nello studio.

«Mi dica, dottore».

«Allora è confermato il servizio per domani notte. Rossetti ha bisogno di otto colleghi, di cui almeno tre donne. Mettetevi d'accordo sia per il personale che per l'orario.» Poi, rivolgendosi all'ispettore, aggiunse: «Mi raccomando l'autocontrollo e dopodomani mattina voglio tutti gli atti sulla mia scrivania.»

«Non si preoccupi dottore, sarà fatto» terminò Rossetti con lo sguardo torvo.

4

La notte successiva il cielo era limpido, ma faceva freddo. La giacca non riusciva a riparare Alfieri, il vento s'insinuava nella pelle. Guardò l'orologio, l'una e trenta, mentre l'ispettore Rossetti era impegnato a impartire le ultime direttive.

«Allora, se non avete capito lo ripeto ancora. Comprendo che non avete mai svolto questo tipo di servizio, ma se seguirete ciò che vi dico non avrete difficoltà. Ci dividiamo in più pattuglie composte da due persone e ognuna avrà un compito specifico.»

Rossetti corrucciò i lineamenti già rozzi e marcati del volto e proseguì il suo monologo.

«Sono in cinque, di nazionalità algerina e spacciano. Appena li troviamo, perquisiamo questi negri di merda e facciamo sputare loro tutto quello che nascondono.»

Poi, rivolgendosi ai colleghi, aggiunse: «Giani e Blini, voi controllerete la parte del muraglione dal punto in cui inizia la ringhiera. Zorzi, Alfieri e Giulia Mariani, voi la parte più a sud verso il viale alberato. Mi raccomando non perdetevi di vista, il contatto visivo è fondamentale. E fate attenzione, questi bastardi potrebbero entrare nel parco scavalcando la ringhiera.»

Si sentiva pronto, Rossetti, gli uomini dislocati in un raggio di cinque o seicento metri dall'entrata Nord del parco. Bisognava solo attendere.

Erano quasi le due quando diede l'ordine di disporsi sugli obiettivi poi, con Silvia Grandi, entrò nell'auto di servizio, una Fiat Punto.

«Hai freddo?» chiese Rossetti.

«No grazie, sto bene» rispose lei.

«Bene, mi piacciono le donne che non si lamentano e speriamo che questi pezzi di merda non ci facciano aspettare più di tanto.»

Silvia sorrise, un sorriso di circostanza.

«Sei contenta di lavorare con me?»

«Sono contenta di fare la poliziotta.»

«Hai mai fatto appostamenti?»

«No, è la prima volta.»

«Potrei essere costretto ad abbracciarti.»

«Perché?» chiese lei dubbiosa.

«In questo momento non siamo due poliziotti, ma un uomo e una donna dentro un'auto» sorrise con malizia l'ispettore.

16

Silvia si agitò.

«Non riesco a vedere gli altri» disse, tentando di cambiare discorso.

«Non sono distanti.»

«Avranno sicuramente freddo, è una brutta serata.»

«Io non ho freddo, sono troppo concentrato a pensare a quei bastardi. Stanotte facciamo bingo.»

«Speriamo di riuscire a prenderli con un po' di roba.»

«Ne sono sicuro. Quando mi muovo non rientro mai a mani vuote» Rossetti pronunciò la frase avvicinandosi a Silvia. Lei si ritrasse, lui se ne accorse e non andò oltre.

«Il vento non è più forte come prima» Silvia si mosse sul sedile, a disagio. Non sapeva come fare per togliersi da quella situazione.

Il traffico era andato diradandosi, le poche auto giravano per lavoro o per cercare qualche prostituta nei luoghi abituali. Il tempo trascorse lento fino a quando il cellulare di Rossetti vibrò.

«Pronto? Novità? Arrivo.»

Chiuse la conversazione e guardò Silvia.

«Bingo» annunciò sornione, «li hanno presi, metti in moto e raggiungiamo Giani.»

Silvia si sentì sollevata, non fece domande, cercò solo di guidare il più velocemente possibile. Poi vide i colleghi, erano accanto ai cinque algerini.

«Eccoli là!» esclamò Rossetti additandoli.

Silvia fermò l'auto, l'ispettore scese al volo.

«Sono i pezzi di merda che cerchiamo?» chiese.

Giani annuì: «E tutti con il permesso di soggiorno in regola. Lì c'è la loro auto» indicò una Mercedes nera.

«Li avete perquisiti?»

«Non ancora.»

Rossetti prese il cellulare, cercò un numero e chiamò.

«Pronto Ferri, raduna gli altri e venite tutti al cancello dov'è il pezzo di ringhiera piegata, abbiamo preso i bastardi.»

La città dormiva e il silenzio dominava le strade quasi deserte. Solo il vento, tra i rami dei platani, originava un po' di rumore. Rossetti aspettò che arrivassero tutti e poi diede inizio alla sceneggiata.

«Bene, adesso possiamo iniziare. Facciamo conoscenza con questi bravi figli di puttana. Lo capite l'italiano?»

Gli algerini annuirono.

«Mi fa piacere vedere questo spirito di collaborazione. Mettetevi contro la ringhiera.»

17

Gli stranieri ubbidirono.

«Allora bambini, come state?» chiese Rossetti assumendo un atteggiamento teatrale. «Siete venuti a fare una passeggiata nel parco e avete trovato il lupo cattivo? Dunque, vediamo un po', come vi chiamate? No! Aspettate, non ditelo. Posso indovinare i vostri nomi usando le mie doti da chiaroveggente. Sapete, io e voi siamo simili. Io sono un negromante e voi negri di merda».

Il vice sovrintendente Carlo Mancini proruppe in una risata. Incoraggiato da tale consenso Rossetti continuò la performance. Prese i permessi di soggiorno e facendoli fluttuare nell'aria, aggiunse: «Come vi dicevo, io sono un chiaroveggente e adesso indovinerò come vi chiamate. Tu sei Mohamed, tu Omar, tu Abdullah e voi due Ahmed e Mustapha, i soliti nomi merdosi.»

Mancini aveva stampato un sorriso sprezzante sulla faccia, così come Ferri e Agovino, tutti e tre stretti collaboratori di Rossetti.

Alfieri, di lato, non distoglieva gli occhi dal gruppo. La situazione, da come si stavano mettendo le cose, non prometteva nulla di buono.

Rossetti intanto, stanco del gioco, aveva ordinato l'inizio delle perquisizioni. Con cura maniacale, li fece sistemare contro un muro con braccia e gambe distese in una posizione innaturale, in modo da rendere precario l'equilibrio.

Era stupendo, pensò, guardare i suoi uomini al lavoro. Il suo stato d'animo si trasformò in una sorta di eccitazione nel momento in cui l'assistente Mario Agovino rinvenne nelle tasche di un algerino due bustine di alluminio. Rossetti le prese e le scrutò. All'interno c'era della polvere bianca, due o tre dosi al massimo, non di più.

«Ecco» disse rivolto ai colleghi, «questa è la prova che avevo ragione. Continuate a perquisire che stanotte ci divertiamo. Cercate dappertutto, spogliateli se è necessario.»

Dall'interno della Mercedes spuntò la testa di Giani.

«Abbiamo trovato altre quattro bustine.»

«Benissimo, appoggiale sopra il cofano della Punto» rispose Rossetti.

«Che roba è, ispetto'?» chiese Ferri.

«Eroina, cocaina, me ne fotto. Non m'interessa. Questi stronzi li sbatto in galera.»

Trovarono venticinque bustine in tutto, Rossetti gongolava. Si avvicinò a uno degli algerini, quello che sembrava essere il più anziano.

«Dove l'avete presa questa schifezza?»

L'uomo non rispose, neppure si volse a guardarlo.

«Forse non mi sono spiegato bene. Ti ho chiesto dove avete preso la droga» ripeté la domanda.

L'algerino ancora una volta tacque, limitandosi a scuotere la testa. Rossetti lo colpì con un calcio nello stomaco. Il colpo lo costrinse in ginocchio, tossì per cercare l'ossigeno che all'improvviso era sparito dai polmoni.

«Risposta sbagliata» rincarò l'ispettore «vediamo se adesso andrà meglio. Dove hai preso quella schifezza?»

L'uomo a fatica si rialzò.

«Non abbiamo fatto niente» farfugliò.

Rossetti sentì il sapore della bile, ma si contenne.

«Sentito, non hanno fatto niente e sono pure in regola con il permesso di soggiorno. Guardate con quale arroganza questa gente ci affronta, non ci teme. Li abbiamo presi con le mani nel sacco eppure hanno il coraggio di prenderci per il culo. Sapete di chi è la colpa se questo pezzente mi risponde in questo modo? È vostra e di quei colleghi che non si fanno rispettare, che usano la carota con i maiali. Con queste bestie non bisogna avere pietà.»

Non finì la frase che con uno scatto repentino gli assestò un pugno in faccia. L'algerino cadde all'indietro battendo la testa contro la ringhiera. Rossetti aveva il viso livido di rabbia. Non gli bastava arrestarli, se avesse potuto li avrebbe uccisi con le proprie mani.

«Portiamoli in commissariato» ordinò, «continueremo a interrogarli in ufficio. In strada qualcuno potrebbe non farsi i cazzi propri.»

Alfieri non aveva detto una parola, come del resto gli altri colleghi. Era rimasto fermo a osservare la violenza gratuita di quel grottesco giustiziere della notte.

Si avvicinò al cofano dell'auto dove spiccavano le venticinque bustine di alluminio. "Tu non ci puoi fare niente", aveva detto l'algerino. Perché, si domandò Alfieri, aveva risposto così? Nessun dubbio sul fatto che fossero spacciatori, le bustine recuperate erano lì, sul cofano. Scrutò l'extracomunitario, sembrava sicuro di sé, anche mentre saliva a bordo dell'auto della polizia. Qualcosa non quadrava. Alfieri sentiva di non avere altra scelta che controllare la sostanza e per farlo avrebbe dovuto indispettire Rossetti. Decise di rischiare.

«Ispettore» chiese, «posso aprire una bustina? Vorrei capire di che sostanza si tratta.»

Rossetti rimase sorpreso da quella richiesta.

«Abbiamo l'esperto di *stupefacentologia*» ironizzò sfoggiando un sorriso altezzoso, «non c'è tempo adesso.»

«È questione di un secondo.»

«Senti, coso, come ti chiami?»

«Marco Alfieri.»

«Eh! Che cosa cambia se la vedi in ufficio?»

«Niente, ma ci metto un attimo.»

«Dieci secondi, ma stai attento a non far cadere il contenuto, se lo fai ti scrivo sul groppone.»

Alfieri non si soffermò a pesare le parole dell'ispettore e nemmeno diede peso alla minaccia di una sanzione disciplinare. Voleva solo controllare il contenuto delle bustine. Ne prese una e con cautela l'aprì. A occhio e croce c'erano un paio di grammi di polvere. La odorò, con l'indice della mano destra ne prese una piccola quantità e la portò a contatto con la lingua. Non ottenne l'effetto sperato. Ripeté l'operazione e ancora una volta rimase deluso. Richiuse l'alluminio e lo rimise sul cofano. Prese un'altra bustina e replicò la prova. Fece così per altre sette, otto volte, ma il risultato non cambiò. La polvere non era droga. Adesso erano chiare le parole dell'algerino.

«Ispettore» chiamò Alfieri.

Rossetti si girò, si era quasi dimenticato di lui.

«Cosa vuoi?»

«Bisogna lasciarli andare.»

«Chi devo lasciare andare?» chiese sorpreso.

«Gli algerini, purtroppo dobbiamo liberarli.»

«Ma che cazzo dici?»

«Nell'alluminio non c'è droga.»

«Tu sei fuori.»

«Nelle bustine c'è bicarbonato. Volevano truffare i tossici.»

«Bicarbonato?» il volto di Rossetti cambiò colore. «Tu, cosa cazzo ne sai di come è fatta la droga?»

«Quello è bicarbonato» Alfieri rispose risentito, «di quello che le donne utilizzano per sterilizzare la frutta e che si prende per digerire.»

L'assistente si trovava in piedi, con le gambe ben ancorate al suolo e pronto a difendersi dalla follia di Rossetti. Questi non rispose, gli si avvicinò, prese una bustina e, come un cane da tartufi, iniziò ad annusare la polverina bianca. Passava freneticamente da un involucro all'altro, gettandone a terra il contenuto. Alla fine provò un senso di vertigine, una sensazione d'instabilità e di cocente, quanto inaccettabile, sconfitta. Con un gesto di stizza emise un urlo e assestò un pugno al cofano.

Un lampo d'odio apparve sul suo volto. L'avevano fregato e lui non sopportava di essere preso per il culo. Non avrebbe tollerato il sorriso ironico di quei bastardi negri, non mentre gli avrebbero voltato le spalle per andarsene, liberi. Decise tutto in un minuto.

«Tutti a bordo delle auto e seguitemi.»

Come gli altri, anche Alfieri non comprese. Si mise alla guida e seguì il corteo che si mosse verso la parte nord del parco. Si fermarono di fronte a un ingresso.

«Tirate fuori questi pezzenti prima che la loro puzza impregni l'abitacolo» ordinò Rossetti. «Portiamoli a fare una bella passeggiata nel bosco.»

Alfieri non aveva chiare le intenzioni di Rossetti, ne osservava in silenzio le azioni perverse. Era arrivato da un giorno e già si trovava invischiato in una storia che non gli piaceva. Guardò gli altri colleghi per captare le sensazioni, afferrare i pensieri. Stavano in silenzio, un silenzio fatto di gelo e di gesti indefiniti.

Rossetti, a capo della fila, incitò tutti a seguirlo verso una destinazione ignota.

La notte era padrona della città. Il rumore dei passi sull'acciottolato ritmava l'andare del codazzo mentre poco più in là un gatto si rifugiava dietro a un cespuglio.

Il parco, per la maggior parte incolto, era formato da piccole colline sulle quali si ergevano boschetti di pini, querce, lecci e platani. Qua e là spiccavano ruderi e colonne dell'antica Roma.

Alfieri si guardava intorno. In fondo al viale riuscì a intravedere un edificio, una villa neoclassica con le statue allegoriche e le finestre chiuse da assi di legno inchiodate agli stipiti. Rossetti costeggiò una fontana di marmo, poi abbandonò il viale principale per dirigersi verso la parte laterale dell'edificio. Imboccò un piccolo sentiero circondato da una fila di siepi poste a ferro di cavallo, lo percorse fino in fondo e si fermò.

«Sistemate gli algerini vicino alla parete» disse rivolto ai colleghi indicando il punto esatto. «Vi starete chiedendo come mai vi ho portati fin qui.» Mentre parlava prese a indossare un paio di guanti di pelle. «La vostra curiosità tra poco sarà soddisfatta. Guardate le facce di questi bastardi. Hanno un atteggiamento remissivo, ma non si curano degli altri, non si preoccupano del male che fanno. I loro occhi sembrano innocenti, quasi ispirano pietà. Noi sappiamo chi sono e cosa fanno. Spacciano droga e quando non ce l'hanno, bidonano qualche tossico di merda con il bicarbonato. Per la legge, però, sono innocenti, non viene punita l'intenzione. Quante volte ci capitano queste situazioni e ogni volta ci sentiamo frustrati di fronte a una criminalità tutelata.»

Rossetti, mentre elucubrava il suo sermone paranoico, passeggiava minaccioso intorno agli algerini. Solo in quel momento Alfieri capì cosa sarebbe accaduto.

«Questi negri stanotte» continuò l'ispettore, «sono stati fortunati, ci hanno presi per il culo. E noi dovremmo scusarci con loro per l'abbaglio preso? Mandarli via prostrandoci ai loro sudici piedi? No, mi dispiace, io non la penso così. Ora hanno facce da conigli ma, una volta andati via, rideranno di noi, di come hanno fregato la Polizia. Non posso sopportare che nasca sui loro musi neri un ironico sorriso» emise un lungo sospiro. Poi, si avvicinò agli algerini e si pose alle loro spalle. A ognuno sferrò un calcio dietro la rotula obbligandoli a stare in ginocchio. «Ecco, così devono stare di fronte a voi, in ginocchio.»

«Rossetti» Zorzi ebbe una reazione, al suo fianco c'era Giulia Mariani, «cosa vuoi fare? Non vogliamo finire nei guai per te. Lasciali andare.»

Subito Ferri, Mancini e Agovino, i collaboratori di Rossetti, uscirono dal gruppo e si frapposero tra loro due e gli algerini. Di fatto crearono una barriera, una divisione tra colleghi, una separazione assurda e quasi irreale.

«Calma!» esclamò l'ispettore, «non è tra noi che dobbiamo litigare. Sono loro il nostro problema. Rimanete fermi e in silenzio, ci prendiamo noi la responsabilità di tutto.»

Rossetti prese un manganello e lo afferrò dalla parte opposta dell'impugnatura. Ancorò la presa con il pollice, dentro la stringa di cuoio. Aveva gli occhi duri come il ghiaccio, inalava l'aria gelida della notte, sentiva scorrere l'adrenalina nelle vene. Si avvicinò al primo algerino, ne scrutò lo sguardo sfuggente.

«Ciao bel bambino» gli disse. Poi alzò il manganello e scaricò il colpo sul collo dell'uomo. L'algerino stava per cadere a faccia avanti, ma lui fu svelto a colpirlo con un calcio in volto e a catapultarlo all'indietro. Un grido straziante si levò nel silenzio. L'ispettore si sentì incoraggiato da quei fendenti così bene assestati e ne caricò un altro che si abbatté all'altezza dell'orecchio destro dell'algerino. Un fiotto di sangue imbrattò il muro della villa. I colpi inferti fecero aumentare il suo parossismo e una sfilza di colpi investì l'extracomunitario che rantolava a terra. Il manganello si fermò solo quando smise di urlare.

Poteva bastare, si disse Rossetti.

Sotto un altro.

Gli altri algerini intanto, si erano accovacciati in posizione fetale e piagnucolavano, tutti tranne uno. Quello più anziano era rimasto fermo, in ginocchio. Per tutto il tempo dal suo volto rugoso non era trapelata alcuna emozione.

«Abbiamo un duro» disse Rossetti sprezzante.

Stava per brandire il manganello quando l'algerino alzò lo sguardo e fissandolo esclamò.

«Tua madre è una cagna!»

Rossetti ebbe un attimo di esitazione. Rimase fermo con il manganello alto sopra la testa. L'intenzione era quella di colpire tra il collo e la spalla, ma quell'offesa doveva essere mondata. Quell'attimo d'esitazione gli servì per modificare la traiettoria del fendente. Non sul collo, bensì nella bocca rea di aver pronunciato una frase orrenda.

L'uomo cadde a terra. Quel colpo avrebbe demolito chiunque, ma non lui. La sua età era indecifrabile ma la costituzione ancora possente. Di scatto si girò e in un istante si rimise in ginocchio. Dalla bocca sputò due denti e un fiotto di sangue, li sputò contro Rossetti.

Lui lo colpì di nuovo, sulla testa, dove si aprì un'ampia ferita.

L'algerino cadde di lato, restò per alcuni istanti a terra, cercò di girarsi su se stesso e, dolorante, si rimise in ginocchio.

«Vuoi sfidarmi?» ringhiò l'ispettore. «Adesso ti faccio vedere io.»

Una sequela di randellate s'impressero sul corpo dell'algerino, ma non una parola né un grido uscirono dalla sua bocca. Solo sangue, tanto, dappertutto.

«Basta!» un grido disperato, di supplica, si levò nel parco.

Silvia Grandi urlò così forte da zittire anche il piagnucolio degli algerini.

«Basta, per favore...»

L'ispettore si fermò.

«Ohhh!» esclamò «in mezzo a noi c'è Giovanna d'Arco. Fatela stare zitta» ordinò, «devo finire un lavoro.»

«No! Adesso la finisci» intervenne Alfieri. A grandi falcate, seguito da Giulia Mariani.

Si avvicinò a Rossetti. I suoi scagnozzi intervennero, ne nacque una colluttazione. Anche Zorzi e Giani si mossero in aiuto di Alfieri che riuscì a divincolarsi per correre verso l'ispettore.

«Dammi questo manganello!» urlò l'assistente, «non ti è consentito ammazzare le persone.»

I due poliziotti si sfidarono per qualche istante, poi Rossetti con una spinta spostò Alfieri dalla traiettoria dell'algerino pronto a colpirlo di nuovo.

L'assistente stava per reagire quando un rumore metallico, conosciuto, li fece fermare. Si girarono verso quel suono.

«Rossetti, hai sentito cosa ti ha detto Alfieri?» la domanda proveniva dall'assistente Alessandro Giusti, un poliziotto che viveva il commissariato sempre un po' laterale, anonimo. Aveva le labbra finissime che sembravano ghignare e un'espressione perennemente irritata rafforzata dagli occhi spiritati. Nessuno si sarebbe aspettato da lui quella reazione e invece stava in piedi con le braccia tese, impugnava la pistola d'ordinanza e la puntava contro Rossetti.

«Devi dare il manganello ad Alfieri» intimò, «lo vuoi fare o ti faccio saltare la testa?»

«Giusti, metti via la pistola!» esclamò allarmato Zorzi, «non facciamo altre cazzate.»

Intanto il volto di Rossetti era divenuto violaceo.

Osservava sbigottito quei poliziotti che si stavano avvicinando agli algerini per soccorrerli.

Si sentì tradito.

Tolse i guanti e li gettò a terra. Chiamò a sé la squadra e con loro si allontanò. Alfieri li osservò allontanarsi con un senso d'inquietudine.

Sarebbe dovuto intervenire prima, pensò, e porre fine a quell'inutile massacro, invece aveva lasciato fare. Se ne rammaricò. I due algerini erano conciati male, avrebbero avuto bisogno di cure. Si chiese cosa fare. Allertare l'autoambulanza significava soccorrere gli algerini, ma anche denunciare Rossetti. Sarebbe stato impossibile giustificare le lesioni.

Rifletté un istante, guardò i due uomini ancora a terra e prese una decisione, la prese per tutti, istintivamente.

«Pronto» chiamò con il cellulare, «sono l'assistente di polizia Alfieri, mi servono due autoambulanze.»

Non aveva consultato i colleghi, sapeva che ne avrebbe pagato le conseguenze.

5

Marino Danizzetti era furioso.

Non era in collera con l'ispettore Rossetti e gli altri imbecilli della giudiziaria, ce l'aveva con se stesso perché era riuscito a mettere insieme una squadra di mentecatti.

«Dottore, si calmi» lo esortò Artini, seduto nello studio del dirigente.

«Calmarmi? Li strozzerei con le mie mani» Danizzetti era una furia. Si muoveva nella stanza come un animale braccato. «Non farò sconti a nessuno e anche il procuratore vuole andarci duro. Questa gente infanga la polizia, guarda» porse un quotidiano al sovrintendente, «la notizia è su tutti i giornali. *Poliziotti giustizieri della notte*, titola questo.»

«Là fuori ci sono i giornalisti, vogliono parlare con lei.»

«Sì, sì, falli aspettare. Prima devo sbollire un po'.»

«Non vorrei buttare benzina sul fuoco, ma ho sentito dire che faranno un'inchiesta parlamentare sull'operato della polizia nei confronti degli extracomunitari» aggiunse Artini.

Il dirigente si sedette sconsolato, rimase per un istante in silenzio e poi decise: «Fai entrare i giornalisti.»

L'altro annuì. Stava per uscire dalla stanza quando fu richiamato.

«Rocco.»

«Sì dottore.»

«Domenica mia moglie ti aspetta a pranzo.»

«Non mancherò.»

«E grazie, grazie per tutto» terminò il funzionario.

6

Il sovrintendente si diresse nel suo ufficio. Chiamò il corpo di guardia e chiese al collega di far accompagnare i giornalisti dal dirigente.

Poi si mise a guardare il cielo azzurro e a pensare a quanto l'essere umano fosse votato all'autodistruzione. Artini conosceva bene questo lato oscuro dell'animo e l'handicap alla gamba glielo ricordava in ogni momento.

Era un tarlo che lo corrodeva e che lo avrebbe accompagnato sino all'ultimo dei suoi giorni. Riflesso nel vetro della finestra, intravide il suo volto e i suoi cinquantaquattro anni portati con gli interessi. Viso scavato, occhi cerchiati e un fisico troppo magro, scarnito dalla sofferenza.

Chiuse gli occhi e rivide una pattuglia nella notte, per le strade di Roma. All'interno tre poliziotti: lui, capopattuglia, l'agente Rossi alla guida e l'assistente Sala sul sedile posteriore, terzo uomo di copertura.

Una brutta notte d'inverno, cupa come un incubo. Pioveva, la pattuglia chiamata su un intervento correva, e loro ridevano di quei sorrisi che servono per tenere alta l'adrenalina.

C'era stata una rapina e due guardie giurate erano state crivellate da pallottole. L'asfalto era viscido, come la morte che attende nell'ombra.

Artini risentì le voci di quella notte.

«Vuoi togliere quel maledetto piede dall'acceleratore?»

«Cosa c'è, hai paura? Non ti fidi più di come guido?» aveva scherzato Rossi.

«La verità» aveva aggiunto Sala con tono ironico, «è che il nostro boss non ci vuole più in pattuglia, ha messo gli occhi sulle colleghe arrivate dalla scuola agenti.»

«Non fate gli stronzi e tu rallenta, non è necessario andare così forte.»

«Boss, ma quando li prendiamo quei figli di puttana?»

«Rallenta che ci farai...»

Poi, il buio.

Artini aveva saputo in seguito cosa era successo. Durante un sorpasso la pattuglia aveva centrato in pieno una macchina con un ragazzo a bordo. Quel ragazzo non si era reso conto che l'auto guidata gli si era modellata addosso e nemmeno delle lamiere che gli avevano penetrato la carne. La pattuglia invece, dopo l'urto, si era impennata e ribaltata più volte terminando la folle corsa contro una pala meccanica parcheggiata. Quella notte altre sirene avevano ululato sulle sventure e sulla stoltezza dell'uomo.

Dopo l'incidente solo Artini aveva riaperto gli occhi e lo aveva fatto in una stanza d'ospedale, con un dolore spasmodico sparso per tutto il corpo, ma almeno era vivo.

Era stato fortunato, si era solo fratturato il bacino, il femore e il perone e altre parti del corpo, ma era vivo.

Tre morti e un invalido, i rapinatori in fuga. Questo il bilancio di una notte sciagurata.

E anche allora, come con l'ispettore Rossetti, la stampa era insorta: *"Poliziotti assassini, al volante senza addestramento, dilettanti allo sbaraglio"* titolavano i giornali.

Nemmeno il tempo di riaprire gli occhi che era finito tra le mani di un magistrato che si era accanito sull'episodio con tale veemenza da far dubitare del suo senso di giustizia. Gli aveva contestato il fatto che, in veste di responsabile della pattuglia, avrebbe avuto il dovere di imporre all'autista una guida meno scellerata.

Erano seguiti anni difficili in cui aveva attraversato le aule dei tribunali, fino alla condanna. Ben peggiore della pena, era la punizione cui la gamba lo costringeva. Gli avevano imposto di transitare nei ruoli tecnici, ma dopo un appello alla fine aveva vinto. Avrebbe potuto continuare a indossare la divisa, ma con mansioni burocratiche.

Era stata la fine dei servizi operativi e l'inizio delle scrivanie.

La moglie Luisa all'inizio, quando aveva saputo che il marito sarebbe rimasto storpio, aveva pianto poi, asciugate le lacrime, se ne era andata. Era sempre stata ambiziosa, di una vanità superflua e insensata. Non riusciva a sopportare l'idea di vivere accanto a un mezzo disabile, una vergogna che non poteva sopportare.

I pensieri di Artini furono interrotti dall'assistente Matilde Bova, la collega con cui collaborava all'ufficio servizi.

«Rocco, di là è un casino» esordì riferendosi ai giornalisti che stavano prendendo d'assalto il povero Danizzetti.

Artini aveva le labbra secche, le umettò prima di rispondere.

«Non sarà un bel periodo quello che si prospetta.»

La loro attenzione fu attratta dal rumore del fax. Artini si avvicinò, aspettò che terminasse la ricezione del documento e poi lo lesse.

«Ci mancava pure questa» borbottò, «è un altro avvertimento su possibili attentati all'ambasciata algerina di via Oriani. Finito con i giornalisti bisognerà avvisare Danizzetti.»

«E i colleghi che si alternano alla vigilanza all'ambasciata» ribatté Matilde.

Artini annuì.

7

Per Alfieri non fu difficile capire cosa avrebbe dovuto fare durante la vigilanza all'ambasciata algerina. Era sufficiente rimanere sei ore, un po' seduti e un po' in piedi, con indosso il giubbotto antiproiettile e un mitra a tracolla.

Sei ore di fronte a una villa a osservare chi entrava e chi usciva, o chi posteggiava vicino all'obiettivo.

Ma la cosa più difficile era trovare gli argomenti giusti con il collega per rendere meno noiose le ore di servizio.

Alfieri, nei primi giorni, aveva tentato di tenere alta la soglia dell'attenzione, ma dopo un paio di turni si era allineato all'andamento lagnoso dei colleghi.

Ogni tanto dialogava con gli autisti dell'ambasciata, oppure si metteva a leggere qualche romanzo di fantascienza, Asimov il suo preferito.

Quel giorno era in servizio con il collega Maruzza, uno avvezzo al piagnisteo.

«Cosa stai leggendo?» gli chiese Alfieri vedendolo sfogliare una rivista.

«Boh!» rispose Maruzza scoglionato, «guardo le figure» alla frase fece seguire un lungo sbadiglio.

«Quanto tempo è che fai i posti fissi?»

«Nove anni.»

«Nove anni! Come hai fatto a resistere?»

«Non me ne frega un cazzo dell'ambasciata, mi faccio i cazzi miei».

«E non ti interessa cambiare?»

«Sai cosa ti dico? Non me ne frega niente, né della polizia né dell'ambasciata, penso solo a me.»

Concluse con un tono che non lasciava spazio alla conversazione, del resto non c'era altro da dire.

Alcuni poliziotti ovviavano alle frustrazioni del lavoro con la vita privata. Vivevano il servizio come fossero sott'acqua, in apnea, per poi riemergere e respirare alla fine del turno.

Alfieri prese dal cruscotto dell'auto il registro delle consegne sul quale venivano annotati i cambi turno e le novità. Quali novità, si domandò. La compilazione di quel registro era la cosa più impegnativa del turno. Bisognava aprirlo alla prima pagina bianca e riportare i nomi dei poliziotti montanti scrivendo: *"Si prende in consegna l'autovettura con tutto il materiale in essa contenuto".*

E il materiale era costituito da due giubbotti antiproiettile, un mitra completo di caricatore e uno sfollagente.

Alla fine del turno, poi, di seguito veniva annotato:

"Nessuna novità."

Tutto questo per giorni, mesi e anni.

Era lì che avrebbe dovuto lavorare per i prossimi anni.

Sorrise.

Un algerino uscì dall'ambasciata.

«Ciao ragazzi» disse loro, «volete un caffè? L'ho appena fatto.»

«Ciao, Amedeo. Per me va bene» rispose Maruzza.

«Sì, anche per me, senza zucchero grazie» si accodò Alfieri.

Amedeo non era il vero nome dell'algerino, ma un nomignolo con cui lo chiamavano i poliziotti. Era un tipo bizzarro, dall'aspetto allampanato ma cordiale e disponibile.

«Che ore sono?» chiese Maruzza.

«Quasi le dodici» rispose Alfieri.

«Ancora un'ora... umh...»

«Sì, un'ora» ribadì Alfieri, «appena finiamo passo in ufficio e chiedo un paio di giorni di ferie.»

«Fai bene, è meglio se vai via.»

«Scusa, in che senso faccio bene?» chiese Alfieri non comprendendo fino in fondo la frase del collega.

«Te lo devo dire io? Che non lo vedi?»

«No, non lo vedo» rispose stizzito.

«Li hai letti i quotidiani negli ultimi giorni? Dicono che siamo alla deriva, ci descrivono come elementi fuori di testa. Ieri non l'hai letto il giornale, vero?»

«No.»

«Tieni» aggiunse Maruzza prendendo il quotidiano da sotto il sedile «leggi in questo punto e poi dimmi se non è meglio che per un po' sparisci.»

Alfieri iniziò a leggere, sottovoce: «...una squadriglia sbandata di poliziotti che, per disaccordo sulle modalità operative, si divide in due schieramenti arrivando al punto di mostrare le armi per sanare le divergenze emerse...»

«Cosa vi aspettavate, un premio per quello che avete fatto?» chiese sarcastico Maruzza.

«Un po' di solidarietà da parte dei colleghi.»

30

«Ma come la puoi pretendere? Bell'affare chiamare il 118, tu e gli altri con il vostro rapporto avete messo in croce Rossetti e gli altri della squadra.»

«Se me ne vado» proseguì Alfieri, «le cose non cambieranno, la procura farà la sua indagine e io non ho nulla di cui vergognarmi.»

«Ti ho dato un consiglio, tu fai come vuoi. Molti colleghi ti vedono come il fumo negli occhi.»

Maruzza aveva un'espressione arcigna e Alfieri ebbe la sensazione che lui fosse uno di quelli.

«Volevo chiedere un paio di giorni, ma tu mi hai fatto cambiare idea» concluse Alfieri.

8

Artini amava i fiori e non perdeva l'occasione per regalarli, come le rose gialle che aveva preso per la signora Danizzetti, le sarebbero piaciute, ne era certo. Parcheggiò nel quartiere Fleming, un posto elegante di Roma e che si estendeva sopra una collina. Era lì che Danizzetti e sua moglie abitavano, in un attico con una terrazza panoramica che affacciava sui tetti della città.

Con delicatezza prese le rose dal sedile posteriore. Citofonò, salì con l'ascensore e in breve si ritrovò di fronte ad Angela. Un sorriso lo accolse.

«Ben arrivato Rocco, come stai?»

«Bene» rispose Artini porgendole le rose.

«Grazie, sono bellissime, non dovevi» gli occhi di Angela si illuminarono. «Vieni, Marino ti aspetta.»

Sulla terrazza, Danizzetti guardava la città. L'aspetto non gli dava autorità, eppure quell'uomo non molto alto, magro e con il viso tondo e rugoso aveva una storia importante alle spalle. Tutti nell'ambiente la conoscevano. C'era chi lo riteneva un uomo fortunato, chi invece pensava a lui come a uno che si era trovato nel posto giusto al momento giusto.

«Dottore buongiorno.»

Danizzetti si girò di scatto.

«Rocco, non ti ho sentito arrivare.»

«Uno sbirro deve essere furbo come una lince e leggero come una piuma.»

L'altro sorrise, respirando la brezza che proveniva dal mare.

«Si mangia fuori?» chiese il sottufficiale indicando la tavola imbandita.

«Ti devo invitare più spesso. Guarda che bella tavola, a pensarci bene quel servizio è la prima volta che lo vedo. Lo sai cosa ha preparato?»

Angela s'intromise.

«Silenzio» disse. «Non dire niente, voglio che sia una sorpresa per Rocco.»

«Ma cosa fai a questa donna?» chiese Danizzetti ironico.

«Mi ripaga con le sue poesie» intervenne ancora Angela.

Rocco, in seguito all'incidente, aveva iniziato a scrivere poesie. Era stato lo psicologo a consigliarlo, potrebbe essere catartico, gli aveva detto. Così lui, un po' scettico, aveva iniziato a riempire fogli.

32

«La poesia mi aiuta» aggiunse Rocco, «mi aiuta a vivere meglio.»

«Adesso basta, tutta questa cultura mi ha fatto venire fame» scherzò Danizzetti.

Angela si rivolse a Rocco con un sorriso malizioso: «Quand'è che m'inviti fuori a cena, così potremo parlare senza interferenze.»

Era bello, pensò Rocco, vedere battibeccare quei due, anche se era consapevole delle difficoltà che lei aveva dovuto affrontare per stare vicino al marito.

Angela servì gli antipasti, poi passò alla pasta al forno e ai ravioli ai funghi, ma il piatto forte arrivò con la tagliata di vitello circondata da Boletus Edulis, i funghi per eccellenza.

Danizzetti si era occupato del vino, un Sagrantino di Montefalco del millenovecentonovantadue.

«È la fine, adesso schiatto» disse il dirigente scolando l'ultimo sorso.

Artini sorrise.

«Quando dovrò morire, vorrei che avvenisse dopo una mangiata come questa.»

«Non crediate che sia finita qui, c'è ancora il tiramisù» annunciò Angela.

I due implorarono pietà ma fecero seguire al dolce una barricata sorseggiata sul divano di vimini.

«Brindiamo alla mia pensione» propose Danizzetti porgendo il bicchiere, «se mi ci mandano, ovviamente.»

«Perché non dovrebbero?» chiese Artini.

«Dopo l'episodio di Rossetti?» Marino scosse la testa e fissò il pavimento.

«Ci sono novità?»

«Nessuna, ho consegnato tutti gli atti al pubblico ministero. Vedremo.»

Stettero in silenzio. Rocco notò che il suo ospite aveva cambiato espressione, ma non disse nulla. Aspettò che fosse lui a parlare. Non attese molto.

«Guarda, Rocco, Roma è bellissima.»

«È vero, da qui c'è un bel panorama.»

«Lì sotto ci siamo noi, con tutte le nostre paure. Da qui, ogni conflitto sembra distante e si percepisce un confortante senso di pace, ma è solo una illusione. Ogni gesto è programmato, noi siamo solo una massa obbediente che segue la via lungo un percorso tracciato.»

Rocco non rispose, rimase in sospensione.

«Ogni tanto» aggiunse Danizzetti, «qualcosa non va, qualcuno devia dalla strada prestabilita, ma c'è sempre chi rimette le cose al loro posto.»

Di tanto in tanto Artini l'aveva sentito fare discorsi contorti e all'apparenza privi di senso. Ciò che percepiva, però, era una sorta di fardello che il dirigente portava sulle spalle. Era come se parlasse più a se stesso che al suo interlocutore.

«Lo sai Rocco» proseguì Danizzetti, «gli imperatori romani costruivano le loro residenze nel punto più alto della città, in modo che, affacciandosi, potessero vedere la grandezza di Roma e coltivare così il delirio d'onnipotenza. I potenti in alto e il popolo in basso, nascosto dai tetti delle case. Dalla sommità dell'urbe è impossibile comprendere le condizioni sociali e le esigenze della gente. Eppure gli imperatori guidavano le masse come fossero una pariglia di cavalli. Dividevano il popolo per renderlo docile, ma lo univano nelle grandi illusioni. I giochi e gli anfiteatri erano un ottimo collante. Gli imperatori che sono stati deposti dal popolo hanno avuto il demerito di non aver creato le giuste illusioni.» Si girò verso Artini, lo guardò negli occhi e aggiunse. «Come oggi Rocco, non è cambiato nulla. Quante ne ho viste in questi anni di polizia, il nostro Paese è cambiato, si è trasformato. E la mia vita è stata stravolta. Mah! Sarà la digestione che mi rende così triste? Dai, fammi leggere una tua poesia.»

«Ma dottore, forse non è il caso...»

«Non preoccuparti, magari i tuoi versi possono alleggerirmi il cuore.»

Rocco estrasse un foglio dalla tasca e glielo porse. Danizzetti rimase colpito dal titolo della poesia: *Pensiero*. Si disse che era adatta all'occasione e la lesse con la mente.

> *È una sera in cui le nubi*
> *litigano con la trasparenza.*
> *È una sera in cui*
> *ripenso la mia vita,*
> *vissuta e indegna,*
> *amata e sospirata,*
> *eppure così voluta.*
> *A volte il mio pensiero*
> *mi spaventa.*
> *Nasce così*
> *intenso e vitale.*
> *In un sol attimo*

dalla pace alla guerra avanza,
e a ritroso ripercorre la via
senza posa o ristoro.
Perché non ti fermi, chiedo solo una tregua.
Come il martello che percuote
il chiodo, così devasti la mia anima,
insaziabile delle mie ansie,
insensibile ai miei lamenti,
alle mie angosce,
a me.
Eppure ti cerco, ti desidero e ti bramo,
come un amante straziato.
Sei la desolazione del mio animo,
la contraddizione del mio essere,
ma mi immergo nel tuo marasma,
divenendo un uomo smarrito
nel tuo deserto.

Cullandosi sui versi di Artini, scrutò l'orizzonte. Un gabbiano volava in direzione del mare. Danizzetti con lo sguardo lo seguì fino a quando, esausto, si addormentò.

9

Alfieri smontò alle sette in punto, prese la Charleston e partì per Viterbo. Era stanco della città e del Commissariato. Non aveva immaginato così il suo trasferimento a Roma.

Percorse pochi chilometri e si fermò in un bar sulla Flaminia, voleva fare colazione e svegliarsi un po' dal torpore della notte. Non si trattenne molto, giusto il tempo per un cornetto, un caffè e un'occhiata ai giornali. Uscì nell'aria aprica, un po' assonnato ma con il desiderio di trascorrere un paio di giorni a Viterbo, magari a bagno nelle acque termali.

Si avvicinò un po' ciondolante all'auto, ma si arrestò all'improvviso dopo pochi metri. Seduto sul cofano c'era l'ispettore Rossetti, intorno Ferri, Mancini e Agovino.

«Buongiorno Alfieri» esordì Rossetti con occhi glaciali, «era buono il cornetto? Ti abbiamo aspettato perché dobbiamo parlare.»

«Cosa volete?»

«Non essere impaziente e nemmeno nervoso» rispose Rossetti con sarcasmo. «Lo sai che la notte non dormiamo più e con noi le nostre mogli e i nostri figli? Quando siamo lì, nel letto, e il sonno non arriva, nella testa iniziano a vorticare mille pensieri. Alfieri, tu li hai mai avuti nella tua vita mille pensieri? Non credo. Immagina, solo per un attimo, lo sconforto che ti prende quando a furia di girarti e rigirarti in quel dannato letto alla fine spunta un nome che è l'origine dell'insonnia. Il tuo, Alfieri.»

«Non c'entro niente, siete voi che...»

«Silenzio!» intimò paonazzo Rossetti, «tu devi stare zitto» continuò sillabando le parole «e ascoltare quello che abbiamo da dirti. Noi siamo certi che tu voglia il nostro bene e sappiamo che sei un bravo ragazzo. Dovresti fare una cosa per noi.»

«Che cosa volete che faccia?»

«Semplice, dovrai ammorbidire ciò che hai scritto sul verbale. A giorni sarai interrogato e darai una versione diversa. La verità non deve essere stravolta, solo modificata. Dirai che gli algerini ci hanno aggredito e che la nostra è stata una reazione, non legittima e sproporzionata, ma sempre una reazione all'aggressione. Dirai così, Alfieri, e anche gli altri diranno così. È un giusto compromesso, noi quattro saremo condannati per eccesso colposo e tu resterai l'eroe che ha fermato il pestaggio. In questo modo conserveremo il posto di lavoro e le nostre famiglie potranno ritornare a dormire. Che ne pensi, mi sembra un giusto accordo, no?»

Alfieri aveva ascoltato senza reagire, e non reagì nemmeno quando Ferri, per dare maggiore enfasi alle parole di Rossetti, tirò fuori una chiave e prese a graffiare la fiancata della Charleston.

«Da questo momento» aggiunse Rossetti, «ogni volta che vedrai questo sfregio, ti dovrai ricordare di noi. Stai attento Alfieri, o fai come ti dico o inizia a guardarti le spalle. Ci vediamo, eroe.»

Alfieri stentava a credere che a pronunciare quelle minacce fossero stati colleghi di giubba. Assurdo, pensò in preda a un forte sgomento, non avrebbe mai creduto che la gioia del trasferimento si dileguasse in pochi giorni.

Riandò con la mente a Milano.

10

Il nuovo cimitero era stato costruito con il tufo.

Blocchi non molto grandi, posati in vari modi, alcuni destinati al sostenimento di archi, colonne, travi, stipiti e altro ancora.

All'ingresso il cancello in ferro battuto si ancorava a due colonne di tufo, che divergevano dal resto del complesso funerario per il peperino che foderava i puntali. Dall'atrio si diramavano i sentieri che conducevano ai loculi. Al centro, un prato ben rasato faceva da sfondo a un olivo secolare.

Non c'erano i soliti cipressi, bensì aiuole ornate da cespugli e corteccia di pino. Tutto era disposto in modo da rendere meno austero e disperato quel luogo di lacrime.

Seduto sul bordo di un'aiuola, Alfieri osservava una tomba e un volto, quello di Nicole.

Era stato lui a scegliere quella foto tra tanti primi piani scattati. Posizionata nella seconda delle quattro file di loculi, era la tomba che destava maggiore attenzione perché Nicole si era uccisa e tutti ne erano a conoscenza.

Aveva deciso di farla finita senza una ragione, senza lasciare traccia.

Se c'era un perché, la gente se lo aspettava da Alfieri. Era stata la sua ragazza e con lui aveva trascorso l'ultima serata. Alfieri non aveva quella maledetta risposta, non conosceva il dolore di Nicole. Spesso l'andava a trovare, si metteva seduto sul bordo dell'aiuola e rimaneva lì, fermo, a guardare il suo volto, come se volesse ancora comprendere le motivazioni di quel gesto estremo. Quel giorno non riuscì a concentrarsi su Nicole, le minacce di Rossetti e dei suoi uomini lo avevano sconvolto. Una voce famigliare, roca e profonda lo distrasse.

«Marco, non ti passa, eh?»

Si voltò, era Giuseppe, il custode del cimitero, un uomo corpulento, saggio e generoso.

«Ciao Giuseppe. Non mi passa, non riesco a togliermela dalla testa. Non riesco a capire perché lo abbia fatto.»

«Anch'io una volta sono stato innamorato e dopo tanti anni ancora ne sento la mancanza.»

«Come mai non è con te?»

«Se n'è andata. Non che sia morta, non proprio. Mi ha lasciato. Si era stufata di stare con il custode di un cimitero. Mi vedi vecchio, ma quando ero giovane facevo la mia sporca figura. Lei si innamorò di me e io l'amavo più della mia vita. Ci sposammo e facemmo pure un bel viaggio di nozze a Capri, restammo una settimana. Dopo qualche anno mi ha lasciato. Non sopportava l'idea di vivere con una specie di becchino.»

«Mi dispiace.»

«Ci accumuna l'aver perso la donna amata.»

«L'hai più rivista?»

«Sì, una volta, di sfuggita a Viterbo. Era in un centro commerciale, ma non ho avuto il coraggio di chiamarla. Così come mi è apparsa è sparita e d'allora non l'ho più rivista. Doveva andare così» aggiunse con malinconia.

«Ti capisco, il destino non si cambia, purtroppo...»

«Marco che cos'hai? Non è solo per Nicole, vero?»

«Giuseppe lascia stare, è una storia strana.»

«Niente è più complicato della morte e, se permetti, in questo sono un maestro. Avanti, tira fuori il rospo.»

Quello che era successo al parco, pensò Alfieri, era oramai di dominio pubblico, parlarne con Giuseppe non avrebbe compromesso l'indagine e forse lo avrebbe aiutato a riordinare le idee. Decise di sfogarsi. Gli descrisse l'episodio del parco, gli parlò della sospensione dal servizio di Rossetti, Ferri, Mancini e Agovino. Gli disse che il procuratore, come atto dovuto, aveva indagato tutti i poliziotti presenti in quella notte sciagurata, compreso lui. A Rossetti e agli altri aveva ipotizzato una sequela impressionante di reati e nel marasma generale il commissariato si era spaccato in due fazioni. Da un lato c'era chi condannava Rossetti, dall'altro chi, pur non essendo d'accordo con le torture dell'ispettore, puntava il dito contro Alfieri per aver dato soccorso agli algerini, condannando di fatto i colleghi. Nel commissariato si respirava un clima surreale, di diffidenza. Nel caos generale la voce di Danizzetti si era alzata. Da subito aveva preso una posizione netta contro Rossetti. Alfieri non aveva mai dubitato dell'operato del dirigente, ma si era sentito più sollevato quando era giunta la notizia che gli algerini avevano denunciato solo Rossetti e i suoi uomini.

Il custode per tutto il tempo era rimasto ad ascoltarlo seduto su un muretto e senza battere ciglio, ma alla fine esclamò: «Dio ci dovrebbe sterminare!»

«Perché?» domandò Alfieri.

«Ci scommetto che, dopo tutto ciò che ha fatto quel Rossetti, tu ti senti un po' in colpa.»

«No, non è proprio così, forse qualche dubbio...»

«Ecco, lo vedi. Hai dubbi su una cosa sacrosanta. Hai capito perché Dio ci dovrebbe sterminare?»

«Sono arrivato a Roma da pochi giorni e guarda che casino.»

«Tu non meriti la libertà che Dio ti dà, nessuno la merita. Per questo vorrei che ci sterminasse per ricominciare tutto da capo.»

«Che cosa vuoi dire?» chiese Alfieri perplesso.

«Voglio dire che Dio ci ha creati liberi, ma a cosa serve la libertà se questi sono i risultati? Tutti parlano, tutti giudicano e si prodigano in consigli. Dammi retta Marco, tu ascolta tutti e poi fai come ti dice la coscienza.»

«Sì, ma se Dio ci dovesse sterminare, farebbe fuori anche chi della libertà fa buon uso.»

«Ti sembra così, ma così non è. Tutti siamo inquinati dalla follia generale, dal considerare normale ciò che normale non è. Tutti abbiamo la coscienza dilatata e adattata al nostro volere, a quello che ci fa più comodo. È come il malato incurabile. Quando apprende della malattia si dispera, poi si rassegna. L'uomo ha la capacità di sopportare anche una malattia estrema, figuriamoci se non riesce a sopportare il peso della coscienza. Solo qui, al cimitero, ognuno riesce a guardarsi dentro, ma dura poco, solo il tempo della visita. Marco mio, io non sono istruito e mi intrigo quando parlo, però spero di essermi spiegato.»

«Ti sei spiegato bene, Giuseppe.»

«Tu non puoi guarire Rossetti e gli altri dalla follia generale, ma li puoi combattere, e non ti sentire in colpa di niente. È normale ammazzare di botte un uomo? No! E allora Marco, dritto come una spada.»

Alfieri annuì e sorrise.

«E non venire più al cimitero» proseguì Giuseppe, «a Nicole penso io. Stai a sentire un povero vecchio» concluse il custode.

40

11

Silvia Grandi arrivò all'ambasciata algerina alle diciotto e trenta. I lunghi capelli neri raccolti in un fermaglio azzurro e un filo di trucco sul volto. La divisa imponeva un certo decoro che non doveva essere sminuita dall'appariscenza del suo aspetto. Vano tentativo.

Salutò i colleghi cui avrebbe dato il cambio, Giulia Mariani era già arrivata, insieme avrebbero fatto il turno della sera.

Con lei, in auto, commentò l'ennesima circolare del Ministero dell'Interno, alcuni terroristi algerini, c'era scritto, stavano preparando un attentato alle sedi algerine in Italia. Negli ultimi tempi erano giunti in commissariato cinque o sei avvertimenti di quel tipo.

«Abbiamo già tanti guai, ci manca solo un attentato» considerò Giulia.

«Cerchiamo di stare attente, non si sa mai» rispose Silvia. Aprì lo sportello posteriore della Fiat e prese il giubbotto antiproiettile. Impugnò il mitra, controllò che il caricatore contenesse trentadue cartucce e lo inserì di nuovo con un lieve colpo della mano.

«Faccio io la prima ora» disse. «Puoi dare tu l'inizio servizio?»

Giulia annuì.

Attaccato nella parte inferiore del cruscotto della Fiat c'era il microfono dell'apparato radio. Giulia lo prese, si schiarì la gola e disse: «Operativo dalla 13.»

Dall'altoparlante posto sopra il vano bagagli si udì una voce criptata.

«Avanti 13.»

«È il turno montante, come ricevete?»

«Forte e chiaro, 13» rispose la centrale.

«Iniziamo il servizio, al momento nessuna novità.»

«Bene, ricevuto, buona serata e fate attenzione» concluse l'operatore.

«Oggi» riprese Giulia rivolta alla collega, «ho passato il pomeriggio a riordinare la nostra camera, ho dato una bella pulita.»

«Potevi aspettarmi, ti avrei aiutata.»

«Non avevo niente di meglio da fare. Domani porto il frigo.»

«E io il televisore.»

«Siamo state fortunate a trovare una camera libera in commissariato.»

41

«Tu abiti a Roma, nemmeno ti serve.»

«Sì, ma è dall'altra parte della città. È come fare un viaggio.»

Silvia sorrise e annuì.

Le ore trascorsero lente, intervallate dai cigolii fastidiosi dell'apparato radio e dal passaggio, tra le due ragazze, del giubbotto antiproiettile che avveniva al termine dei sessanta minuti.

All'inizio tennero alta la soglia dell'attenzione, ma con il trascorrere del tempo la stanchezza prese il sopravvento. Erano arrivate da pochi giorni, c'era un ambientamento da superare e i turni da digerire. Per questo all'arrivo della mezzanotte si sentirono sollevate.

«Dormi in commissariato stanotte?» chiese Silvia.

«No, vado a casa, ho un paio di cose da sbrigare» rispose la collega.

I poliziotti del turno di notte arrivarono puntuali, Silvia li salutò, prese l'auto e si avviò verso la sua stanza. Si sentiva stremata, gli ultimi giorni erano stati frenetici, non tanto per il trasferimento quanto per il caso Rossetti.

Non ci voleva pensare, ci avrebbe dormito su, si sarebbe isolata per un po' dalle cose che non stavano andando per il verso giusto. In commissariato salì in fretta le rampe di scale che la separavano dalla stanza. Camminava in un corridoio deserto, quando uno strano rumore attirò la sua attenzione. Si girò di scatto. Cercò di scrutare un punto più lontano dove le lampade fulminate alimentavano una fitta penombra. Le sembrò di percepire una presenza.

Era strano, si disse, a quell'ora il commissariato era deserto. Decise di andare a vedere.

Avanzò con cautela, ma sentì una strana sensazione. C'era qualcuno, si chiese? Chi poteva essere?

«Chi c'è?» domandò.

Non ottenne risposta.

Si fermò per un istante, non era più sicura di voler avanzare. Dopo i fatti del parco, alcuni colleghi non si erano preoccupati di manifestarle antipatia. Non stette a pensarci oltre, lasciò stare la curiosità e si affrettò a entrare in camera.

Chiuse a chiave la porta con una doppia mandata. Cercò di distrarsi, si infilò in un pigiama dai colori vivaci e si mise a letto senza spegnere la luce dell'abatjour, rimase a fissare il soffitto, fino a quando, esausta, si addormentò.

42

12

«Ahhhhh!»

Danizzetti lanciò un urlo. Si svegliò di soprassalto, la fronte imperlata di sudore. Aveva appena terminato di lottare contro i fantasmi del passato.

Era scivolosa la superficie sulla quale cercava di fuggire, impervia e infestata dai rovi. Nel sonno cadeva, si rialzava e con affanno riprendeva la fuga, al buio e senza alcun riferimento fino a precipitare nel vuoto con un lamento strozzato in gola.

«Calmati Marino, calmati!» gridò Angela scuotendolo.

Lui la sentì e il respiro, da affannato qual era, si fece più regolare.

«Sì... sì... sto meglio, sto meglio.»

«Come ti senti? Era un po' che non avevi più incubi.»

«È un brutto periodo.»

«Non dovresti pensare alle faccende del commissariato. Perché non vuoi andare in pensione? Avrai diritto anche tu a un po' di pace.»

Danizzetti annuì mentre cercava di alzarsi. La testa gli ronzava come un alveare. Accese la luce dell'abatjour e rimase seduto sul letto, il capo chino a fissare il tappeto.

Poi si alzò. Barcollò un po' prima di riuscire a raggiungere il bagno. Si sciacquò la faccia e si guardò allo specchio. Per trovare un po' di stabilità appoggiò le mani sul lavabo.

Rise, perché c'era stato un tempo in cui il suo nome di battaglia era Leone, ora del felino rimaneva solo una parvenza. Fissava il suo volto riflesso, dietro a quegli occhi lividi intravedeva uno scenario cupo. Cercava di contenerlo, ma di notte trasbordava. Troppi morti aveva lasciato alle sue spalle, in una guerra spietata contro un nemico infimo, spesso vicino.

Conosceva gli eventi, i personaggi ambigui.

Aveva lavorato all'antiterrorismo, trascorso anni in uno stato di tensione esasperata. Si era immerso nelle indagini, in profondità, fino ad arrivare alle deviazioni dello Stato che avevano dato vita ad altrettanti nemici, oscuri e insospettabili. Danizzetti si riteneva un superstite che aveva vissuto sulla pelle le contraddizioni di un Paese sull'orlo di una guerra civile.

Quanti anni erano trascorsi dal suo primo incarico in polizia, si disse. Era giovanissimo e con poca esperienza, ed era stato chiamato alle armi per combattere una guerra contro l'eversione di destra e di sinistra. Gruppi terroristici che stavano scuotendo l'Italia con attentati e stragi. Si era ritrovato a indagare sulla volontà, più o meno manifesta, di compiere azioni terroristiche tali da rendere plausibile un colpo di stato nel Paese. Avrebbe dovuto scoprire chi in Italia avesse ancora velleità golpiste.

Durante l'indagine, aveva scoperto che in Italia esisteva un'organizzazione militare clandestina che si chiamava Gladio, uno strumento di difesa nato fuori dalle istituzioni per contrastare l'Unione Sovietica. Gladio era stata creata in conformità ad accordi presi tra i servizi segreti italiani e quelli americani all'insaputa delle più alte cariche dello Stato italiano. Per lui era diventato un problema quando si era reso conto che l'organizzazione non aveva più compiti difensivi ma nel tempo si era trasformata. Scemato il timore di una guerra fredda, in accordo con la Cia, si era deciso di mutare il corso degli eventi. Il piano consisteva nel mettere in atto una serie di operazioni paramilitari e psicologiche atte a ridurre la presenza e l'influenza dei comunisti in Italia.

Allo stesso tempo per Danizzetti erano iniziate le prime minacce di morte. Assisteva a stragi e omicidi con la consapevolezza di saperli interpretare. Ogni azione serviva a guidare le masse. Lui si era immerso nella melma e non ne era più uscito, fino alla condanna: custode delle sue stesse indagini.

Quando negli anni Novanta il potere politico aveva rivelato l'esistenza di Gladio, spiegandone le finalità e la struttura, tutto era oramai finito. L'organismo era composto da unità reclutate tra cittadini che, per età, sesso e posizione sociale, non avrebbero avuto problemi di deportazioni o d'isolamento rispetto alle eventuali difficoltà che l'Italia, occupata dai russi, avrebbe dovuto affrontare. Una rete segreta di persone disposte a svolgere un'azione di resistenza o almeno a organizzarla, attraverso il sabotaggio o la raccolta d'informazioni che avrebbero permesso a tutta la rete organizzativa di essere aggiornata sui movimenti dei nemici.

Danizzetti da tempo sapeva che erano stati i servizi segreti a procedere all'arruolamento dei gladiatori. Nelle regioni nordorientali era collocato il maggior numero di depositi segreti che contenevano fucili, bombe a mano, mortai, cannoncini ma anche radio ricetrasmittenti.

44

Armi che sarebbero state utilizzate per gli atti terroristici e non per la difesa dell'integrità della nazione. La Cia aveva visto all'interno dell'Italia il nemico, non più in Russia.

Danizzetti conosceva la verità, una verità discordante con la sua morale. Eppure prevaleva in lui un senso dello Stato esasperato, la convinzione di appartenere a un sistema dove ognuno avrebbe dovuto fare la sua parte per tenere in piedi un'Italia non ancora pacificata. Ma non così, non con tutti questi morti.

Scosse la testa mentre il viso pian piano riprendeva colore. Per tutta la vita aveva tentato di rimanere integro, eppure le decisioni prese, sebbene dietro intimidazioni, lo candidavano per un posto all'inferno.

Omettere equivale a essere complice nel reato, si disse.

Traballante si diresse in cucina, dal frigo prese una bottiglia d'acqua. Era fresca, la sorseggiò con sollievo. Gettò un'occhiata allo studio, ovunque c'erano i premi ricevuti nella sua vita professionale.

Sorrise, un sorriso amaro, sconfitto.

Quella notte non riuscì più a prendere sonno.

13

I giorni passarono lenti, ma l'inquietudine di Danizzetti ristagnava come acqua nella melma. Aveva imparato a convivere con il fango, e anche Rossetti e la sua gang non contribuivano a rendergli la vita facile. Sulla sua scrivania spiccavano i fascicoli dei quattro imbecilli con il rapporto conclusivo. Lui lo guardava con aria preoccupata.

L'aveva riletto più volte. Alcuni poliziotti erano stati sentiti come testimoni, altri interrogati direttamente dal Procuratore. Gli unici a non essere stati ancora ascoltati erano proprio Rossetti, Ferri, Agovino e Mancini. E il funzionario sapeva perché. La risposta era lì, sulla scrivania. Era una richiesta al giudice di custodia in carcere per i quattro scellerati.

Il Procuratore si era impegnato nella ricostruzione della vicenda e per meglio farlo avrebbe dovuto mettere in galera Rossetti e gli altri. A tenerli liberi si rischiava l'inquinamento delle prove, dando loro la possibilità di incontrarsi per poter concordare le strategie difensive o intimidire i testimoni, com'era accaduto ad Alfieri.

E proprio sul rapporto di Alfieri si teneva in piedi la possibile carcerazione dei quattro. Quel ragazzo, pensò Danizzetti, era un kamikaze. Aveva raccontato per filo e per segno le minacce subite in un bar sulla Flaminia da parte di quei colleghi.

Danizzetti richiuse il fascicolo e si preparò all'arrivo dell'uragano.

14

Nicole...

Un giorno maledetto. Il corpo scomposto sull'asfalto, la disperazione, il carro funebre, le auto della polizia e l'ispettore Marulli della squadra mobile. Alfieri ricordava ogni dettaglio. Suicidio, il caso era stato chiuso così. Il gesto di un animo debole, un'indole controversa e piena di incognite.

Una folle, forse, questo avevano detto di Nicole.

Alfieri passava i giorni a scavare nella memoria, alla disperata ricerca di un particolare che potesse far luce su quel gesto estremo.

Dov'era nascosta la disperazione di Nicole, dietro quale espressione avrebbe dovuta leggerla, si chiedeva.

Era stata la sua ragazza, con lei aveva vissuto momenti di dolcezza, nessun accenno alla tristezza. E allora perché prendere una sedia della cucina, trascinarla fin sotto la finestra, appoggiare un piede sul davanzale e gettarsi nel vuoto dall'ottavo piano.

Per ricordare quell'attimo assurdo, Alfieri aveva chiesto al collega della scientifica la fotografia che ritraeva la scena del suicidio e quell'immagine lo seguiva come una persecuzione.

La teneva nel portafogli, di tanto in tanto la tirava fuori. Osservandola gli sembrava di vedere Nicole che, con una calma agghiacciante, saliva sopra la sedia e si gettava nel vuoto.

Gli faceva male quell'immagine, lo faceva sentire in colpa per non essere riuscito a capire, ma cosa c'era da capire, cosa? Quella foto era divenuta una reliquia da cui non osava separarsi.

La sera, poi, era terribile da sostenere. Con il buio i fantasmi facevano capolino. A questo pensava Alfieri in servizio al corpo di guardia del commissariato, un ambiente diviso con pannelli di plexiglass.

Era da poco passata la mezzanotte. Sui monitor vide Silvia e Giulia di ritorno dall'ambasciata algerina. Erano ferme sul marciapiedi a parlottare. Aprì il portone blindato.

«Come va?» chiese lui.

«Male» rispose Giulia. «Ho sonno e devo andare dall'altra parte della città.»

«Fermati qui a dormire» disse Silvia.

«Non posso, sto preparando la tesi, domattina devo alzarmi presto. E tu, Marco?» chiese poi Giulia.

Alfieri non rispose subito, sapeva a cosa alludeva.

47

Due giorni prima era stato dal procuratore per i fatti del parco. Interrogato come indagato, non sentito come testimone. Era un atto dovuto, sarebbe stato scagionato, almeno così sperava, ma intanto si era dovuto presentare in procura con un avvocato e subire l'interrogatorio. Il pubblico ministero aveva riconosciuto a lui e a pochi altri la capacità di porre fine al reato, ma in realtà il pestaggio non sarebbe dovuto iniziare. L'intervento contro Rossetti era stato intempestivo, un algerino era già stato picchiato a sangue e il secondo aveva ricevuto numerose percosse. Alfieri spiegò alle colleghe i dettagli, disse di sentirsi preoccupato, che l'episodio avrebbe potuto condizionare l'aspetto professionale e non solo per il futuro.

Alla fine Giulia commentò: «Voglio andarmene da questo posto, ho già fatto domanda di trasferimento. Domani la consegno.»

«E darla vinta agli amici di Rossetti» obiettò Silvia.

«Non ce la faccio più, non sopporto l'idea di essere giudicata, di avere gli occhi dei colleghi addosso.»

«Se andrai in un altro commissariato, prima di te arriveranno le calunnie. Siamo state trasferite da poco» aggiunse Silvia, «facciamo trascorrere un po' di tempo, poi decidiamo.»

Era giusto aspettare. Decisero che la divisa andava rispettata, come la dignità, che i Rossetti andavano combattuti perché infangavano la polizia, insudiciavano il lavoro dei colleghi, il lavoro costante svolto nelle strade lontano dai riflettori.

Alla fine si salutarono. Giulia si allontanò dal commissariato, Alfieri rimase al corpo di guardia, mentre Silvia salì in camera.

Gli uffici erano deserti, tutto taceva. A Silvia fece impressione quel silenzio, non sentiva i passi frenetici del giorno. I telefoni muti, le fotocopiatrici e i computer spenti. Solo una fioca luce illuminava le rampe delle scale, mentre nei corridoi stagnavano lame d'ombra.

Quel silenzio le fece paura. Era un timore amplificato da un ricordo, alcune notti prima una stupida suggestione le aveva impedito di percorrere un corridoio non illuminato. E in quel momento si ritrovò di nuovo in quell'androne. Non l'aveva percorso di giorno, con il sole ogni timore si era dissolto. Ma con la notte si era rigenerata un'assurda e morbosa curiosità. Per questo decise di arrivare in fondo. Avanzò con circospezione, superò alcune porte. Il corridoio non terminava in fondo, ma deviava a destra. Notò che la luce in quel punto era ancora più tenue e non vi erano altre porte. Si sentiva agitata senza saperne il motivo. Girò l'angolo, il corridoio terminava una ventina di metri più avanti. La costruzione di un tramezzo lo aveva interrotto, era evidente. Non c'era niente di particolare, pensò Silvia guardandosi intorno. Poi alzò gli occhi al soffitto e la vide.

Era una botola, l'ingresso a una mansarda. Sembrava assemblata a una scala pieghevole. Al centro c'era un anello che ne avrebbe consentito l'apertura. Era lì a fissarla, quando le sembrò di percepire la luce di una torcia. Il cuore iniziò a batterle forte. Era certa di aver visto un bagliore. Non era normale pensò, che nell'ora tarda della notte qualcuno potesse trovarsi nella mansarda del commissariato. Si sentì spaventata. Avrebbe dovuto dare l'allarme. Rifletté. Da poco era stata trasferita in quell'ufficio e non ne conosceva le dinamiche. E se qualcuno stava lavorando, si chiese. Non era il caso di creare altro allarmismo, era sufficiente il casino che aveva fatto al parco. Frenò la curiosità e decise di ignorare quel bagliore. Tornò indietro fino all'inizio del corridoio, fino alla camera dove dormiva.

Entrò e chiuse a doppia mandata la serratura.

15

Iniziò la giornata con un pensiero positivo, confidando in una buona notizia. Il suo avvocato aveva presentato una memoria difensiva e chiesto un interrogatorio per raccontare al procuratore un'altra versione dei fatti rispetto a quella apparsa sui quotidiani.

L'ispettore Rossetti temeva di essere arrestato, un'ipotesi nemmeno tanto remota. Gli amici della procura lo avevano avvisato che sul suo capo pendeva un ordine di carcerazione, lo ritenevano pericoloso e capace d'inquinare le prove attraverso minacce o azioni violente.

Non sbagliavano. Avrebbe volentieri strangolato Alfieri, ma doveva restare calmo, c'era una via d'uscita, c'è sempre la possibilità di svicolare tra la rete dei tribunali.

Algerini e finti poliziotti, giudici e avvocati, Rossetti non si sentiva parte di questo Stato, lo considerava marcio, putrido rancidume dove il delinquente sguazzava spavaldo. Lui alla sbarra, i negri spacciatori trattati come eroi, non poteva essere questa la giustizia.

Rossetti si sentiva ribollire il sangue al pensiero di dover pagare al posto di altri. Erano gli algerini a dover pagare, loro spacciavano merda e solo il caso non aveva permesso di coglierli con la *roba* addosso. Il procuratore non poteva non comprendere lo sconforto e la delusione di quel momento, e la reazione fisica e spavalda degli extracomunitari. Su questo avrebbe basato la linea difensiva.

Tutte le sue certezze, però, a tratti vacillavano. Vedeva il precipizio, ne scorgeva il fondo e un vento alle spalle che lo spingeva verso il vuoto.

Quella mattina, dopo l'ennesima notte insonne, si alzò dal letto con un dolore costante all'altezza dello sterno.

Si preparò un caffè e rimase come in ipnosi ad ascoltare il tintinnio del cucchiaino contro la ceramica della tazzina. Bevve il caffè freddo, a dispetto dei due cucchiaini di zucchero e lo fece sulla soglia della camera da letto, fissando sua moglie che dormiva sonni profondi.

L'episodio del parco era servito a scavare una voragine incolmabile nel loro rapporto. Non che gli dispiacesse, poteva fare a meno di una donna che non lo desiderava da anni. Ciò che lo faceva più imbestialire era il fatto che anche lei era una collega e come tale avrebbe dovuto capire. Rossetti fece una smorfia rassegnata.

Cosa avrebbe potuto pretendere da Matilde, lei non aveva mai fatto un servizio operativo, era sempre stata un'imboscata. Cosa ne poteva sapeva delle frustrazioni del poliziotto, se l'unico pericolo in cui era incorsa negli ultimi anni era quello di tagliarsi con la carta. Non ricordava da quanto tempo fosse in forza all'ufficio servizi del commissariato con Artini lo *storpio*, un altro esemplare di incapacità e fancazzismo, ma aveva presente perfettamente tutte le volte che l'aveva vista in strada in un servizio operativo. Mai!

E anche nelle idee politiche divergevano. Matilde era quasi una *zecca* che aveva l'abitudine di indossare la kefiah nelle varie tonalità di colore. Un simbolo, diceva, che l'aiutava a sentirsi distante dalla mentalità occidentale, dalla borghesia sempre più ricca e strafottente. Ma era stipendiata da quello Stato che volentieri avrebbe combattuto, le ripeteva nelle infinite discussioni, troppo facile criticare con i soldi dei contribuenti in tasca. Quante discussioni con Matilde, eppure in cuor suo sentiva ancora amore per una donna così diversa dal suo modo di concepire la vita. La vita, rifletté Rossetti, sa essere sarcastica, perché amava Matilde e il suo Paese, ma entrambi gli stavano voltando le spalle. E la colpa era di quelli che avevano difeso gli algerini, personaggi senza spina dorsale, falliti della società. Si sarebbe vendicato, lo avrebbe fatto a ora e tempo. Per il momento doveva concentrarsi sulla difesa, uscire dalla buriana e aspettare tempi migliori.

Uscì di casa con mille pensieri. Da quando non era più in servizio, aveva preso l'abitudine di recarsi nel solito bar per il caffè e nella solita edicola per informarsi sulle ultime giornate di campionato.

Nemmeno la Roma gli stava dando soddisfazione. Quella mattina decise di acquistare il *Messaggero*. Lo sfogliò camminando, mentre con la coda dell'occhio intravedeva la strada che aveva deciso di percorrere. Solite notizie, si disse, stantie al pari della Roma che, come sempre, continuava a rimanere distante dalla vetta.

I politici sempre più corrotti, la guerra, nemmeno troppo subdola, continuava tra Israele e la Palestina, mentre l'Italia si avviava verso il baratro di una crisi economica senza via d'uscita. Scorse con distacco gli avvenimenti di cronaca nera, dimenticando ciò che leggeva alla pagina successiva. Guardò l'orologio, erano le nove. Di fronte a lui il parco. Entrò, lo faceva tutte le mattine per fare due passi, ma non si sarebbe trattenuto più di tanto perché alle undici era stato convocato dall'avvocato. C'è una cosa di cui dobbiamo discutere, gli aveva detto al telefono, una frase che gli aveva messo ansia come la prima volta che aveva premuto il grilletto dentro un poligono.

Nel parco non c'era gente. L'orario era quello del lavoro, non delle passeggiate. Neppure gli anziani o i cani portati al guinzaglio dai padroni circolavano tra le file di oleandro, né qualcuno dedito al footing. Poco oltre un platano vide una colonna di marmo di epoca romana. Era spezzata in tre tronconi sparsi sul terreno. La paragonò al suo stato d'animo. Anch'essa aveva sostenuto il peso dello Stato, ma poi era diventata inutile, corrosa dal tempo e infestata dal muschio. Come quella colonna, pensò, anche lui era stato abbandonato.

Assorto com'era non si accorse di nulla. Sentì un rumore sordo alle sue spalle e poi un bruciore, improvviso, all'altezza della spalla sinistra. Si toccò, sgorgava sangue. Si girò, ma altri intensi dolori gli penetrarono il petto.

Rossetti fu scaraventato contro la colonna romana. Perdeva sangue, con le mani tentava di tamponarlo. Aveva il respiro affannato, tentò di sollevarsi, ma non ci riuscì.

In preda alla disperazione cercò di urlare, ma solo il sangue, misto a saliva, fuoriuscì dalla bocca.

Poi, alzò lo sguardo al cielo. In controluce si stagliavano due figure.

Non riusciva a capire chi fossero. Uno dei due gli puntò la pistola alla fronte e tirò il grilletto.

Il sangue striò la colonna romana.

16

«Hanno ammazzato l'ispettore Rossetti!».

In questo modo, improvviso e brutale, il dirigente Danizzetti ebbe la notizia dell'omicidio. Fu l'ispettore superiore Ascani a dirglielo correndo come fosse inseguito da un branco di leoni.

«Gli hanno sparato, un'esecuzione.»

Danizzetti incrociò lo sguardo dell'ispettore, poi socchiuse gli occhi, piegò il capo e respirò a fondo.

«Aspettami con l'auto davanti al commissariato.»

Ascani annuì e uscì trafelato dallo studio. Danizzetti si ritrovò solo, con la necessità di riordinare le idee e capire cosa stesse accadendo nel suo commissariato. Lo avevano parcheggiato lì in attesa della pensione, in una zona con bassa densità criminale rispetto al resto della città. I Parioli erano un quartiere residenziale di Roma, di solito tranquillo e, invece, negli ultimi mesi si era scatenato l'inferno.

Scese, raggiunse Ascani.

«Andiamo.»

Una sola parola, densa come una colata di lava.

Pochi istanti dopo entrò nel parco. Alcuni curiosi, a debita distanza, osservavano un lenzuolo bianco. I poliziotti aveva già delimitato l'area. Uno di loro, l'ispettore Parri, gli disse che avrebbero pensato loro a tenere a bada i giornalisti, i curiosi e pure i colleghi che non fossero necessari per le indagini.

«Bene, ispettore» approvò il dirigente. «Non dimenticare di inviare qualcuno a dare un'occhiata nelle vie limitrofe al parco. Controllate targhe, persone, chiedete ai negozianti e alle vecchiette se hanno visto qualcosa di strano.»

L'ispettore Parri fece un cenno di assenso e si allontanò.

Danizzetti, invece, si avvicinò a Rossetti stando attento a non calpestare nulla di rilevante. Il corpo era a terra, seduto, con la schiena riversa su una colonna di marmo. Era come se dormisse, e solo il lago di sangue e il buco in fronte davano un senso all'accaduto.

In un istante la sua mente fu attraversata da echi di spari, di fantasmi provenire dal passato.

Un altro morto, un altro poliziotto. Una trincea metropolitana.

Sentì un uragano abbattersi nell'anima.

Oltre al buco in fronte, contò altri tre fori, due all'altezza del petto.

«Chi può essere stato?» domandò l'ispettore Ascani.

Danizzetti si era dimenticato della sua presenza. Non rispose a quella domanda, cosa avrebbe potuto dire. Mille pensieri gli turbinavano nel cervello, mille spettri si annidavano.

«Potrebbe avere a che fare con il pestaggio degli algerini?» domandò ancora Ascani con un filo di voce.

«Potrebbe. La scientifica e la squadra mobile quando arrivano?»

«A minuti, dottore.»

Le urla di una donna attirarono la loro attenzione, due uomini in divisa la tenevano. Danizzetti si avvicinò. La donna cercava di liberarsi dalla presa per correre verso il cadavere.

«Mi dispiace Matilde» disse il funzionario e poi intimò ai poliziotti di lasciarla andare. Matilde rimase immobile, con le mani tratteneva le lacrime, Danizzetti l'abbracciò e lei si lasciò andare al pianto.

«Farò di tutto per prenderli» le sussurrò, «te lo prometto. Volevo andarmene in pensione, ma sembra che non sia giunto ancora il momento. Questa sarà la mia ultima indagine. Adesso, però, devi andare. Non puoi fare niente per lui.»

Matilde pronunciò un grazie appena udibile.

«Ascani» chiamò Danizzetti, «accompagnala a casa e fai in modo che non rimanga sola» poi, rivolgendosi a lei aggiunse, «per qualsiasi cosa siamo a tua disposizione.»

Rimase a fissarli mentre uscivano dal parco, poi si avvicinò al corpo di Rossetti. Non gli era mai piaciuto il suo modo di lavorare e tanto meno i modi barbari che aveva.

E più di una volta era stato sul punto di punirlo. Se l'avesse fatto, si rimproverò, forse avrebbe potuto salvargli la vita. Non poteva fare i conti con i se o con i ma, doveva giocare con le carte che aveva. Ripensò agli algerini. Troppo facile il movente, ma aveva imparato che, spesso, la soluzione del caso era nelle cose semplici. O, più probabile, bisognava cercare da tutt'altra parte.

Dalle decisioni della prima ora dipendeva il buon esito dell'indagine. Non poteva permettersi il lusso di rimanere ancora immobile. Si guardò intorno, cercò tra le divise quella dell'ispettore Parri. Quando l'ebbe trovata, lo chiamò.

«Parri, venga un attimo.»

«Sì dottore, mi dica.»

«Novità?»

«Stavo per venire da lei. C'è un testimone, quel signore lì in fondo» l'ispettore indicò una persona di mezza età con al guinzaglio un labrador. «Era con il cane nel parco, quando hanno sparato a Rossetti. Vuole parlarci?»

Danizzetti guardò l'uomo e il suo cane, e iniziò a camminare nella loro direzione.

«Salve» disse tendendogli la mano, «sono il primo dirigente Marino Danizzetti.»

«Piacere» rispose l'uomo stringendogli la mano, «dottor Giorgio Minieri.»

«Dottore in cosa?»

«Sono uno psicologo.»

«Ah! In questo momento ne avrei bisogno. Le va di fare due passi?»

«Come vuole.»

Il dirigente guardò un gruppo di persone accalcate alla ringhiera del parco come fossero a uno spettacolo teatrale. Qualcuno, con la scusa dei fiori da depositare nei pressi del cadavere, cercava di forzare il blocco per guadagnare un posto vicino alla scena.

«La gente è attratta dal male, non è vero dottore?»

«E dal pericolo» aggiunse Minieri.

«Lei viene spesso al parco?»

«Veniamo tutte le mattine» rispose accarezzando il cane.

«Un mio uomo mi ha detto che ha visto qualcosa. È così?».

«Avrei preferito non essere venuto al parco» rispose Minieri, «sono abituato alla vista della morte, ma assistere a un'esecuzione è scioccante.»

«La capisco.»

«Vede l'altura, là vicino a quegli alberi?» il dottore indicò una collinetta con un sentiero che si inerpicava in cima. «Passeggiavo in quel punto quando all'improvviso ho sentito dei colpi, sordi. Mi sono girato e ho visto due persone con le pistole che correvano in direzione del cancello. Hanno nascosto le armi sotto la camicia e sono usciti. Fuori c'era un'auto che li aspettava.»

«Senta, mi faccia capire bene» disse perplesso Danizzetti. «Lei ha detto che erano in due e che correvano verso il cancello. Quindi non ha visto l'istante in cui hanno sparato.»

«No, ho sentito solo gli spari e visto i due che scappavano.»

«E l'auto, ricorda la targa?»

«No, mi dispiace.»

«E il colore, il modello?»

55

«Dal punto in cui ero ho potuto distinguere solo il colore, nero. Era un'auto di piccola cilindrata, forse una Golf. Quello che le posso dire con certezza è che dentro c'era un loro complice che li stava aspettando.»

Danizzetti attese che lo psicologo riordinasse le idee.

«Ho atteso un paio di minuti e poi sono sceso per vedere a chi avessero sparato ed è in quel momento che ho visto l'uomo a terra. C'era sangue dappertutto, è stato terribile.»

«Lo immagino, dottore. Sarebbe in grado di riconoscere i due che hanno sparato?»

«Magari potessi. Vede, mi sono voltato nell'istante in cui ho sentito i colpi, ma già loro mi davano le spalle.»

«Le fisionomie saprebbe descriverle? Se erano uomini o donne, ad esempio.»

«Dalle movenze mi sembravano uomini, ma questo è relativo, ci sono donne che si muovono come gli uomini.»

«E i loro abiti, se li ricorda come erano vestiti?»

«Entrambi in jeans chiari e camicia fuori dai pantaloni, una di colore grigio e l'altra azzurra. Ah! Indossavano i guanti.»

Danizzetti annuì, incoraggiando lo sforzo mnemonico dello psicologo.

«Un'ultima domanda, dottore, è importante.»

«Mi chieda Danizzetti, qualsiasi cosa pur di essere utile.»

«Gli assassini erano di razza bianca o di colore? Prima di rispondere rifletta un attimo, è un dettaglio di grande interesse.»

Minieri scosse la testa.

«Mi dispiace, non devo pensarci, non so risponderle» concluse sconsolato.

«Grazie lo stesso.»

«Le cose che le ho detto, sono le stesse che ho riferito poco fa ad alcuni poliziotti, quelli della volante, credo.»

Bene, pensò Danizzetti, a quest'ora la centrale avrà diramato le ricerche.

D'un tratto una voce squillante s'intromise.

«Marino!»

A Danizzetti quel tono fu subito famigliare.

«Ciao Roberto, quanto ci hai messo ad arrivare» poi rivolgendosi a Minieri, aggiunse: «Dottore, le vorrei presentare il dirigente Roberto Masi, responsabile della squadra mobile. Sarà lui a condurre l'inchiesta.»

«Piacere, Minieri» rispose lo psicologo allungando la mano.

«Il dottor Minieri ha visto gli assassini, purtroppo non in faccia. Al momento è l'unico testimone che abbiamo» precisò Danizzetti.

«Dovrebbe venire in commissariato, qui vicino» proseguì Masi.

«È proprio necessario?» chiese Minieri con una smorfia.

Danizzetti s'intromise: «Dottore, noi poliziotti nel nostro lavoro siamo ripetitivi e noiosi. Il dottor Masi vuole formalizzare ciò che mi ha riferito a voce. Solo nei film americani la polizia non scrive verbali, noi non facciamo che annotare, rapportare. Una noia mortale.»

«Ho capito, datemi il tempo di avvisare i miei pazienti e vengo con voi» rispose lo psicologo mettendo mano al cellulare.

Per un istante il silenzio avvolse le figure dei funzionari, come a voler suggellare l'attimo che segna l'inizio dell'indagine. Un prendere fiato prima della corsa.

«Un poliziotto ammazzato» cominciò Masi, «è una gran brutta faccenda.»

L'intento era di testare l'umore e la reazione di Danizzetti.

«Un assassinio è sempre una brutta faccenda» commentò l'altro.

Masi sapeva del pestaggio agli algerini, ed era consapevole che l'omicidio di Rossetti avrebbe posto Danizzetti al centro di un turbinio di polemiche. Come ai vecchi tempi, pensò.

Conosceva il vecchio Leone, eccome se lo conosceva, e quella frase pronunciata senza grande enfasi *un assassinio è sempre una brutta faccenda* era in realtà un ruggito di guerra. Era pronto a combattere. In teoria era Masi ad avere la titolarità investigativa, ma non sarebbe riuscito a tenerlo lontano, né lui né il pubblico ministero. Allora, tanto valeva sfruttare la sua esperienza e il suo acume investigativo, rifletté.

«Cosa ne pensi?» gli chiese.

«Non lo so» rispose Danizzetti.

«Non ci credo, sono sicuro che hai il cervello in un frullatore. Non mi incanta la tua calma.»

«C'è qualcosa che non mi convince.»

«Lo vedi? Ne ero sicuro, dai sputa il rospo.»

«Ripensavo a una notte. Rossetti riceve una soffiata su alcuni algerini che spacciano, li trova e poi scopre che al posto della droga c'è il bicarbonato. A quel punto, deluso per il mancato arresto e furibondo per essere stato raggirato, perde la testa. Prende i cinque algerini, li conduce alla villa e ne massacra due di botte. Oggi, all'interno dello stesso parco, con una vera e propria esecuzione, viene ucciso. Un commando lo segue, lo aspetta e lo fa fuori. Si tratta di un ammonimento, una punizione esemplare?» senza attendere risposta Danizzetti proseguì: «Erano dei piccoli spacciatori e la microcriminalità non uccide in questo modo, lo sai meglio di me. C'è altro.»

«Potrebbe esserci un collegamento. Nei giorni successivi al pestaggio abbiamo prestato particolare attenzione ad alcuni quotidiani alternativi, stampati in forma autonoma e indipendente da alcuni pseudo centri culturali. In quelle pagine Rossetti veniva sottoposto a un linciaggio morale e politico di inaudita violenza che, in alcuni casi, assumeva a una vera e propria istigazione. La sua brutalità era presentata come una forma estrema di razzismo, di rifiuto totale del diverso. La ferocia di quegli articoli è, in qualche modo, preludio del suo assassinio.»

«Interessante. Li vorrei leggere.»

«Quando vuoi. Sono sulla mia scrivania.»

Alcuni istanti per rimettere ordine alle idee.

«Da dove iniziamo?» spezzò il silenzio Masi.

«Bisogna cercare l'auto con cui si sono allontanati. L'avranno abbandonata da qualche parte, fanno sempre così.»

«La stanno già cercando.»

«Teniamoci in contatto, io vado in commissariato.»

Masi annuì. Avrebbe pagato per conoscere i pensieri di Danizzetti. Ermetico come sempre, si avvicinò al dottor Minieri, c'era una deposizione da far verbalizzare.

17

Danizzetti tornò in commissariato e si chiuse nello studio.

Rimase solo e con il desiderio di fuggire. Fuggire da una realtà che gli apparteneva, che gli toglieva il respiro, che aveva tolto la serenità a lui e a sua moglie.

La chiamò, ripetendole le solite promesse.

«Questa è l'ultima indagine, non posso scappare.»

«Non sei mai scappato.»

«Mi sento responsabile della morte di Rossetti.»

«Come della morte di altri.»

«Prepari la cena?»

«La troverai sul tavolo, fredda, come tante altre cene. Io sarò a letto e non ti sentirò rientrare.»

Non era vero, Angela l'aveva sempre aspettato per tirare almeno un sospiro di sollievo nel vederlo rincasare.

Il sostituto commissario Ascani piombò nello studio quando ancora i pensieri di Danizzetti volteggiavano nell'aria, scuri come le nuvole di un temporale.

«Dottore hanno ritrovato l'auto del commando!» gridò, «è una Volkswagen Polo, risulta rubata. Ha ancora le chiavi inserite nel quadro.»

«Dove è stata ritrovata?»

Ascani non rispose subito. Prese fiato e rispose.

«All'ambasciata algerina, in via Barnaba Oriani.»

Danizzetti ebbe un sussulto.

«Che Dio li fulmini!» esclamò, «vogliono firmare l'omicidio. Non può essere un caso, le cose non accadono mai per caso. Meglio. Così ora sappiamo che esiste una correlazione tra il pestaggio degli algerini e l'omicidio di Rossetti. Lì c'è un nostro posto fisso. Non hanno visto nulla?»

«No dottore. L'auto è stata ritrovata dalla parte opposta alla via, fuori dalla loro visuale.»

«Telecamere? Avete dato un'occhiata se ci sono in zona?»

«Nessuna dottore, e quelle dell'ambasciata non arrivano fino all'auto.»

Danizzetti guardò l'orologio, erano le due del pomeriggio e si sentiva stanco. Chissà perché, gli vennero alla mente le parole di un vecchio dirigente oramai in pensione.

«Marino», gli aveva detto un giorno davanti al corpo di quattro poliziotti crivellati di colpi, «tieni sempre ben presente che l'avere fiuto nelle indagini non solleva dalla necessità di apprendere le tecniche, così come l'essere esperti non ti esime dall'esercizio della sensibilità e della pazienza.»

La pazienza. Non ricordava più il giorno in cui l'aveva terminata, filata via lungo il corso della vita e dimenticata lungo l'argine del Tevere.

«Ascani.»

«Sì dottore».

«Trova un poliziotto che mi accompagni all'ambasciata algerina. Tu, intanto, cerca di capire cosa ci facesse Rossetti in quel parco. Se era sua consuetudine andare lì a passeggiare, oppure se aveva dato appuntamento a qualcuno» concluse Danizzetti.

18

Era stata Silvia ad avvisare Alfieri dell'omicidio di Rossetti.

Lui, da Viterbo, era salito in auto e aveva guidato fino a Roma con il cuore in gola. Era accaduto l'irreparabile, l'avevano ammazzato.

Una volta a Roma andò diritto al parco, per vedere il corpo dell'ispettore. I colleghi non lo fecero avvicinare, nessuno poteva oltrepassare l'area delimitata. Confuso tra la gente, restò per un'ora a osservare quello spettacolo tetro, che lo tormentava in un groviglio di pensieri ed emozioni contrastanti. Fino a quando non si decise a rientrare in commissariato.

Si trovava nei pressi del corpo di guardia quando Ascani lo vide.

«Alfieri» lo chiamò.

«Sì.»

«Hai qualcosa da fare?»

«No» rispose un po' sorpreso.

«Prendi un'auto e accompagna Danizzetti in via Oriani.»

Alfieri annuì senza comprendere. Non sapeva che l'auto usata dagli assassini di Rossetti era stata abbandonata nei pressi dell'ambasciata algerina. Scese in garage e prese un'Alfa. Risalì la rampa fino all'ingresso del commissariato. Danizzetti era lì, dritto sul marciapiedi. Entrò. Alfieri tentò un saluto discreto.

«Salve, dottore.»

«Hanno preso te?»

«Per me è un piacere farle da autista. Dove vuole che l'accompagni?»

«Ah! Non lo sai? In via Oriani hanno ritrovato l'auto degli assassini di Rossetti.»

Alfieri non perse tempo, inserì la prima e partì. Durante il breve tragitto non parlarono, ognuno correva dietro ai propri pensieri.

«Alfieri fai attenzione» disse il dirigente, «l'auto dovrebbe essere dietro alla curva.»

In effetti trovarono uno sbarramento alla via. Danizzetti scese dall'auto e si diresse verso la Volkswagen Polo posteggiata vicino ai cassonetti dell'immondizia.

Tutt'intorno un nugolo di poliziotti, a un centinaio di metri l'ambasciata algerina.

Masi era nei dintorni. Gli si avvicinò.

«È una brutta faccenda, Marino.»

«Lo sapevamo. Novità?»

«Qualche capello, un paio di reperti. La scientifica lavora. Ci sono le impronte, ma saranno del proprietario dell'auto. Marino, questa è gente che la sa lunga.»

«Testimoni? Tre uomini che escono da un'auto e la lasciano aperta con i finestrini abbassati potrebbero destare curiosità.»

«I miei uomini stanno facendo il giro dei palazzi.»

«E sull'auto ci sono notizie?»

«Rubata in nottata, qui vicino, in una traversa di viale Regina Margherita. Abbiamo contattato il proprietario, dice che è rientrato verso mezzanotte e questa mattina alle sette, quando è sceso per andare al lavoro, non l'ha più trovata.»

«Hai ragione Robe', hanno studiato ogni particolare, gente addestrata. Chi è il proprietario della Polo, cosa fa?»

«Svolge l'attività di pubblicista per il Messaggero, sembra pulito.»

Seguirono istanti di silenzio tra i due dirigenti, entrambi con gli occhi puntati sull'auto come se gli sguardi potessero materializzare i volti degli assassini. Danizzetti si avvicinò. Un particolare aveva attirato la sua attenzione.

Era un piccolo foro all'altezza della maniglia del lato guida che la scientifica aveva cerchiato con un pennarello.

«Cos'è questo foro?» chiese.

«Non lo so» rispose Masi.

«Intorno non ci sono segni di ruggine, è stato fatto di recente.»

«Visto che non ci sono altri segni di effrazione, lo avranno utilizzato per aprire la portiera. Bisognerà chiamare la polizia stradale, loro sono competenti per i furti di auto.»

Danizzetti scosse la testa: «Ai miei tempi per aprire un'auto utilizzavano spadini, cacciaviti e piede di porco. Oggi si sono evoluti, sono più sofisticati. Ci mettono meno tempo e fanno meno chiasso», si sporse nell'abitacolo. «E anche il blocco d'accensione, una volta collegavano i fili sotto il volante, adesso accendono il motore con la chiave.»

«Potrebbe avergliela fornita il proprietario dell'auto» ribatté Masi.

«Oppure oltre all'auto, gli hanno fregato pure la chiave» obiettò Danizzetti.

«Ce lo faremo dire da lui.»

«Roberto, tienimi aggiornato. Vado a mettere qualcosa sotto i denti e torno in commissariato.»

Masi annuì, mentre il dirigente si avviò verso Alfieri che, stando in disparte, aveva ascoltato la conversazione.

«Dottore» intervenne l'assistente.

«Sì.»

«Vorrei dirle qualcosa a proposito della Polo.»

«Dai andiamo, me la dirai in auto. Ho bisogno di un caffè, prima che svenga.»

«Vorrei che mi desse cinque minuti, adesso.»

Danizzetti si fermò e lo guardò fisso negli occhi. Era una sua caratteristica quella di squadrare l'interlocutore quando suscitava interesse o dubbi.

«Che cosa c'è?» chiese con un po' d'indolenza.

«Potrebbe esserci una traccia importante, dottore.»

Un lieve sorriso, ironico, apparve sul volto di Danizzetti.

«Alfieri, anche questa volta abbiamo confuso l'eroina con il bicarbonato?»

«Forse» sorrise Alfieri allo scherno del dirigente.

«Cosa vuoi dire?»

«Che il commando che ha ucciso Rossetti, è specializzato anche nel furto di auto.»

«Cioè?»

«Hanno rubato la Polo poche ore prima di commettere l'omicidio e l'hanno prelevata nelle vicinanze dell'obiettivo. È evidente che sono attrezzati e conoscono l'elettronica delle moderne autovetture.»

«Come fai a dirlo?» domandò perplesso Danizzetti.

«Poco fa lei ha rilevato quel piccolo foro vicino alla maniglia.»

«Sì.»

«Da lì, il ladro, inserisce lo spadino per aprire la portiera.»

«Lo so, l'abbiamo già detto con il capo della mobile» rispose Danizzetti, curioso di capire dove volesse arrivare l'assistente.

«Dottore, sono sicuro che se lei facesse venire qui il proprietario della Polo e gli chiedesse di mettere in moto l'auto con la sua chiave questa non partirebbe più.»

«Non riesco a comprenderti» lo incalzò il funzionario. «Alfieri, non fare troppi giri di parole, vai al sodo.»

L'assistente stava per rispondere, ma fu preceduto da Masi.

«Marino» chiamò il capo della mobile, «è arrivato il proprietario della Polo. Sta facendo un po' di storie, vieni sentiamo cosa vuole.»

Danizzetti annuì. Poi si rivolse ad Alfieri e gli intimò di seguirlo con un cenno della testa.

L'uomo si chiamava Luigi Ippoliti, un tizio di mezz'età, piccolo di statura e magro.

«Salve, sono il dirigente Danizzetti e lui è il dirigente Masi, della squadra mobile.»

«E io sono il padrone dell'auto. Quando posso riaverla, visto che me la sequestrate?» chiese con stizza.

«Per ora non possiamo restituirgliela. La sua auto è stata utilizzata per commettere un omicidio. Siamo obbligati a sequestrarla fino a quando l'autorità giudiziaria non deciderà di restituirgliela. Mi dispiace.»

«Voi non potete! Come faccio senza?» domandò allarmato l'uomo.

Danizzetti lo rassicurò: «Si calmi e cerchi di ragionare. Le prometto che seguirò personalmente la faccenda e nel giro di pochi giorni le farò riavere la sua Polo. Va bene?»

Ippoliti parve calmarsi, abbassò la testa e si mise le mani sul volto.

«Grazie, mi scusi» si giustificò l'uomo, «per la mia famiglia è un brutto periodo. Mia moglie ha avuto un incidente stradale e io sto per perdere il posto di lavoro. Ci mancava pure questa.»

«Non si preoccupi, solo qualche giorno e la riavrà. Quando si è accorto del furto?»

«Stamani, prima di andare al lavoro. Non era più dove l'avevo parcheggiata.»

«Ha notato qualcosa di sospetto, magari qualcuno che la pedinava?»

«Niente» Ippoliti rispose con una smorfia, «cosa vuole che noti. In questo periodo non vedrei nemmeno un elefante. Ho la testa confusa, pesante.»

«Capisco. Un'ultima cosa, signor Ippoliti. Lei ha con sé la chiave della Polo?»

«Sì» rispose l'uomo mostrandola «l'ho portata con la speranza di riprendermi l'auto.»

Ippoliti gli porse la chiave. Danizzetti scambiò due parole con il personale della scientifica, così da essere certo di non inquinare alcuna prova, e si sistemò sul sedile lato guida. Dal quadro estrasse la chiave che gli uomini del commando avevano lasciato inserita e infilò quella fornita da Ippoliti. Fece alcuni tentativi, ma il motore non si avviò. Era come se dal quadro non arrivasse alcun impulso al sistema elettronico, come se quella chiave non appartenesse a quell'auto.

«Ippoliti, è sicuro che sia la chiave giusta?» chiese alla fine Danizzetti.

«Certo che sono sicuro, è quella che utilizzo abitualmente» rispose infastidito l'uomo.

Il dirigente tolse la chiave che gli aveva fornito Ippoliti e reinserì quella lasciata dal comando. Mezzo giro e l'auto partì. Tolse di nuovo la chiave e la mostrò a Ippoliti.

«Questa chiave è la sua?» domandò.

«No, mai vista.»

«È sicuro?»

«Sicuro come il fatto che oggi non mi restituirà la Polo» concluse Ippoliti.

19

La via era stata chiusa, ma qualche fotografo riuscì a svicolare tra i palazzi dalle cui finestre si affacciavano i curiosi. Qualcuno iniziò a reclamare la propria auto in sosta lungo la strada e persino l'area intorno all'ambasciata algerina era stata chiusa al traffico.

L'aria greve di un pomeriggio d'inizio primavera sembrava stagnare sopra un quartiere preoccupato. La notizia dell'omicidio di un ispettore di polizia, e soprattutto le modalità, si stava diffondendo per la città, così come quella che il movente andava ricercato nel parco dove era stato ritrovato il cadavere, sotto una luce fioca a illuminare una notte fredda e maledetta.

Danizzetti voleva fare in fretta, giocare d'anticipo sugli eventi, era da sempre una sua prerogativa. Perciò, una volta congedato Ippoliti, chiamò a sé Alfieri.

«Tu, mi devi delle spiegazioni» gli disse.

«Certo dottore» acconsentì l'assistente.

«Cosa sta succedendo?» chiese invece perplesso Masi.

Danizzetti ignorò la domanda del collega e proseguì con Alfieri: «Cosa hanno fatto a questa macchina?»

«La chiave e il blocchetto d'accensione» rispose Alfieri andando subito al sodo «appartengono a un'altra Volkswagen Polo. Se fossero stati in possesso della chiave originale non avrebbero praticato quel foro per aprire la portiera.»

«Tu ci capisci di furti d'auto?» chiese Danizzetti rivolgendosi a Masi.

«Non molto» rispose vago il funzionario.

Non era così anormale, pensò Alfieri, che due dirigenti di quel calibro fossero all'oscuro sulle modalità messe in campo dai ladri di veicoli. Di recente era stato chiamato come teste in un tribunale contro un tizio che aveva falsificato l'impronta della revisione della propria auto. Durante la deposizione aveva fatto più volte riferimento ai caratteri alfanumerici difformi rispetto a quelli in uso alla motorizzazione e per tutto il tempo il giudice lo aveva fissato con un'aria smarrita. Alla fine il magistrato si era lasciato andare alla domanda che aleggiava nell'aula del tribunale: «Scusi assistente, ma cos'è la revisione?»

Alfieri, nei suoi anni in polizia, aveva imparato due cose essenziali: mai dare nulla per scontato e valutare i colleghi in base alla professionalità, senza mai venire meno, però, al rispetto dei gradi.

«Vai avanti Alfieri» sollecitò Danizzetti.

«Per aprire le portiere e avviare il motore» riprese l'assistente, «si usa la stessa chiave. Se hanno dovuto praticare un foro, significa che non erano in possesso della chiave.»

«E quindi?»

«Quindi per rubarla hanno utilizzato il kit elettronico di un'altra Volkswagen Polo.»

«Che cos'è il kit elettronico?» chiese Danizzetti perplesso.

«Il kit è composto da una centralina di iniezione del carburante, una scatoletta con fusibili, un blocchetto d'accensione e la relativa chiave. Quattro componenti indivisibili che possono funzionare solamente se collegati tra loro. La chiave quadro ha all'interno un microchip con un codice digitale che invia un segnale alla centralina in grado di riconoscere la parola d'ordine. Solo se il meccanismo elettronico è integrato la centralina invia l'ordine di polverizzare il carburante nei cilindri, altrimenti il motore girerebbe a vuoto senza avviarsi.»

«Che mi venga un colpo se c'ho capito qualcosa» sorrise Danizzetti guardando Masi «stiamo diventando vecchi, collega, non ci sono più i ladri di una volta.»

«Che c'entra la centralina elettronica?» chiese Masi un po' stizzito. Era normale che lo fosse, quello che aveva di fronte era poco più di un agente, lui il capo della mobile.

«Come dicevo» rispose Alfieri stando attento a non urtare le suscettibilità, «è un dispositivo che governa la funzione vitale dell'auto: dall'iniezione del carburante nei cilindri alla corretta fase della scintilla nella camera di scoppio. È persino in grado di rilevare le condizioni d'esercizio del motore. Per analogia con il passato, si potrebbe dire che la centralina svolge contemporaneamente i compiti del carburatore e dello spinterogeno.»

«Quindi, se non ho capito male» aggiunse Masi, «non avendo la chiave originale, per poter avviare il motore i ladri hanno dovuto cambiare tutte le parti a esso collegato.»

«Esatto dottore. La chiave che aveva Ippoliti non è più riuscita a far partire l'auto perché sulla sua vettura è montato un altro sistema elettronico che funge d'antifurto. Le autovetture moderne» proseguì Alfieri, «hanno un sistema di antifurto collegato all'accensione. Ogni quadro riconosce solo la chiave connessa al kit, senza la quale il veicolo non può mettersi in moto. Questo antifurto si chiama *immobilizer*, ma i ladri professionisti hanno trovato il modo di aggirarlo.»

«È incredibile!» esclamò Danizzetti «ne hanno fatta di strada dai fili collegati sotto il volante.»

«È il loro mestiere, dottore.»

«Tutto questo come ci può essere utile?» chiese Masi con il solito piglio.

«La centralina si trova quasi sempre nel vano motore. Chi ha ucciso Rossetti ha acquistato il kit elettronico di cui parlavamo. Se così fosse avremmo una traccia importante da seguire.»

«Alfieri, mi stai facendo scoppiare la testa» Danizzetti si portò la mano sulla nuca. «Fammi vedere questa dannata centralina.»

Alfieri fece un cenno, si avvicinò all'auto e alzò il cofano. Cercò una chiave spaccata che utilizzò per svitare i dadi, staccò alcuni fili ed estrasse dall'alloggio un oggetto in metallo lucido, inscatolato, lungo una ventina di centimetri e spesso tre.

«È questa, dottore» disse alla fine.

«Bella! Ma che cosa ci facciamo?»

«Se la portiamo alla Volkswagen, attraverso la loro banca dati potremmo riuscire a estrapolare il numero di telaio a cui la centralina era originariamente assemblata, sempre che...» Alfieri si soffermò per un istante.

«Sempre che...?»

«Non l'abbiano rigenerata attraverso la cancellazione dei dati, ma è difficile.»

Masi guardò truce Alfieri.

«Se ho ben capito questa scatoletta si può anche rigenerare e utilizzare per più vetture, è così?»

«Sì, dottor Masi, è così. La cancellazione dei dati avviene sottoponendo la memoria a sola lettura a un'emissione di raggi ultravioletti di una specifica lunghezza d'onda per un determinato periodo di tempo, mentre la riprogrammazione viene effettuata con un particolare dispositivo. Non è un'operazione difficile, però servono dei tecnici che non sempre sono collusi con la malavita. Cerchiamo di accantonare questa eventualità e pensiamo positivo.»

«Se Alfieri ha ragione» considerò Masi, «con un po' di fortuna, potremmo trovarci di fronte a un numero di telaio, una targa e un nome su cui indagare.»

«Che cosa aspettiamo, allora? Andiamo alla Volkswagen.»

«Un'ultima cosa, Alfieri» s'intromise ancora Masi. «Questi ladri dove prendono i kit elettronici?»

«Da auto incorse in gravi incidenti stradali che a causa dei danni subiti sono destinate alla demolizione.»

«Vuoi dire che acquistano dei rottami?»

«Sì. Li smontano e rivendono le parti che possono essere riutilizzate e si servono dei kit per rubare veicoli della stessa marca e modello...»

«Dove hai imparato queste cose?» domandò serio Danizzetti.

«Se mi consente, dottore, le spiegherò tutto un'altra volta. Suggerirei di andare alla Volkswagen prima che gli uffici chiudano.»

20

Alfieri imboccò deciso il raccordo anulare.

Zigzagava nel traffico agevolato dal lampeggiante e dall'urlo della sirena. Le auto, infastidite dal frastuono, si spostavano veloci ai bordi della carreggiata.

Alfieri manteneva una velocità di sicurezza, senza eccedere. Sorrise nel vedere al suo fianco Danizzetti attaccato al maniglione, mentre Masi, al centro del sedile posteriore, teneva le gambe divaricate in modo da non perdere l'equilibrio.

Fu Danizzetti a interrompere quell'istante fatto di stridii di pneumatici.

«Nei corsi di polizia non insegnano le cose che ci hai raccontato. Dove le hai apprese?»

Alfieri sorrise sornione.

«Ho un amico meccanico» rispose, «e capisce di elettronica.»

Era lo stesso che gli aveva restaurato la Charleston, ma questo non volle dirlo.

«Non è che prima di entrare in polizia facevi il ladro, eh?»

«No, no, dottore. Mai rubato, neppure le caramelle. Devo ammettere, però, che è un lavoro redditizio riciclare automobili. Conosco un paio di trafficanti che hanno investito soldi in un centro commerciale in Romania. Hanno acquistato l'intero stabile.»

«E tu come li conosci?»

«Glielo dirò dottore, ma a un patto. Che lei mi racconti qualcosa sugli anni di piombo.»

«Ti interessa il terrorismo?»

«Sì, soprattutto se a raccontarlo è una persona che lo ha vissuto.»

«Tu cominci a non piacermi, Alfieri» borbottò il funzionario, mentre con l'indice segnalava la concessionaria Volkswagen.

Erano arrivati. Parcheggiarono nel piazzale antistante gli uffici. I due funzionari si diressero verso l'ingresso, Alfieri li seguiva.

«Siamo della polizia e vorremmo parlare con il direttore.» Esordì Danizzetti mostrando il distintivo a un impiegato dal piglio accigliato.

Poco dopo il direttore Giannisi li ricevette all'interno di uno studio in cui spiccava una grande libreria in rovere piena di testi. Dappertutto c'erano quadri e fotografie, oggetti e statuine. Più che lo

70

studio di un imprenditore sembrava l'ufficio di un filosofo strampalato.

«Ditemi» accondiscese Giannisi che del filosofo pure l'aspetto aveva, «in cosa posso esservi utile?»

Danizzetti prese la centralina elettronica dalle mani di Alfieri e gliela porse.

«Riconosce questo oggetto?» domandò.

«Certo, è una centralina elettronica.»

«Appartiene a una Volkswagen Polo. Vorremmo conoscere il numero di telaio a cui in origine era stata assemblata.»

«Vediamo cosa posso fare» rispose Giannisi che si alzò dalla poltrona per sparire dietro una porta. Riapparve dopo alcuni minuti.

«Ho affidato la centralina a un tecnico» disse. «Tra poco ci dirà qualcosa. Nel frattempo può farmi una richiesta scritta. Sa com'è, anche un direttore deve giustificare alcuni tipi di accertamenti. Guardi, giusto due righe.»

Due righe, sempre e solo due righe, pensò indispettito Danizzetti. Beata la polizia americana che non scriveva mai, almeno così sembrava nei film. Nessun verbale, nessun rapporto, solo azione, adrenalina e processi con condanne. Lui, invece, aveva trascorso la vita a scartabellare fascicoli, ad annotare ogni singolo evento, una produzione letteraria superiore a quella di qualsiasi prolifico scrittore. Dossier dimenticati in archivi, fascicoli ricoperti dalla polvere. Altri, invece, sepolti nella sabbia. Sorrise ai suoi pensieri, guardò Giannisi e disse.

«Direttore, nessun problema. Se mi dà un foglio ci metto un attimo a scriverle due righe.»

Il funzionario si mise a scrivere nell'istante in cui un uomo apparve sulla soglia. Giannisi lo vide.

«Venga Cristiani, ha trovato qualcosa?»

«Questa centralina appartiene a una Polo non commercializzata in Italia» rispose il tecnico.

«Che cosa significa?» chiese Danizzetti.

«Che è una Polo proveniente dall'estero.»

«Per favore, può essere più chiaro?» insisté Danizzetti.

Il direttore intervenne in ausilio: «In Italia importiamo un certo numero di veicoli Volkswagen» disse, «che vengono inseriti in una banca dati comune per corrispondere a tutte le necessità meccaniche ed elettroniche. Parlo di tagliandi, pezzi di ricambio, garanzie, tutto è catalogato per ogni vettura destinata al nostro mercato. Nel

71

caso della sua centralina, la Polo è stata importata in un mercato parallelo, per questo non l'abbiamo negli archivi.»

«Siamo punto e a capo» aggiunse Danizzetti guardando Alfieri. L'assistente, chiamato in causa, intervenne.

«È in grado di fornirci i dati della centralina? Potremmo provare a fare gli stessi accertamenti con la Volkswagen in Germania.»

«Posso mettere i codici alfanumerici su un cd.»

«Penseremo noi a contattare la casa madre» chiarì Masi.

Danizzetti non aveva afferrato bene i concetti tecnologici, ma gli era chiaro che la ricerca sarebbe potuta continuare in Germania.

«Bene direttore» aggiunse, «abbiamo ottimi rapporti con i tedeschi.»

Giannisi fece segno a Cristiani di procedere e in breve Danizzetti si ritrovò con il cd in mano. Ringraziarono e uscirono.

Salirono in auto, Alfieri si sentiva un po' scoraggiato. Voleva rendersi utile, dimostrare di essere un buon poliziotto e non solo messaggero di guai.

«Mi dispiace» disse mentre riprese il raccordo anulare, «speravo in un altro risultato.»

Danizzetti non rispose, Masi invece gli domandò.

«Se la Polo fosse stata importata da un mercato parallelo, chi e cosa potremmo trovarci di fronte?»

Le parole di Masi erano un segno d'interesse, pensò Alfieri, e la possibilità di continuare a indagare.

«A un importatore» rispose, «e alle persone che hanno nazionalizzato la Polo alla motorizzazione.»

«Nazionalizzato? Cioè?»

«È la procedura che consiste nell'iscrivere un'auto nei registri dei veicoli circolanti in Italia. Attraverso l'iscrizione al pubblico registro automobilistico e alla motorizzazione vengono acquisite targhe e documenti italiani.»

«Con un po' di fortuna» aggiunse Danizzetti con un sorriso incoraggiante, «daremo un volto a questa gente. Forza Alfieri, spingi sull'acceleratore, c'è un tedesco con il quale sono ansioso di parlare» concluse Danizzetti.

21

In breve giunsero al commissariato. Un gruppo di giornalisti attendeva all'ingresso. Alfieri con l'auto svicolò lungo la rampa che conduceva al parcheggio sotterraneo e da lì, attraverso una porta interna, salirono agli uffici di polizia.

Danizzetti entrò nello studio, si mise seduto e dalla cassettiera estrasse un'agenda, sfogliò alcune pagine per soffermarsi su un numero telefonico. Prese la cornetta e lo compose. Sentì alcuni squilli e poi: «Heineman!» rispose l'interlocutore.

Sul suo volto apparve un sorriso: «Come stai, sporco nazista?»

«Marinooo» urlò Heineman.

Danizzetti percepì il solito buon umore del tedesco, sempre pronto a scherzare e a scolare birre.

Heinrich Heineman era un alto funzionario di polizia. Il dirigente lo aveva conosciuto negli anni in cui la lotta al terrorismo era una priorità per entrambi i Paesi. Heineman, in Germania, si era dato da fare per arginare il primo gruppo di lotta armata, la Rote Armee Fraktion, l'omologo delle Brigate Rosse italiane. Nelle difficoltà comuni, tra loro era nata un'amicizia profonda che aveva prodotto l'arresto di un famoso avvocato della sinistra extraparlamentare fondatore della Raf.

Danizzetti passò subito al sodo. Era un uomo pratico ed Heineman lo sapeva bene.

«Capisci? Lo hanno ucciso stamani vicino al commissariato, con un colpo di grazia in mezzo alla fronte. Un commando ben organizzato. Devi farmi un accertamento, mi serve il numero di telaio, potrebbe rivelarsi una traccia importante. Ti mando tutto per e-mail... d'accordo, ti aspetto.»

Riagganciò, scrisse il recapito su un pezzo di carta e lo porse ad Alfieri: «Invia il contenuto del cd a questo indirizzo.»

«Subito dottore» rispose l'assistente uscendo dallo studio.

Danizzetti allungò i piedi sotto la scrivania e guardò Masi: «Che ne pensi?»

«Della centralina o di Alfieri?» chiese di rimando l'altro.

«Di entrambi.»

«La centralina potrebbe darci delle informazioni utili. Alfieri è un po' saputello. Non dargli troppa corda.»

«È poco più di un agente, mi sembra in gamba.»

«Non ha alcun potere decisionale, ma si butta a capofitto nei guai, come è accaduto al parco quella notte.»

«Ha avuto coraggio.»

«È vero, ma non dimenticare il cadavere di Rossetti con una pallottola in fronte» ribatté Masi.

«Quindi pensi che il pestaggio e l'omicidio siano collegati?»

«Non lo penso, Marino, ne sono sicuro.»

«Se è come dici, basta mettere sotto controllo gli algerini per trovare il commando.»

«E lo farò. Anche il ritrovamento dell'auto nei pressi dell'ambasciata algerina non è un dettaglio da poco» proseguì Masi con impeto.

«Una sfida, un affronto. Potresti avere ragione, Roberto.»

«Quale altro motivo può esserci per ammazzare Rossetti, se non il pestaggio al parco?»

Con questi pensieri sospesi i minuti trascorsero lentamente. Il piccolo orologio a pendolo appeso vicino alla finestra segnava le diciotto e quindici. Quegli ultimi attimi di silenzio diedero il via a una giornata convulsa. Danizzetti e Masi iniziarono a impartire direttive e a richiamare numeri di telefono a cui non era seguita risposta. Alfieri, invece, ne approfittò per bere un caffè, amaro come al solito. Si sentiva nervoso. Al trasferimento erano seguiti giorni inquieti, gravati dagli sguardi torvi dei colleghi. E anche in quell'istante, solo davanti alla macchinetta del caffè, avvertiva un senso di colpa per la morte di Rossetti. Per questo si era interessato alla centralina elettronica della Polo. Voleva rendersi utile e stemperare quel peso piombato sul cuore nell'istante in cui Silvia lo aveva avvertito dell'omicidio.

Finì di bere il caffè e tornò nello studio di Danizzetti. I due funzionari stavano parlottando. Si interruppero quando lo videro entrare.

«Hai inviato tutto?» gli domandò Danizzetti.

«Da un pezzo, dottore» rispose l'assistente.

Il trillo del telefono si mise in mezzo, le lancette del pendolo segnavano le diciannove.

«Pronto» rispose Danizzetti. «Heinrich, allora?» domandò facendo cenno ad Alfieri di entrare e chiudere la porta. «Come dici? Hai il numero di telaio? Lo segno... wvwzzz... come? Aspetta che mi segno tutto... bene Heinrich, ottimo lavoro, ti terrò aggiornato, e sempre sulla breccia mi raccomando... ciao e grazie... sì anch'io ti abbraccio, a presto.»

Riabbassò la cornetta e rimase per un istante a fissare il vuoto.

«Questo è il numero di telaio» disse poi mostrando il pezzo di carta, «appartiene a una Polo grigia. Quella usata dal commando è nera.»

Alfieri tirò un sospiro di sollievo.

Danizzetti proseguì: «Heinrich riesce sempre a sorprendermi. Mi ha detto che l'auto in questione era stata assegnata al mercato tedesco. Dieci mesi fa è incorsa in un grave incidente stradale, il proprietario che si trovava alla guida è morto. La procura tedesca, stabilita la dinamica dell'incidente, ha dissequestrato l'auto in favore degli eredi che hanno venduto la carcassa a un centro di raccolta di veicoli sinistrati...»

«Così sapremo chi l'ha importata in Italia» intervenne Alfieri.

«Ce l'hai la password per collegarti alla motorizzazione?» chiese Masi all'assistente.

«Sì, dottore.»

«Inserisci il numero di telaio e guardiamo a chi è intestato.»

Alfieri annuì. Uscì dall'ufficio seguito dai due dirigenti. Passi frenetici calpestarono il corridoio fino all'ufficio della giudiziaria, una stanza con quattro scrivanie e altrettanti computer. Quello era l'ufficio di Rossetti e dei suoi collaboratori, l'uno ucciso, gli altri sospesi dal servizio e in attesa di giudizio.

In quel momento la stanza era deserta, i nuovi addetti, coordinati dall'ispettore Parri, erano in strada, tutto il commissariato era a caccia di indizi.

Alfieri si sedette a una scrivania e mosse il mouse, in attesa che il monitor visualizzasse il desktop. Si collegò al sistema informativo interforze, la banca dati, il *sancta sanctorum* degli sbirri.

Digitò un paio di password e, dopo varie schermate, arrivò a destinazione. Prese il pezzo di carta su cui Danizzetti aveva annotato il numero di telaio e iniziò a inserire i diciassette caratteri alfanumerici nell'apposito campo. Alla fine, con un rivolo di sudore che scendeva sulla fronte, inoltrò la richiesta. Pochi secondi e sul monitor apparve un nome e un indirizzo. Fu Danizzetti a pronunciarlo: «Leoni Valter, abita a Roma in via dell'Archeologia.»

«In pieno Tor Bella Monaca» ribatté Masi.

«Leoni si è intestato la Polo tre mesi fa» proseguì Alfieri.

«Guarda se è un pregiudicato» suggerì Danizzetti.

Alfieri annuì. Il sistema interforze fornì i dati richiesti. Leoni aveva numerosi precedenti penali che andavano dall'associazione al riciclaggio, dal furto alla ricettazione. Era stato arrestato diverse volte e quasi sempre per reati connessi alle autovetture. Era un professionista del settore, un trafficante d'auto.

«È il tuo uomo» disse Danizzetti dando una pacca sulla spalla di Alfieri.

«Sì. È il professionista» rispose l'assistente, «quello capace di stare al passo con i tempi e con tutte le innovazioni delle case automobilistiche. Vive di furti d'auto.»

Danizzetti guardò Masi, i due si capirono al volo.

«Parlo con il procuratore» disse il capo della mobile.

«D'accordo Roberto, ma deve farci avere in fretta il decreto di perquisizione. Leoni può essere la chiave di volta. Dobbiamo essere rapidi e superare in velocità gli assassini» concluse Danizzetti.

22

In una torrida sera di giugno, tre auto della polizia correvano sulla corsia interna del raccordo anulare, direzione Tor Bella Monaca.

Alfieri, alla guida della solita Alfa, ascoltava in silenzio Danizzetti e Masi scambiarsi opinioni.

«Abbiamo personale a sufficienza per chiudere le vie di fuga del palazzo» asseriva il capo della mobile, «è tutto organizzato, ma dobbiamo fermarci due minuti alla prossima area di servizio per prendere accordi con il dirigente del commissariato Casilino. È già lì che ci aspetta.»

«Chi è questo tipo, è una persona fidata?» domandò Danizzetti.

«Lo è. Si chiama Mario Casella e conosce Valter Leoni. Lo ha arrestato un paio di volte.»

«Perfetto.»

Alfieri, su indicazione di Masi, si immise sulla corsia di decelerazione dell'area di servizio, in un angolo poco illuminato. Due uomini erano in attesa fuori da un'auto.

Solo Danizzetti e Masi scesero dall'Alfa, gli altri rimasero a bordo.

Casella si avvicinò.

«Dottor Masi, a sua disposizione» disse porgendogli la mano.

«Mario, ti presento il dottor Danizzetti» rispose Masi.

«Piacere, è un onore conoscerla.»

Pochi convenevoli, era importante fare in fretta. Si erano dati appuntamento lì per organizzare una perquisizione dai risvolti indefiniti, ma che poteva essere vitale. Dovevano smascherare gli assassini di Rossetti.

Casella disse che due pattuglie in abiti civili stavano già monitorando la zona. Erano poliziotti smaliziati che conoscevano Leoni e tutti gli altri pregiudicati del posto.

«Poco fa ho sentito i miei uomini» proseguì Casella, «Leoni non è in casa, o almeno non lo hanno visto arrivare.»

«Chi è questo tizio?» domandò Danizzetti appoggiandosi al montante dell'auto.

«Tratta auto rubate» rispose Casella. «Lavora con un paio di balordi, rifanno i telai e rivendono le auto ripulite a concessionarie compiacenti. Oppure le vendono con annunci su Porta Portese o in Internet. Si è separato da poco e non ha figli.»

«Un personaggio di basso calibro che potrebbe aver deciso di alzare il tiro» proseguì Danizzetti assorto in mille pensieri.

«Può darsi dottore. Potrebbe esserci un problema, però.»

«Quale?»

«Non sappiamo se Leoni abita ancora in quella casa. Lì ha ancora la residenza, ma da qualche mese si è separato» proseguì Casella.

«Potremmo fare un buco nell'acqua.»

Casella annuì.

Danizzetti guardò Masi che percepì al volo alcune perplessità. «Marino» disse, «andiamo lo stesso, non possiamo fare altro.»

Risalirono in auto e ripartirono. Davanti a loro sulla destra, sopra una collina, spuntarono i palazzoni di Tor Bella Monaca.

Il quartiere si trovava a sud di Roma, in una delle borgate più disagiate della città. Danizzetti lo conosceva bene. In passato ne aveva testato il degrado, un decadimento che veniva da lontano, dagli anni Venti, nel periodo in cui centinaia di famiglie erano state coartate dal centro verso la periferia.

Danizzetti, dal finestrino dell'auto, osservava le strade dove bande giovanili ciondolavano insieme a tossici e barboni. Abitazioni fatiscenti costruite con il tufo, dall'aspetto desolato. Ovunque residui d'intonaco. Di fronte a una di queste, le tre auto della polizia si fermarono. Danizzetti, Masi, Casella e altri tre poliziotti, compreso Alfieri scesero e si posizionarono secondo un protocollo già collaudato.

Entrarono nella palazzina.

«È qui» disse Casella indicando il portone.

Prima di bussare, Danizzetti lanciò un'occhiata di intesa ai colleghi che si disposero in sicurezza ai lati del portone, ognuno con la Beretta impugnata.

A quel punto il dirigente bussò.

Nessuna risposta.

Bussò ancora. Niente.

«Non c'è nessuno» disse.

«Aprite, polizia» incalzò Masi.

All'improvviso l'uscio si spalancò e una donna magra, con il volto scavato, apparve sull'uscio.

«Stavolta siete venuti in pompa magna» disse sprezzante.

«Buonasera Adriana» salutò Casella, «dobbiamo perquisire la casa.»

La moglie di Leoni annuì con l'aria remissiva. Anche lei, come il marito, proveniva da una borgata di Roma.

«Sono separata da Valter.»

«Sì, lo sappiamo. Dov'è?»

«Non lo so e non lo voglio sapere. Sono stanca di pagare per le sue cazzate» proseguì Adriana con l'aria rassegnata. Non si era mai aspettata molto dalla vita e non aveva mai sognato, nemmeno quando aveva l'età per farlo.

Non aveva mai potuto permettersi il lusso di sognare, con un padre che faceva avanti e indietro da Regina Coeli e una madre con cinque figli da crescere. Da subito si era abituata a vedere persone in divisa. Uomini che entravano in casa, buttavano tutto all'aria e portavano via suo padre.

Anche Valter era uno spiantato di borgata, ma le aveva parlato d'amore, di una famiglia, di normalità, cose che lei non aveva mai avuto. E invece, si era ritrovata a dover affrontare altri uomini in divisa, altre perquisizioni, arresti, avvocati e processi, una fotografia nemmeno troppo sbiadita dell'infanzia. Adriana guardò con distacco quei soliti volti sul pianerottolo.

Diede loro la schiena e li fece entrare. L'appartamento era in disordine e fatiscente. Panni ammucchiati un po' ovunque, piatti accatastati nel lavello e un tappeto liso ricopriva il pavimento, spaccato in varie parti.

I poliziotti guardarono in ogni stanza, Adriana era sola in casa.

«Vuole avvisare un avvocato per farsi assistere nella perquisizione?» chiese Danizzetti.

«Ne posso fare a meno» rispose lei sedendosi.

Il dirigente con un cenno diede il via alla perquisizione. La fecero come il manuale prevedeva, dal generale al particolare, dall'alto verso il basso, facendo attenzione a nomi, numeri telefonici, agende e a ogni altro dettaglio. Sotto un comodino trovarono una decina di copie di carte di circolazione. Alcune tedesche. Danizzetti le osservò con attenzione, ma nessuna di esse riportava il numero di telaio della Polo importata dalla Germania. La copia della carta di circolazione con la serie alfanumerica identica a quella dettata da Heineman fu trovata sopra al comò, di fianco al portone d'ingresso. Leoni non si era preoccupato di nascondere un documento così importante, non lo aveva ritenuto fondamentale.

Trovare Leoni divenne ancora più importante.

«Dov'è suo marito?» domandò Danizzetti con un piglio deciso.

«Non lo so» rispose Adriana.

«Guardi, non le conviene assumere questo atteggiamento. Non le chiedo molto, solo di conoscere i luoghi che frequenta e dove abita. Avrà un tetto.»

«Le ho detto che non so dove sta.»

Danizzetti guardò Casella.

«La porti in Commissariato» disse, «la signora Moscini è in arresto per favoreggiamento.»

«Arrestarmi! Perché?»

«E mi consegni il suo cellulare. Per il momento non può fare né ricevere telefonate.»

«Vigliacco.»

«Portatela via!» ribatté Danizzetti mentre gli uomini di Casella trascinavano fuori la donna.

Fecero salire Adriana in auto, mentre Danizzetti e Masi si erano fermati sulla strada a parlottare.

«Roberto, dobbiamo trovare Leoni e dobbiamo trovarlo in fretta.»

«Temi che qualcun altro lo trovi prima di noi?»

«Esatto.»

«Che ne pensi della moglie?»

«Forse non sa dove si trova suo marito, ma non possiamo rischiare che lo avverta. Dobbiamo trattenerla il più possibile. L'accusa di favoreggiamento non tiene, se chiama l'avvocato in un attimo è fuori.»

«Vado in commissariato a fare due chiacchiere con lei, magari riesco a farle sciogliere la lingua».

Danizzetti annuì.

Alfieri per tutto il tempo era rimasto in disparte. Aveva partecipato alla perquisizione, seguito con attenzione l'evolversi dei fatti, ma lo aveva fatto in silenzio, laterale, come conviene a un assistente di polizia. Danizzetti aspettò che Masi si allontanasse e lo chiamò.

«Non credo che tu stia simpatico a Roberto» gli disse.

«Ho fatto qualcosa che non avrei dovuto fare?» domandò Alfieri.

«Lui è il capo della squadra mobile, tu un pivello saputello. C'è da capirlo.»

«Avrei fatto meglio a farmi gli affari miei, sia oggi con la Polo sia al parco con gli Algerini.»

«Non ne sei capace. Allora, saputello, non è andata benissimo.»

«Neanche male, dottore. Abbiamo la carta di circolazione. Una prova.»

Danizzetti scosse la testa.

«Abbiamo poco e a quest'ora Leoni sarà già stato avvisato della perquisizione.»

«Come facciamo a trovarlo?»

«Con i soliti metodi» Danizzetti sbandierò il cellulare di Adriana, «attiveremo l'intercettazione dei due numeri di Leoni. Adriana ha salvato due numeri con il nome del marito. È un lavoro che lasceremo fare a Masi e ai suoi uomini. Io farò alla vecchia maniera. Domani mattina alle otto vieni nel mio ufficio, mi farai da autista.»

«Il sovrintendente Artini non sarà molto contento. Dovrà trovare un altro collega da mandare al mio posto all'ambasciata algerina.»

«Artini è un buon poliziotto e saprà trovare la soluzione. Ora vai a riposare, ci vedremo domattina in ufficio.»

Alfieri non sapeva ciò che Danizzetti aveva in mente. Sentiva in cuor suo, però, di avere la possibilità di riscattarsi, di dimostrare di non essere un piantagrane come lo avevano etichettato.

Eppure, in quella notte stellata, mentre rientrava in commissariato percorrendo i chilometri del raccordo anulare, i suoi pensieri volarono di volto in volto, fino ad approdare sul viso di Silvia. Su di lei lasciò fluire le ansie di quell'assurda giornata.

23

Il Centro Laterano per i rifugiati in Italia aveva sede alle spalle dell'omonima Basilica di San Giovanni in Roma. Si occupava di fornire ai rifugiati politici un primo sostegno autorizzandoli a indicare, quale proprio domicilio, l'indirizzo dell'associazione per espletare l'iter burocratico inerente il riconoscimento dello status di rifugiato. La difficoltà maggiore dei responsabili dell'associazione era quella di distinguere i reali perseguitati politici dagli immigrati clandestini, perché tutti vantavano torture politiche e si rivolgevano al centro per avviare la pratica di rifugiato. Lì confluivano alcuni diseredati dell'Africa, uomini, donne e bambini sbarcati sulle coste del sud che, non trovando posto nei centri di prima accoglienza, venivano trasferiti in altri luoghi. A quel centro, in una mattina assolata, Danizzetti aveva deciso di fare visita. Ce lo aveva condotto Alfieri con l'auto di servizio e la pista seguita era quella algerina.

«Come ti dicevo» disse il dirigente mentre si avviavano verso l'ingresso, «i tuoi algerini...»

«Miei, dottore?»

«Alfieri non fare il cavilloso. Gli algerini che Rossetti ha picchiato, meglio così? Insomma sono tutti transitati da qui. I loro documenti riportano questo indirizzo.»

«Ma non vi abitano.»

«No, e non sappiamo dove siano.»

«Eppure, dottore, hanno denunciato Rossetti e gli altri colleghi, avranno lasciato dei numeri telefonici o il nome dell'avvocato.»

«Nessuno sa dove siano. Al centro sapranno dirci qualcosa.»

Alfieri avrebbe voluto tempestarlo di domande, ma non voleva rischiare di essere invadente, per questo cambiò discorso.

«Su Leoni ci sono novità?» tergiversò.

Danizzetti scosse la testa.

«Nessuna. È come se fosse scomparso nel nulla. Lo stanno cercando ovunque, nei bar, nei cinema, in tutti i locali che era solito frequentare.»

Entrarono all'interno dello stabile. Danizzetti si qualificò con il portinaio e chiese di poter parlare con un responsabile. Il portiere lo indirizzò da padre Natale Calandrelli, un gesuita, uomo umile, ma risoluto. Lo studio, notò Danizzetti, rispecchiava l'umiltà e la concretezza del religioso. Una scrivania, una sedia, un etagé, due quadri raffiguranti il Cristo e la Madonna e un grande crocifisso posto accanto all'immagine del Papa.

«Mi dispiace darle fastidio, padre» esordì Danizzetti, «ma siamo costretti a chiederle alcune informazioni.»

«Come associazione siamo in continuo contatto con la questura e in particolare con l'ufficio stranieri» rispose padre Calandrelli. «Ho trovato grande disponibilità da parte della polizia nei confronti dei richiedenti l'asilo politico. Se posso darle una mano lo farò volentieri.»

«Grazie. So che il vostro centro si occupa di dare accoglienza agli extracomunitari che si dichiarano rifugiati politici, è così?»

«Sì, è così. Noi dovremmo dare un primo sostegno ai perseguitati politici in attesa dello status, ma spesso siamo chiamati a far fronte a un'immigrazione inarrestabile. Non riusciremo mai a fermare questa gente che fugge dalla miseria e dalle guerre» disse il gesuita con le mani giunte.

«Capisco. E come vi comportate per quanto riguarda la loro domiciliazione?»

«A un cittadino straniero in possesso dei requisiti idonei per richiedere asilo politico permettiamo di utilizzare il nostro indirizzo come domicilio personale, anche se, di fatto, nessuno alloggia qui. Lei comprenderà» aggiunse il religioso allargando le braccia, «questo edificio non è in grado di ospitare tutti i bisognosi.»

«Certo, lo comprendo.»

«Chi richiede l'asilo politico» proseguì il gesuita, «riceve un permesso di soggiorno valido per tre mesi, trascorsi i quali occorrono le lettere di domiciliazione per il rinnovo. Noi cerchiamo di controllare, ma poi ne rilasciamo circa trenta al giorno, senza di fatto garantire una reale reperibilità. Ma che vuole, questa è la legge dello Stato. Noi siamo tra l'incudine e il martello.»

«Padre, dovrei chiederle appunto delle informazioni su alcuni algerini che hanno ottenuto la domiciliazione presso di voi.»

«Immaginavo che fosse questo il motivo della vostra visita.»

Padre Calandrelli prese la cornetta e compose un numero. Pochi istanti e un uomo apparve sulla soglia.

«Vi presento il dottor Lucchesi, è il responsabile operativo. È lui che vi aiuterà nella ricerca.»

Si congedarono dal gesuita e seguirono Lucchesi fino a un ufficio attiguo. L'uomo si sedette dietro a una scrivania, avviò un programma su un monitor e con tono garbato chiese: «Posso avere i nomi?»

Danizzetti aprì la cartellina e gli fornì i dati richiesti.

«Eccoli qua» disse alla fine Lucchesi, «sono tutti registrati, dottor Danizzetti. Beni Youssef, Raday Sabar, El Hanawy Al Sadak, Jani Mohamed e Dawd Shri. Ma questi» aggiunse con un'aria sorpresa, «sono gli algerini che hanno avuto alcuni problemi con dei poliziotti.»

Danizzetti annuì: «Cosa ci può dire di loro? Sa dove possiamo trovarli?»

«Fino a poco tempo fa, dormivano in un edificio occupato. Uno stabile chiamato Yallah. È sulla Portuense.»

Il funzionario si strofinò il mento.

«Non le viene in mente altro?»

Lucchesi rimase con i pensieri sospesi in aria e poi aggiunse: «Beni Youssef e Jani Mohamed, circa due mesi fa, sono andati via da Roma. Si sono spostati verso nord in cerca di lavoro. Youssef prima di andare è passato a salutarmi. Mi disse che presto avrebbe comunicato l'indirizzo dove spedire la sua corrispondenza. A tutt'oggi non ho avuto alcuna notizia.»

«Quindi da voi passa la corrispondenza dei vostri assistiti? È possibile darle un'occhiata?»

«Certamente. Noi la inseriamo in un archivio informatico e la distribuiamo due volte alla settimana. Se ha un attimo di pazienza faccio un controllo...» Lucchesi digitò alcuni dati sulla tastiera e aggiunse: «Un lettera, c'è solo una lettera indirizzata proprio a Youssef.»

«Possiamo vederla?»

«La prendo subito.»

Il gesuita uscì dall'ufficio per fare ritorno dopo pochi istanti. Mise la corrispondenza sulla scrivania, una semplice busta bianca, l'indirizzo scritto con il trasferello nero. In alto a destra, sopra il francobollo di posta prioritaria, il timbro postale con la città di spedizione, Roma. La tentazione di aprirla fu grande, ma Danizzetti non poteva, non senza l'autorizzazione del pubblico ministero.

«Signor Lucchesi» disse «le faccio un verbale di sequestro, devo acquisire questo documento. Potrebbe contenere elementi vitali per un'indagine in corso.»

«Per me non ci sono problemi, basta che mi scriva due righe.»

Ancora e sempre due maledette righe, pensò il dirigente.

84

24

Alfieri fissava Danizzetti che al cellulare richiedeva al pubblico ministero l'autorizzazione per aprire la lettera di Youssef. Erano all'ombra della Basilica di San Giovanni e il volto del dirigente, riparato dietro un paio di occhiali Ray-Ban, non lasciava trapelare alcuna emozione, nessun barlume di preoccupazione per un'indagine dai risvolti oscuri.

Avrebbe potuto aprire lo stesso quella lettera, demandare poi ogni atto burocratico, ma non l'aveva fatto. Per Alfieri quel gesto rappresentava un senso di responsabilità.

Rispetto, innanzitutto. Il medesimo rispetto, forse eccessivo, che Danizzetti aveva dimostrato anche per lui.

Non lo aveva trattato come il suo autista, non gli aveva chiesto di aspettare in auto, come forse sarebbe stato giusto, al contrario l'aveva invitato a seguirlo come fosse uno stretto collaboratore. Alfieri era l'ultima ruota del carro, un assistente della polizia che da quando aveva messo piede in commissariato aveva procurato più guai che altro. Eppure era lì in piazza, accanto a un attempato investigatore nella ricerca affannosa degli assassini di un ispettore di polizia.

«Possiamo aprire la lettera» disse Danizzetti alla fine della telefonata.

«Subito, dottore. Se vuole possiamo entrare in chiesa, ho l'impressione che un paio di benedizioni non ci farebbero male.»

«C'è di peggio» si limitò a dire Danizzetti, prima di aprire la busta.

All'interno c'era un foglio piegato in due. Lo aprì.

Un'espressione di sorpresa apparve sui loro volti perché quel foglio era la fotocopia di un articolo tratto da un quotidiano. Non riportava firme o altre annotazioni, soltanto un servizio riguardante il terrorismo islamico in Algeria.

«Il terrorismo islamico, che cosa significa?» domandò Alfieri.

«Non lo so» rispose perplesso Danizzetti.

L'articolo era stato scritto qualche settimana prima, dopo che la polizia algerina, in risposta agli ultimi spargimenti di sangue sul territorio, aveva rastrellato una serie di villaggi abitati da integralisti del Fis, il gruppo politico che qualche anno prima aveva vinto libere elezioni e che il colpo di stato dei generali aveva messo fuori legge. La GIA, il braccio armato del FIS, per vendetta e per desta-bilizzare l'Algeria, aveva preso di mira la popolazione inerme, mas-sacrandola. In risposta le autorità militari avevano setacciato sob-borghi e caseggiati e, in modo particolare, i luoghi che notoria-mente erano alleati al gruppo armato terroristico. Da ciò, erano scaturiti violenti scontri, culminati con molte perdite da ambedue le parti.

L'articolo poneva l'accento sulla guerra civile, ma ventilava la possibilità che gli autori dei massacri fossero gli stessi militari al potere i quali, con i morti, destabilizzavano l'Algeria per far na-scere tra il popolo l'esigenza dell'ordine e della sicurezza.

«Un articolo sulla guerra civile in Algeria, non c'azzecca nulla con l'assassinio di Rossetti e con uno spiantato di Tor Bella Mo-naca» aggiunse Danizzetti.

«Dottore, è possibile che ci sia un filo comune?»

«Se c'è è ben nascosto. Youssef potrebbe aver ricevuto l'articolo da un suo conoscente che lo informava sulle vicissitudini dell'Al-geria. È la soluzione più semplice.»

«Sì dottore, potrebbe essere così» rispose Alfieri.

«Però potrei fare un accertamento.»

«Quale?»

«L'annullo del francobollo» Danizzetti senza attendere risposta prese il cellulare e chiamò.

«Ciao Giuseppe, come stai?» salutò il dirigente e andò dritto al punto. «Vorrei che mi controllassi il codice dell'annullo di un fran-cobollo. Vorrei capire da dove è partita una certa busta... il numero è... un minuto... aspetto in linea» pochi attimi e poi, «come dici? Quel codice corrisponde all'ufficio postale di Roma, via Me-rulana?»

«Via Merulana!» esclamò sottovoce Alfieri.

Danizzetti con la mano gli fece cenno di abbassare la voce.

«Sei sicuro di quello che dici?» domandò ancora, «hai control-lato due volte. Via Merulana, ho capito... mi sei stato di grande aiuto, per il momento ti ringrazio.»

Chiuse la conversazione e sorrise, Alfieri sgranò gli occhi.

«Via Merulana è a pochi metri da qui» proseguì l'assistente in-dicando la via.

«Lo so, mi chiedo che necessità avesse il mittente d'imbucare la lettera visto che stava a due passi dal Centro Laterano.»

«Non lo so» rispose assorto Alfieri.

«Poteva portargliela a mano o lasciarla al portiere. Perché non l'ha fatto? E perché questo mittente ha utilizzato lettere trasferibili per scrivere l'indirizzo sulla busta? Non voleva svelare la sua calligrafia?»

«Mi scoppia la testa, dottore.»

«Alfieri, sai giocare a poker?» domandò il vecchio funzionario.

«Sì dottore, ma non capisco cosa...»

«Noi dobbiamo fare tutte le deduzioni possibili, anche le più strampalate. Aspettiamo lo scorrere degli eventi, cambieremo le carte solo quando saremo sicuri del nostro gioco. A quel punto ogni cosa andrà al suo posto. Adesso andiamo, qui non abbiamo più niente da fare. Facciamo un salto allo stabile Yallah, diamo un'occhiata, ti va?»

«Sono a sua disposizione, dottore» concluse Alfieri con un sorriso.

25

Lo stabile Yallah da circa sei anni era occupato. Il vecchio mattatoio era stato trasferito in un altro edificio, lasciando in stato di abbandono il fabbricato. Per un breve periodo, un gruppo di giovani estremisti, appartenenti a un centro sociale di Roma, lo aveva occupato dando vita a una lunga disputa con le autorità comunali per l'utilizzo di acqua potabile, energia elettrica e metano. Ma i celerini, in un giorno di agosto, misero fine alla querelle. Non passarono nemmeno tre mesi dall'evacuazione coattiva che le porte dell'ex mattatoio si riaprirono. Questa volta a divellere le tavole inchiodate a porte e finestre fu un gruppo di extracomunitari.

Entrarono alla chetichella in cerca di un riparo. All'inizio erano in pochi poi, via via, arrivarono famiglie intere fino a formare una comunità organizzata. A differenza dei giovani estremisti che li avevano preceduti, gli extracomunitari non fecero richieste al comune. L'acqua la prelevarono da un fontanile poco distante e si collegarono alla corrente elettrica applicando un bypass al contatore generale dell'ex mattatoio. Per il riscaldamento sistemarono dei fusti in lamiera che fungevano da bracieri e, durante l'inverno, rimanevano sempre accesi. A causa delle pessime condizioni igieniche, un cattivo odore si levava dal caseggiato arrivando ai vicini che, di tanto in tanto, organizzavano manifestazioni di protesta.

Per evitare di essere buttati fuori dallo Yallah, gli extracomunitari improvvisavano pulizie straordinarie, in una sorta di autogestione dove l'ingresso e la permanenza venivano regolamentate da alcuni uomini del gruppo i quali chiedevano un contributo per le riparazioni più urgenti dello stabile.

Una cicca, lanciata dal finestrino di un'auto, rotolò sull'asfalto. Danizzetti la guardò sbuffando l'ultimo fumo inspirato.

«Stanno facendo un picnic» disse mentre indicava un capannello di persone di colore intente a mangiare un kebab.

Alfieri annuì dal sedile accanto. Teneva fissi gli occhi su una porta laterale.

«Lei cosa dice, dottore» domandò, «potrebbe essere utile fare una perquisizione?»

«Sì e no. Chissà quanta gente dormirà lì dentro. Ci vorrebbe il reparto mobile per fare un bel lavoro, con il rischio poi di trovare

88

solo disperazione e roba ricettata. Comunque stai accorto, ancora qualche minuto e poi ci allontaniamo.»

Danizzetti aveva tolto l'antenna dell'auto di servizio per non renderla riconoscibile, ma sapeva che non avrebbero potuto tenere a lungo quella posizione perché la marca, il colore e il modello della vettura rendevano vano l'espediente. D'un tratto, dalla porta laterale del centro Yallah uscì un gruppo di uomini.

«Ecco» continuò Danizzetti indicandoli, «è probabile che ci abbiano visti.»

«Che facciamo, dottore?»

«Stiamo ancora un attimo, poi andiamo. Siamo qui solo per dare un'occhiata.»

Alfieri annuì, mentre il suo cellulare vibrò. Era Silvia, un saluto, poche parole che lo fecero sentire in colpa. Avrebbe dovuto raccontarle della centralina della Polo, di Valter Leoni e dello Yallah, il luogo dove avevano dormito gli algerini che anche lei aveva contribuito a salvare da Rossetti. Le scrisse un sms di scuse e le chiese un appuntamento per una birra, magari in serata, in un pub, dopo il servizio. Lei rispose che, se davvero voleva farsi perdonare, avrebbe dovuto portarla in un locale a Trastevere. Dopo essersi scambiati alcuni sms, un sorriso apparve sul volto di Alfieri. Gli piaceva il pensiero di Silvia, lo aiutava ad alleggerire lo straziante ricordo di Nicole. Nel frattempo Danizzetti continuava a sbuffare fumo e, irrequieto, faceva rimbalzare qualche cicca sull'asfalto fino a che, all'improvviso, il cellulare squillò.

«Pronto» rispose, «ciao Roberto. Quando? Bene, arrivo.»

Alfieri capì che qualcosa era accaduto.

«Hanno preso uno degli algerini. Lo hanno arrestato dopo un lungo inseguimento.»

«Chi è?»

«Raday Sabar.»

89

26

Il giallo dominava le pareti del ristorante di Trastevere. Con quella tonalità il titolare intendeva avvolgere i clienti in una calda e romantica atmosfera romana, fatta di cordialità e goliardia.

Lo stile rurale e molti degli oggetti disseminati nell'ambiente richiamavano la tradizione agreste. C'erano affreschi raffiguranti animali da cortile, case di contadini e una donna che da una finestra guardava il suo uomo arare i campi.

Appesi alle pareti, vecchi paioli di ottone, mestoli di rame, tegami, una fila di fiaschi impagliati e, ancora, canestri di vimini, scope di salici, zappe, forconi e rastrelli. Dal soffitto pendeva una fila di finti prosciutti in plastica a grandezza naturale, mentre all'ingresso una grossa lapide in marmo dispensava consigli.

'Osteria del Mandolino' si leggeva 'dove vengono li forestieri a visità le meraviglie di Roma e de' li sua monumenti, a magnà li mejo piatti e votà li fiaschi.'

Marco e Silvia ordinarono un antipasto rustico, una carbonara per lui e pappardelle al cinghiale per lei. Silvia scelse il vino, un Brunello di Montalcino.

«Hai nostalgia?» chiese Marco.

«Un po'» rispose lei.

Silvia era vissuta per anni a Montalcino, lì suo padre aveva comandato la stazione dei carabinieri.

«È facile» proseguì lei, «apprezzare il Brunello.»

Il cameriere arrivò con una bottiglia, Marco con il palmo lo fermò prima che versasse il vino nel suo calice.

«È lei l'intenditrice» indicò Silvia.

L'uomo sorrise e, cambiando traiettoria della mano, ne versò un po' nel calice di Silvia. Lei lo prese, lo ruotò per farlo ossigenare e lo sorseggiò. Guardò il cameriere e sorrise.

«Grazie» disse.

Marco aveva osservato ogni movimento. Non era facile incontrare ragazze con la passione per il vino.

«Non sono un'alcolizzata» precisò lei sentendosi scrutata.

Lui rise con un po' d'imbarazzo, rendendosi conto di essersi soffermato troppo sul suo volto.

«Scusa, ero preso dai tuoi movimenti.»

«Cos'hanno di strano?»

«No, no, niente» rispose impacciato Alfieri.

90

Dopo la morte di Nicole era la prima volta che usciva con una ragazza. Non era abituato. Si sentiva imbranato, non sapeva dove guardare, cosa dire. Sul viso di lei avrebbe voluto indugiare, sui capelli neri e lunghi, ma non poteva.

Il lavoro, quello sì che poteva essere un argomento con cui rompere il ghiaccio del primo incontro.

«Hai saputo?» chiese.

«Cosa?»

«Le ultime novità.»

«Poche cose. Tu, invece, frequenti il capo.»

«Ancora non so perché mi porti con sé.»

«Gli piaci.»

«Forse.»

«Allora?» chiese lei sorseggiando il Brunello.

«Cosa?»

«Marco non scherzare. Hanno ammazzato Rossetti, il commissariato sembra impazzito. Ci avevano incolpato per l'allontanamento dalla polizia di lui e dei suoi scagnozzi, ora chissà cosa diranno. Dovete prendere gli assassini.»

«Dovete? Io faccio l'autista.»

«Danizzetti ne ha già uno, perché vuole te? Vuol dire che ti stima.»

Alfieri scosse la testa.

«È un momento delicato per tutti, abbiamo avuto la sfortuna di stare con Rossetti in quel maledetto parco. Tu sei stata coraggiosa, sei intervenuta per fermarlo. Noi sembravamo storditi dalla situazione.»

«Un urlo istintivo. Per mia fortuna tu e gli altri vi siete messi in mezzo.»

«Lo abbiamo fatto troppo tardi.»

«Ti ricordi di Alessandro Giusti? A un certo punto ha messo il colpo in canna e ha puntato la pistola contro Rossetti, un gesto che mi ha impressionato.»

«È andata bene.»

«Pensi che gli algerini c'entrino qualcosa?»

«Non lo so. Cinque extracomunitari, emarginati, sorpresi con il bicarbonato al posto della droga, picchiati, decidono di vendicarsi. Può darsi. Danizzetti e Masi stanno indagando anche in quella direzione.»

Alfieri aggiornò Silvia di tutte le novità. Tra l'antipasto e i primi, le parlò della Centralina della Polo importata da Leoni e di come questi fosse scomparso.

91

Le disse dell'algerino arrestato.

«Raday Sabar e Leoni sono le uniche tracce, almeno per quel che mi è dato sapere. E poi c'è la lettera spedita a Beni Youssef da un ufficio postale vicino al Centro Laterano, un articolo di un quotidiano riguardante la guerra civile in Algeria.»

«Cosa c'entra?» domandò Silvia.

Alfieri scosse la testa.

«L'omicidio di Rossetti non può essere collegato alla guerra in Algeria, non ha senso.»

«Se tra la guerra e l'omicidio non c'è analogia» domandò Silvia, «perché gli assassini hanno lasciato l'auto nei pressi dell'ambasciata algerina?»

«Non lo so.»

Un istante di silenzio, il cameriere sorrise sciorinando i dolci. Un sorso di Brunello, l'ultimo, e un dubbio che prese consistenza nella testa di Silvia.

«Marco, credi che ci sia pericolo per altri poliziotti?»

«Forse.»

«E magari con la complicità di qualche collega. Qualcuno nel commissariato potrebbe essere coinvolto in questa faccenda.»

Per un attimo Silvia indirizzò i pensieri verso un recente passato, nella direzione di quelle ombre intraviste nella mansarda del commissariato.

Con un brivido ripensò a quelle immagini che avrebbe voluto condividere con Marco, ma non lo fece.

«Dobbiamo stare attenti» si limitò a dire.

Finirono di mangiare e uscirono dal ristorante.

Con lo sguardo al cielo Marco cercò di contare le stelle, ma le luci della notte glielo impedirono.

Camminarono per Trastevere, tra bancarelle e saltimbanchi, tra ritrattisti e cantori medievali. Si fermarono di fronte a uno strano personaggio vestito e truccato di bianco, che mimava una statua di marmo. Se ne stava immobile al centro di una piazza, e ogni volta che qualcuno riponeva una moneta dentro al recipiente che aveva di fronte assumeva un'altra posizione. Risero a quella vista e procedettero oltre, sino al Panteon.

Di tanto in tanto i tacchi di Silvia si impigliavano tra i sampietrini e lei, abbozzando un sorriso, si appoggiava a Marco per non perdere l'equilibrio. Quel gesto li fece sentire complici, vicini.

Rientrarono a notte fonda. Marco accompagnò la collega al commissariato e poi raggiunse Villa Tevere, dove alloggiava. A

92

letto, prima di addormentarsi, focalizzò un'ultima immagine che non era rivolta a Rossetti e nemmeno agli algerini o a Leoni.

L'ultimo pensiero prima di chiudere gli occhi fu per Nicole e, per la prima volta, il suo ricordo non gli destò alcun dolore.

27

L'omicidio di Rossetti era toccato al sostituto procuratore Midio Bonetti, magistrato della Direzione Distrettuale Antimafia, un uomo d'esperienza dai capelli bianchi e dal volto austero con poche rughe. Quella mattina, con Danizzetti e Masi, Bonetti varcò la soglia del carcere di Regina Coeli per interrogare Raday Sabar, l'algerino arrestato. Ad attenderli l'avvocato di fiducia, Giorgio De Marchi. Entrarono in una sala attrezzata con un computer per verbalizzare l'interrogatorio. L'algerino e il legale si sedettero di fronte al magistrato e ai poliziotti. Masi lesse i preliminari e i capi d'imputazione dell'interrogatorio dando atto dei presenti. Alla fine Bonetti prese la parola.

«Allora. Raday» disse, «abbiamo letto le motivazioni del suo arresto, vuole aggiungere qualcosa?»

Fu il legale a rispondere e lo fece con veemenza.

«Il mio assistito non intende rispondere alle domande. Chiedo che Raday Sabar venga immediatamente rimesso in libertà poiché a suo carico non ci sono elementi che giustifichino la permanenza in carcere.»

«Avvocato De Marchi» replicò risentito Bonetti, «non è a lei che ho fatto la domanda. Gradirei fosse il suo assistito a rispondere.»

«Raday Sabar dopo il pestaggio al parco è terrorizzato» ribadì risoluto De Marchi.

«Lei mi consentirà di pensare male» puntualizzò il magistrato. «All'alt della polizia il suo cliente si è dato alla fuga. Lo hanno catturato dopo un lungo inseguimento nel quartiere. Lei, avvocato, concorderà che non si scappa se non si ha qualcosa da nascondere.»

«La sua è solo una deduzione. Non avete nulla, solo una fuga dettata dalla disperazione.»

«Basta così avvocato!» esclamò Bonetti «non siamo qui per ascoltare lei ma Raday Sabar» poi, rivolgendosi all'algerino aggiunse «allora, vuole dirci perché alla vista della pattuglia ha iniziato a correre?»

Raday Sabar guardò l'avvocato che gli fece un cenno di assenso.

«Io...» barbugliò l'algerino «avevo paura... pensavo volessero picchiarmi...»

«Non dica sciocchezze, i poliziotti non sono picchiatori. Se c'è stato un caso isolato questo non vuol dire che lo siano tutti. Dica perché è scappato.»

«Ho paura... paura... nel mio Paese c'è la guerra...»

«Di cosa ha paura?»

Rady Sabar scosse la testa.

«Il mio assistito preferisce non parlare» intervenne l'avvocato De Marchi.

«D'accordo. L'indagato si avvale della facoltà di non rispondere, chiudiamo il verbale.»

Bonetti attese la conclusione del rituale delle firme e che Raday Sabar fosse riportato in cella prima di commentare con Danizzetti e Masi l'interrogatorio.

«Cosa ne pensate?» chiese poi.

«È incomprensibile la paura che ha. C'è dell'altro» rispose Danizzetti.

«Probabile. Avete iniziato le intercettazioni telefoniche degli altri due algerini... come si chiamano?»

«Beni Youssef e Jani Mohamed» rispose Masi. «Abbiamo iniziato ieri sera. I telefoni sono attivi e li abbiamo ascoltati, niente di importante.»

I numeri dei due algerini erano stati estrapolati dalla rubrica del cellulare sequestrato a Raday Sabar.

«Bene» annuì Bonetti «l'avvocato De Marchi ha ragione, non abbiamo nulla per trattenere in carcere Sabar e presto tornerà in libertà. Voi fate presto, dobbiamo catturare gli assassini di Rossetti.»

«Faremo del nostro meglio... come sempre» rispose Danizzetti.

Midio Bonetti annuì.

28

La sala intercettazioni si trovava al settimo piano della procura di Roma.

Un ascensore un po' obsoleto, stretto come un sarcofago, arrivava al sesto, da lì, con altre due rampe di gradini più alti del normale, si raggiungeva il *sancta sanctorum* delle intercettazioni.

Gli investigatori lo chiamavano la *piccionaia*. Un intero piano con un muro perimetrale a proteggere dai palazzi attigui il lavoro degli uomini delle forze dell'ordine che lì trascorrevano buona parte della loro vita professionale. Nel corso degli anni aveva subìto varie modifiche, strutturali e tecnologiche. Allo stato attuale era suddivisa in salette rettangolari con pannelli in pvc, piccole aree di una quindicina di metri accessibili ognuna da un lungo corridoio. All'interno, sei postazioni addossate alle due pareti. Ognuno poteva conoscere l'indagine dell'altro.

Era frequente, infatti, che nelle postazioni si concentrassero più investigazioni e che un poliziotto potesse ascoltare l'inchiesta di un carabiniere, di un finanziere o di un forestale. Tutti con un unico comune denominatore: condurre la propria indagine senza mettere il naso in quelle altrui.

Nessuno poteva entrare in *piccionaia* sprovvisto di autorizzazione e pochi potevano mettere mano alle diaboliche apparecchiature che intercettavano e registravano ogni tipo di conversazione, telefonica, video o ambientale.

Dalla mafia al terrorismo, dalla criminalità organizzata alla delinquenza comune, fino ai traffici internazionali di droga, nella *piccionaia* si erano sviluppate le più importanti operazioni della storia criminale italiana.

Le indagini nate lì sembravano ancora aggirarsi nell'aria, così come i volti degli sbirri che negli anni si erano alternati nella ricerca di prove.

Alfieri entrò quasi con riverenza. Siglò il registro delle firme e avanzò lungo il corridoio alla ricerca dell'ispettore Giacomo Parri.

Con lui avrebbe dovuto collaborare. Del resto Danizzetti era stato chiaro: «Alcuni uomini del commissariato» aveva detto, «si alterneranno con i colleghi della squadra mobile in sala intercettazioni.»

Trovò Parri subito dopo la macchinetta del caffè.

«Buongiorno» esordì sorridendo, mentre l'ispettore, alla vista del collega, si tolse le cuffie e le appoggiò sul banco.

«Ciao Alfieri, non vedevo l'ora che arrivassi» rispose Parri, un tipo sulla quarantina, alto di statura, magro, i capelli un po' lunghi portati con la riga sulla destra.

A lui Danizzetti aveva assegnato la responsabilità della giudiziaria perché era affidabile, umile e dai modi gentili, pur non eccellendo nell'attività investigativa. Insomma un tipo che non avrebbe mai commesso sciocchezze.

«Ci sono novità?» domandò Alfieri.

«Sì, Silvia Grandi è stata assegnata alla nostra squadra e seguirà le intercettazioni. Era ora che arrivasse una bella collega.»

Alfieri non sapeva della notizia, ne rimase sorpreso.

«Lei è stata avvisata?»

«Artini l'avviserà in mattinata. Come te, anche lei è arrivata da poco in commissariato, si spera che non abbiate strane connivenze» rise, un sorriso sarcastico che sapeva di verità, ma anche di scoramento visto l'esito delle indagini dopo l'omicidio di Rossetti. Gli investigatori stavano perdendo la speranza di trovare gli assassini in tempi brevi ed erano entrati nell'ordine di idee che l'indagine sarebbe stata lunga e laboriosa. Anche le intercettazioni non stavano dando i frutti sperati. Beni Youssef e Jani Mohamed parlavano, ma di cose che non avevano niente a che vedere con Rossetti. E gli investigatori, a fatica e con l'aiuto degli interpreti, stavano ricostruendo la loro vita.

Dopo essersi rimessi dal pestaggio erano partiti per la Brianza. Lì un parente di Youssef aveva trovato loro un'occupazione come falegnami in una fabbrica di mobili.

Per cercare di movimentare i telefoni intercettati, Danizzetti e Masi avevano deciso di sentire i due algerini sui fatti del parco.

Li avevano incontrati nella questura di Milano. Danizzetti aveva chiesto a Youssef spiegazioni anche sull'articolo di giornale sequestrato presso il centro Laterano di Roma. L'algerino, con un mezzo sorriso, aveva risposto che un connazionale suo amico, di tanto in tanto, gli spediva gli articoli che riguardavano l'Algeria. Era un politico di spicco del disciolto partito islamico entrato clandestinamente in Italia.

«Mio amico» aveva detto Beni Youssef «fotocopia gli articoli e me li spedisce. Non scrive suo nome, è terrorizzato. Ha paura che governo italiano lo consegni autorità algerina per terrorismo. Per questo cambia sempre città, fugge dalle spie del regime militare di Algeria.»

Youssef non aveva voluto rivelare il nome del dissidente algerino.

Danizzetti e Masi avevano sperato che dai colloqui trapelasse qualche spunto investigativo, oppure che i due algerini, una volta usciti dalla questura, commentassero al cellulare con gli amici l'incontro. Nulla di interessante, invece, era filtrato da quel colloquio e nulla nemmeno dall'abitacolo dell'auto di Youssef, appositamente microfonata.

Alfieri pensava che gli algerini qualcosa da nascondere, invece, l'avessero.

Perché, si chiedeva, il sedicente amico di Youssef avrebbe dovuto spedire la lettera quando molti di quelli che frequentavano il centro Laterano sono clandestini? E perché lasciare la Polo, utilizzata dagli assassini di Rossetti, in via Barnaba Oriani, a due passi dall'ambasciata algerina?

Altra storia, invece, quella di Valter Leoni che continuava a essere irreperibile, in barba alle decine di sbirri che gli davano la caccia. Molte persone erano state fermate e interrogate, molte le perquisizioni. Una caccia all'uomo senza risultati. Come senza risultati erano le sue due utenze intercettate.

I controlli dei tabulati delle schede sim terminavano nel giorno dell'omicidio di Rossetti. Le ultime telefonate risultavano alle ore quattordici in direzione di un numero intestato alla madre di Leoni, mentre sull'altra scheda era stata registrata una telefonata in entrata proveniente da una cabina di via Cortina D'Ampezzo a Roma. La connessione era avvenuta alle quattordici e trentacinque, due minuti e quindici secondi di conversazione.

«Niente» proseguì Parri con un velato sconforto, «non c'è niente di utile. Gli algerini parlano, parlano, parlano, ma sono tutti cavoli loro.»

«Leoni, neanche una telefonata?»

«No, niente. Non utilizza più i due numeri.»

«La moglie Adriana?»

«Non ha mai parlato con il marito, e quando ne parla con altri usa termini sprezzanti e risentiti. C'è un tizio che la chiama spesso, un certo Dario che dovrebbe abitare sulla Casilina.»

«L'abbiamo identificato?»

«Non ancora, ma è questione di ore.»

Alfieri fu distratto da una luce rossa sul monitor, il segnale che in quell'istante era in corso una conversazione telefonica.

98

«Danizzetti e Masi stanno valutando l'opportunità d'intercettare l'utenza della madre di Leoni» proseguì Parri. «Alla madre dovrà pur telefonare qualche volta, no?»

«Sì, mi sembra una buona idea.»

«Ora vado» aggiunse l'ispettore avviandosi verso il corridoio, «ho una fame strepitosa. Stasera alle otto verrà un collega della mobile a darti il cambio.»

«Speriamo sia puntuale, siamo stati invitati a cena a casa di Artini.»

«Chi?» chiese sorpreso Parri.

«Silvia Grandi, Giulia Mariani e io. Lo ha fatto, ci ha detto, per stemperare gli animi.»

«Non capisco.»

«Cosa c'è di strano? Artini dice che come ultimi arrivati abbiamo fatto un bel casino. La cena è un atto di solidarietà.»

Parri annuì poco convinto, salutò Alfieri e si allontanò.

L'assistente lo guardò perplesso allontanarsi. Pensò che probabilmente l'ispettore non fosse mai stato invitato a cena da Artini. Rimosse il pensiero per concentrarsi sul monitor. Prese a scorrere il mouse da un'utenza telefonica all'altra.

Nella mente gli balenò un ricordo. Qualche anno prima, a Milano aveva lavorato a un'indagine con una strumentazione diversa, l'RT 2000, un apparecchio che aveva fatto apparizioni in film polizieschi.

Era un registratore con due bobine su cui venivano registrati i dialoghi intercettati.

Doveva essere seguito a vista però, perché c'era la concreta possibilità che il nastro si spezzasse o che terminasse. L'RT 2000 aveva infatti un limite di registrazione del disco fonografico. Ogni volta che ciò accadeva la conversazione andava perduta. Per la tranquillità degli investigatori, le nuove diavolerie informatiche avevano mandato in pensione la vecchia strumentazione.

Rise al pensiero delle imprecazioni dei colleghi ogni volta che il nastro si inceppava.

Alfieri accantonò i pensieri e si mise ad ascoltare tutte le conversazioni telefoniche.

Le ore passarono lentamente, intervallate dai caffè, da chiacchiere con i colleghi e da un paio di telefonate con Artini e con Silvia.

Nel tardo pomeriggio si concentrò su una conversazione ambientale proveniente dall'auto di Beni Youssef. L'algerino parlava con un connazionale, Hanawy Al Sadak.

Gli argomenti erano la guerra civile in Algeria, i generali al potere e lo sterminio in atto contro tutti gli oppositori del regime. Beni Youssef inveiva contro i militari algerini responsabili di massacri addebitati agli uomini del partito islamico dichiarato fuori legge. Hanawy Al Sadak concluse la telefonata sottolineando la preoccupazione per la sorte dei famigliari.

Alfieri si ripromise di segnalare quanto prima la conversazione a Danizzetti, poi guardò l'orologio. Le lancette avevano superato da poco le venti.

Il collega della mobile, a cui avrebbe dovuto passare le consegne, spuntò lungo il corridoio.

Alfieri lo mise a conoscenza di tutte le novità e se andò. In pochi minuti era già fuori dal tetro palazzo degli uffici giudiziari.

29

Silvia e Giulia lo aspettavano appoggiate alla sua Charleston.

«Fate attenzione! Con il vostro peso potreste schiacciarla» disse ironico, «non è molto resistente, ha la lamiera tenera.»

Fu Giulia a rispondere, dopo un cenno d'intesa con la collega.

«Volevo offrire l'aperitivo» disse «ma dopo questa battuta lo paghi tu e in un posto dove i prezzi non sono modici, così impari. Quello è il posto giusto» e indicò un bar all'angolo con la via Clodia.

Alfieri lanciò un'occhiata al bar, aveva fregi di marmo e di legno sulla facciata.

«Mica volevo dire che siete grasse» tentò di aggiustare il tiro, «ma che l'auto è di latta. Voi siete splendide...»

«Sì, sì, Alfieri. Ce lo dirai nel bar» rispose Silvia incamminandosi, seguita da Giulia.

«Aspettate ragazze, andiamo nell'altro, è più economico. Lì mi parte lo stipendio.»

Le due colleghe entrarono, si misero sedute e ordinarono due prosecchi di Valdobbiadene, tre con quello che Alfieri aggiunse poi. Il barman riempì il tavolo di pizzette e tramezzini, mignon e un po' di pasta fredda.

«Aoh!» esclamò Alfieri di fronte alla tavola imbandita, questa è una cena, mica un aperitivo.»

Il barman si avvicinò con un altro vassoio di dolci, Giulia aspettò che li sistemasse sul tavolo e disse.

«Per cortesia può preparare una torta da portare via, magari un tiramisù.»

«Per quante persone?».

«Siamo quattro, ma credo che una torta da sei sia meglio.»

Silvia sorrise.

«Ma la devo pagare io?» chiese accigliato Alfieri.

Le colleghe annuirono mentre spizzicavano tartine accompagnate dal prosecco.

Impiegarono venti minuti per arrivare a destinazione. Artini attendeva sul pianerottolo con un grembiule color fucsia.

«Forza a tavola, la pizza è pronta!» esclamò.

Servì la pizza su un vassoio, ben attento a non accavallare i pezzi. L'aspetto era invitante.

«State assaggiando la pizza più buona del quartiere» aggiunse con sarcasmo «ma non mi dovete ringraziare per avervi offerto questa opportunità.»

«È buonissima» si complimentò Alfieri «ma ti posso chiedere una cortesia?»

«Certo Marco, ma la ricetta non te la posso dare.»

«No, no. La cortesia non riguarda la pizza, ma Silvia e Giulia. Quali sono i peggiori servizi del commissariato?»

«I posti fissi alle ambasciate, lo sai.»

«Potresti inserire queste due arpie nel servizio di piantonamento per un po' di notti consecutive?»

«Perché? Cosa ti hanno fatto?»

«Lascia stare, Rocco» intervenne Giulia, «ha solo pagato l'aperitivo, dice che gli abbiamo fatto spendere troppo.»

«E la torta?» ribadì Alfieri, «mi hanno costretto ad acquistarla in uno dei bar più cari di Roma.»

«Marco, meritano tutti i soldi che hai speso, sono due brave colleghe.»

«Allora è una congiura.»

«Mangia e zitto Alfieri» intervenne Silvia.

La pizza ben presto sparì, solo qualche pezzo sbocconcellato rimase nei piatti.

Anche se il clima della serata rimase goliardico, fu complicato tenere distanti certi pensieri e affiorò la vicenda di Rossetti e l'arresto di Raday Sabar, tutti concordavano sull'ipotesi che fosse uno degli assassini. Parlarono dell'aggregazione di Silvia alla giudiziaria e di alcune intercettazioni.

Senza grande successo Alfieri tentò di allontanare l'angoscia che
li seguiva dal giorno del trasferimento in quel commissariato.

«Questa storia sta diventando un'ossessione per tutti» disse.

Silvia fece in modo che i discorsi sviassero su altri argomenti.

«C'è una cosa, Rocco» disse, «che Giulia e io ti volevamo chiedere.»

«Dite» le esortò il sottufficiale compiaciuto.

«Vorremmo leggere le tue poesie.»

Artini smise di sorridere, chinò la testa e socchiuse gli occhi come colpito da un dardo invisibile. Aveva organizzato quella cena per lei, per averla vicina. Marco e Giulia gli erano simpatici e li stimava per il coraggio dimostrato, ma per Silvia provava altro.

102

Era un'attrazione profonda, nuova. Un'attrazione per quei capelli neri e morbidi, calmi come il mare d'estate, per gli occhi verdi, per il corpo sinuoso e la bocca carnosa che gli toglieva il sonno.

Sapeva di non poter aspirare a una donna così bella, era uno storpio e con qualche anno in più, ma il pensiero di lei, i sentimenti che provava alimentavano le sue giornate, tristi e noiose. Silvia era una presenza quotidiana nella sua mente, dolorosa ma indispensabile, fonte delle ore più inquiete ma anche il pensiero su cui poggiare il suo mondo irreale.

L'aveva elevata a musa ispiratrice e ora gli chiedeva di leggere le sue poesie, di palesare le emozioni e mostrarsi nudo.

Per Rocco significava abbattere le palizzate erette a custodia del suo cuore, rischiava di essere sconfitto dai suoi stessi sentimenti.

«Le mie» disse con voce tremula «sono poesie molto tristi, troppo...»

«Sì, lo so» rispose Silvia, «l'ho sentito dire. Il fatto che siano tristi non è mica un difetto, io odio la poesia pomposa.»

«Avete imparato a conoscermi, siamo quasi amici. Non sono così triste come le poesie che scrivo» asserì con un velo d'imbarazzo «ma il dolore ha accompagnato la mia vita. La tristezza e la malinconia rappresentano bene la fragilità dell'uomo e non saprei immaginare un altro modo per raccontare l'essere umano.» Sorrise e indicò la gamba. «Nella vita, come potete vedere, ho avuto qualche problemino. Sono certo però che la mia tristezza, che mi permetto di definire *poetica*, non derivi da questo. Già prima dell'incidente e prima che mia moglie se ne andasse scrivevo con la stessa sofferenza e lo stesso tormento.»

«Sono d'accordo con te, Rocco» solidarizzò Silvia contenta di aver superato l'attimo di empasse in cui si era ritrovata. «Credo che certi episodi negativi della vita possano sviluppare la sensibilità, ma non possano farla nascere. C'è gente colpita dalle avversità che continua a essere superba e altezzosa e incolpa altri della propria sventura.»

«Ne conosco tanti così, soprattutto nella mia famiglia» intervenne Giulia ironica.

Risero. Artini poi guardò i colleghi negli occhi e aggiunse.

«Venite con me.»

Si alzò dalla tavola e si diresse verso lo studio. Da un cassetto tirò fuori alcuni fogli, ne scelse alcuni e li porse a Silvia.

«Rocco» chiese lei «ma dovrei leggere io?»

«Sì, mi faresti felice» rispose fissandola negli occhi. Una lama nel suo cuore.

Lei cercò di opporsi ma alla fine acconsentì. Alfieri si accomodò sul divano, Giulia al suo fianco.

Imperava, portata dal vento
sugli odorati clivi,
la vetusta quercia.
Poi una folgore,
saettante nel firmamento
percosso dal tuono,
e la linfa cadde.
Là nella remota valle,
l'impietosa grandine
martellava il frassino,
e più in alto, sui pendii selvosi,
roccia fusa e tizzoni ardenti
avvampavano gli arbusti, l'erica, il ginepro
e la cenere dissolta
senza posa, vagava nel nulla.
Ciò, al cospetto del mio animo travagliato,
è soltanto brezza mattutina.
La luce di una innocua fiammella
che alla vista,
con il levar del sole,
scompare.
L'inverno avaro e impavido
regna come un tiranno,
e il cuore stretto tra i ghiacci
non sussulta, non vibra,
ma tace,
in una cupa e rassegnata commiserazione.
L'interiore devastazione
il tutto annienta.

Silvia finì di leggere e attese per un istante che ognuno facesse le proprie riflessioni, poi iniziò la lettura di un'altra poesia e un'altra ancora fino a quando non vide gli occhi lucidi di Artini.

«Rocco, sono bellissime» disse.

«Sono noiose, piene d'amarezza.»

«Il dolore della vita è inevitabile» intervenne Alfieri.

«Che cos'è?» domandò Giulia «mal comune mezzo gaudio?»

104

«No, no, non è così» rispose Artini scuotendo la testa. «Riesco ad affrontare meglio il mio dolore perché ascolto quello degli altri.»

«Nessuno può sfuggire alla sua parte di dolore» osservò Alfieri pensando al suo, «è un fardello che non si può cedere.»

«È vero Marco, ma insieme a esso ci sono altre brutte compagne di viaggio come la solitudine, la mestizia, l'inquietudine, la malinconia e la noia. Secondo me» proseguì Artini, «esistono troppe persone convinte di essere sole e isolate nella sofferenza. Chi ha questa convinzione e non si affida al dolore universale o alla fede, per chi ha la fortuna di possederla, è destinato all'anticamera della depressione. Sentirsi parte di un dolore comune aiuta ad affrontare con coraggio le difficoltà quotidiane.»

«Rocco» intervenne Giulia non proprio d'accordo con lui, «quando sto male non ce la faccio a pensare al dolore degli altri.»

«È normale che sia così, soprattutto nell'attimo più acuto della sofferenza. La solitudine però può far perdere il controllo di sé, trascendendo nell'egocentrismo e nel vittimismo fino agli stati depressivi. Sentire il tormento degli altri aiuta a ritornare a galla, poggiando i piedi su una sorta di solidarietà collettiva.»

Alfieri ascoltava compiaciuto i colleghi, contento che non si parlasse di lavoro. Non era usuale tra sbirri parlare di poesia, soprattutto tra chi, come lui, aveva sempre frequentato *cani di questura*.

Stava riflettendo su questo quando il suo cellulare squillò. Era Danizzetti. Si alzò dal divano per non disturbare, si mise in un angolo e rispose.

«Pronto? Buonasera dottore, sono a cena a casa di Artini... mi dica... cosa? Vengo subito.»

Chiuse la conversazione e rimase per un istante immobile. Sentì gli occhi dei colleghi su di sé, girandosi fissò i loro volti.

«Cosa è successo?» domandò Silvia.

«Hanno trovato il cadavere di Valter Leoni, dobbiamo andare.»

105

30

Michele e Lara erano sposati da molti anni e la quotidianità, fatta di figli all'università, mutuo della casa e bollette da pagare, con il tempo si era ripresa ogni velleità passionale.

Una famiglia solida e felice la loro, ma il bilancio da far quadrare aveva preso il posto delle cenette a lume di candela, dei giochi erotici, della biancheria intima e vezzosa, dei baci lunghi e appassionati.

Michele e Lara si stavano avvicinando ai cinquant'anni ma non volevano arrendersi ai ricordi. Su di loro pendeva l'eterno riposo dei sensi o amanti all'orizzonte. Era necessario rinsaldare la loro unione e per farlo decisero, in una calda serata d'inizio estate, di ricominciare dal punto in cui si erano lasciati andare.

Da una pizzeria sulla Salaria, dallo stesso locale che frequentavano prima di sposarsi. Era comodo mangiare lì, perché in un attimo, dopo la cena, era facile raggiungere con l'auto l'argine del Tevere e imboscarsi tra i rami di un salice.

Quella sera, come molti anni prima, si sedettero nel medesimo tavolo e ordinarono le solite margherite e birre medie.

L'atmosfera del locale non era cambiata dai loro incontri giovanili. Le tendine a fiori, il separé che delimitava l'accesso alla toilette, i tavoli rustici di legno massello con le sedie impagliate, tutto era come allora. L'unica nota dissonante era il personale di servizio, mancava Gino il cameriere che, ogni volta con malizia, aveva ripetuto loro la solita frase: «A voi ve servo per primi che poi c'avete da fa'.»

Non c'era più neanche Teresa, la cuoca, famosa, oltre che per i suoi antipasti, per le forme abbondanti.

Quella sera i due fecero un tuffo nel passato, commentarono ogni dettaglio del locale, si strusciarono da sotto il tavolo così com'erano soliti fare durante le loro cenette intime, smaniosi di finire di mangiare per poi appartarsi lungo il Tevere. Per questo, alla fine della cena, Michele le sussurrò all'orecchio.

«Sono anni che non vediamo più quel salice.»

Lei sorrise, un sorriso fatto di complicità.

Le vennero alla mente i lividi che si era procurata sotto quell'albero e le scuse inventate ai genitori per giustificarli.

106

Pagarono e uscirono dal locale. Salirono in auto e Michele si diresse verso un sentiero sterrato, sobbalzando sulla stradina piena di buche e di canali irregolari formati dalla pioggia torrenziale.

In lontananza intravidero il salice nato sull'argine del Tevere, tra un boschetto di pioppi allineati e una piccola insenatura circondata da un'intricata boscaglia. La fronda rigogliosa del salice aveva impedito agli arbusti vicini di espandersi, creando uno spazio ordinato in quel tratto di fiume aggrovigliato da pruni e da una fitta vegetazione.

«Guarda, c'è un'auto» disse Lara indicando un punto nei pressi del Tevere.

«Ha le portiere aperte» rispose Michele.

«Devono avere molto caldo» provocò Lara con un sorriso malizioso che fece ribollire il sangue del marito.

Non diedero molta importanza all'auto in sosta, anzi sorrisero al pensiero che quel posto fosse ancora frequentato da giovani coppie alla ricerca di intimità.

Superata la vettura si fermò sotto le fronde del salice. I ramoscelli strusciarono con delicatezza la capotte, così come Michele le gambe di Lara. Spense il motore e si girò verso di lei. Le si avvicinò e la baciò, un bacio appassionato, lungo. Poi i baci si fecero più audaci e insinuanti.

Lara, arresa al marito, per un istante riaprì gli occhi e attraverso i rami intravide una figura distesa sull'argine del fiume. Era una sagoma indefinita che sporgeva dall'acqua. Sembrava un groviglio di stracci mosso dalla corrente, ma non era certa.

«C'è qualcosa... là, nel fiume» disse, «ma non riesco a distinguere che cosa.»

«Cosa vuoi che sia? Sarà un tronco... lascia perdere» sussurrò Michele intento a slacciarle la camicetta.

«No, no, Michele... non è un tronco. Ti prego vai a vedere. Non riesco a rilassarmi.»

«Dai su...»

«Ti prego...»

«Uffa, vado a vedere che cos'è, così sarai contenta.»

Sbuffando, uscì dall'auto e si diresse verso il fiume. Prima con passi veloci poi, mano a mano che si avvicinava, si fece più cauto nell'incedere. La sagoma sull'argine, che all'inizio sembrava un tronco con i rami mossi dall'acqua, si materializzò assumendo contorni definiti. Era il cadavere di un uomo con il volto compresso nel fango e le gambe in balia della corrente.

Il richiamo di un gufo fece sobbalzare Michele. All'improvviso i rumori della notte, che non aveva notato prima, divennero minacciosi. Si voltò iniziando a camminare a passo lesto, attento al minimo movimento. Avrebbe voluto correre, ma si trattenne dal farlo per non perdere il controllo, tutt'attorno lo avvolgevano sibili inquietanti e minacciosi. Raggiunta l'auto su cui lo attendeva la moglie, con il cuore in gola azionò il motore, schizzando via dai rami del salice.

«Che cos'è, Michele?» domandò Lara allarmata.

Lui non rispose e lei notò la fronte madida di sudore.

«Che cosa c'è lì sul fiume?» tornò a chiedere Lara.

«C'è un uomo... un uomo morto.»

Lei si portò una mano alla bocca per trattenere un grido.

«Morto... come?»

«Non lo so... non lo so.»

«Oddio... lo hanno ucciso?»

«Non lo so e non mi interessa, voglio solo allontanarmi da questo posto» rispose Michele incurante degli avvallamenti della sterrata e dei continui salti a cui gli ammortizzatori erano sottoposti.

«Michele... dobbiamo avvertire qualcuno... non possiamo comportarci così. E se non fosse morto?»

«Ha la schiena piena di sangue e la faccia nel fango.»

«Anche se fosse così, non possiamo andarcene, dobbiamo avvisare la Polizia.»

Michele arrivò alla strada asfaltata, si accostò su una banchina, respirò e disse.

«Hai ragione Lara, passami il cellulare.»

31

Roberto Masi aveva avvisato Danizzetti del rinvenimento sull'argine del Tevere del cadavere. Alfieri era passato in commissariato, aveva preso un'Alfa di servizio e si era precipitato a casa di Danizzetti per accompagnarlo sul posto.

Il dirigente della mobile era accorso per primo sul luogo segnalato e quasi gli era venuto un accidente quando il nome di Valter Leoni era spuntato fuori dalla patente di guida riposta all'interno del portafogli. L'auto del pregiudicato era stata abbandonata nelle vicinanze con le portiere spalancate.

Faceva caldo. La brezza del mare rinfrescava Roma, ma una cappa afosa gravava sulla città. Le luci della notte sembravano contribuire a spandere quel senso di spossatezza che solo il caldo improvviso è capace d'infondere. Il dirigente, seduto accanto ad Alfieri, osservava dal finestrino dell'auto i palazzi dei quartieri di periferia che gli sfrecciavano davanti agli occhi.

«La pensione» esordì senza distogliere lo sguardo dalle luci della notte, «ho bisogno di andare in pensione.»

«Perché dottore?»

«Ogni giorno mi accorgo di avere i pensieri di una persona anziana. Guardo sempre più al passato e meno al futuro.»

«Credo sia naturale, ha vissuto con intensità la sua vita.»

«Avrei potuto fare meglio, molto meglio» aggiunse Danizzetti con una smorfia di dolore che non sfuggì ad Alfieri.

«Io sono poco più di un pivello, eppure ho già rimpianti.»

Rise, Danizzetti.

«Sono vecchio per queste cose. Le indagini articolate mi hanno sempre tolto il sonno e la tranquillità, non ho più il fisico e lo spirito giusto. È sempre stato un mio grande limite quello di non riuscire a mantenere un atteggiamento asettico e distaccato.»

«Allora anch'io ho lo stesso difetto. L'omicidio di Rossetti mi è entrato dentro come un'ossessione.»

Gli angoli della bocca di Danizzetti si aguzzarono, mentre continuava a osservare i palazzi e le finestre illuminate.

«Leoni» aggiunse «era coinvolto in questa storia e lo hanno dovuto eliminare.»

«Lo cercavamo noi, ma lo hanno trovato prima loro.»

109

«Lo abbiamo cercato con troppa insistenza, non hanno avuto altra scelta. Era un anello di congiunzione importante di un'organizzazione ben strutturata.»

«Lei crede che dietro questi delitti ci sia un'associazione?»

«A questo punto non ci sono più dubbi.»

Alfieri non ribatté per non disturbare le riflessioni del dirigente.

Lungo la strada c'era un ponte che attraversava il Tevere. Da quel punto era possibile vedere in lontananza le luci dei lampeggianti delle auto della polizia e i fari dei vigili del fuoco che illuminavano a giorno la zona in cui era stato trovato il cadavere. Sulla provinciale, ad aspettarli, c'era una volante che li guidò fino al cordone di sicurezza innalzato dai colleghi.

Danizzetti scese dall'auto e s'incamminò verso l'argine seguito da Alfieri. Il corpo di Leoni era ancora disteso sulla riva, circondato da decine di piccole bandierine sistemate dalla scientifica per repertare le tracce. Era riverso sull'addome con la faccia sprofondata nella melma. I piedi, invece, oscillavano nell'acqua.

Un'immagine che impressionò Alfieri. Era come se Leoni, bell'e morto, stesse nuotando nel tentativo di guadagnare la riva. L'aria era intrisa dell'odore acre di putrefazione che non arrivava dal cadavere, bensì da un animale morto nelle vicinanze e in avanzato stato di decomposizione. Si avvicinò al ciglio del fiume, sullo sfondo nitide le luci di Roma.

«Stammi vicino» gli intimò Danizzetti.

Più in là Masi era impegnato in alcune conversazioni. Danizzetti lo chiamò.

«Roberto» disse.

Il dirigente quasi sussultò nel sentire la sua voce.

«Ciao Marino» rispose.

«Com'è la situazione?» domandò senza tergiversare.

«Brutta. Leoni ha quattro proiettili nella schiena. Una coppia l'ha trovato dove lo vedi e là in fondo c'è la sua macchina» Masi indicò alcuni alberi di faggio, «è intestata a lui. Stiamo aspettando la moglie per il riconoscimento ufficiale.»

«La coppia ha visto qualcosa, oltre al cadavere?»

«No, niente.»

Danizzetti fissò l'auto di Leoni e aggiunse.

«Che strano, è arrivato fino a qui con la sua macchina.»

«È probabile che l'abbiano portato. Sul terreno, vicino al fiume, c'è una scia lasciata dal corpo di Leoni e intorno vi sono le impronte di almeno tre persone.»

«Gli hanno sparato qui?» domandò Danizzetti.

Masi annuì.

«Abbiamo rinvenuto i quattro bossoli e sono dello stesso calibro della pistola utilizzata per ammazzare Rossetti. L'esame balistico ci dirà se è la stessa arma, ma non credo ci siano dubbi.»

Di fianco a Masi c'era un uomo che il capo della mobile si affrettò a presentare.

«Questo signore è il dottor Praia, il medico legale. Vi conoscete, vero?»

«Di nome» rispose Danizzetti «è un piacere conoscerla di persona.»

«Piacere mio» replicò il medico «È un onore poterle stringere la mano, lei è molto conosciuto nel nostro ambiente.»

«Non mi metta in imbarazzo. Anche se sono avanti con gli anni i complimenti mi fanno ancora effetto.»

«Non credo, dottor Danizzetti, nella sua vita ne avrà ricevuti così tanti che oramai non le faranno né caldo né freddo.»

«Marino» s'intromise Masi, «mi diceva il dottor Praia che la morte di Leoni risale a questa mattina intorno alle quattro. Gli hanno sparato vicino alla sua auto, alle spalle, quattro colpi, uno gli ha trapassato il cuore. Poi lo hanno trascinato vicino all'argine con l'intenzione di gettarlo in acqua, ma forse ci hanno ripensato e lo hanno lasciato lì, dove lo vedi.»

«Ci sono segni di colluttazione?» domandò ancora Danizzetti.

«No, a prima vista non sembrerebbe, ma non possiamo escluderlo. Per avere qualche certezza in più, bisogna aspettare il responso dell'autopsia, non è vero dottor Praia?»

«Appena portano il cadavere nel mio laboratorio mi metto al lavoro.»

Danizzetti annuì e aggiunse.

«Roberto, hai avvisato il procuratore Bonetti?»

«L'ho chiamato non appena abbiamo trovato il cadavere. Ha tirato giù un po' di santi e mi ha detto che sarebbe venuto, ma non lo vedo in giro.»

«Che ne dici di allargare il campo di ricerca fino alla provinciale?» Danizzetti accennò alla collina sopra l'argine. «Se sono venuti con due auto, qualcuno potrebbe aver notato qualcosa.»

«È difficile, questo è un luogo frequentato da coppiette e le macchine non destano sospetti. Comunque mando un paio di agenti.»

All'improvviso un vento umido e fresco si levò da sud.

Un mulinello di pulviscolo si alzò dal suolo e iniziò a roteare. Sollevò piccoli rami e foglie secche fino a quando non perse forza raggiungendo la riva del fiume. All'orizzonte alcuni lampi annunciavano l'imminente arrivo di un temporale.

Gli inquirenti avrebbero dovuto fare in fretta, l'acqua avrebbe lavato via ogni traccia.

Danizzetti pensò che non fosse più necessario rimanere lì. Salutò Masi e il dottor Praia, concordando un appuntamento per il giorno successivo. Bisognava fare il punto della situazione. Salì in auto, Alfieri lo seguì. L'assistente, al contrario del dirigente, non si sentiva stanco. Era agitato come le nubi che si accavallavano all'orizzonte.

Danizzetti invece teneva la nuca sul poggiatesta e gli occhi socchiusi, mentre il vento imperversava sollevando polvere e sporcizia lungo il margine della strada.

«Stai calmo, devi dare tempo al tempo» sussurrò la frase continuando a mantenere gli occhi chiusi.

«Ci provo, dottore» rispose Alfieri immettendosi sul raccordo.

«Ieri ci sono state novità ai telefoni in procura?»

«Nessuna, tranne la conversazione dei due algerini in auto.»

«Quale?»

Alfieri in breve gli raccontò della preoccupazione di Beni Youssef e Hanawy Al Sadak per la guerra civile in Algeria. Riferì dei generali al potere responsabili dei massacri di civili addebitati agli uomini del partito islamico dichiarato fuori legge. Disse infine che Hanawy Al Sadak era angosciato per la sorte dei famigliari.

«Si destabilizza per stabilizzare, Alfieri» sentenziò il dirigente.

«Non capisco dottore.»

«È successo anche in Italia. Si crea il caos per dare maggiore potere al governo in carica. Spesso funziona.»

«Si riferisce agli anni del terrorismo?»

«Lascia stare, Alfieri. Non ci pensare» rispose amletico il funzionario.

L'assistente non fece altre domande. Decise di rispettare il silenzio dell'altro, mentre la pioggia iniziava a picchiettare sul parabrezza. I due tacquero, cadendo in una sorta di catarsi che si protrasse fino al palazzo dove abitava il funzionario. Fissarono un appuntamento per la mattina successiva, poi Danizzetti sparì dietro al portone d'ingresso.

Alfieri tornò in commissariato. Posteggiò nel seminterrato e da una porticina in ferro salì fino al corpo di guardia. Non aveva voglia di andare in stanza, a Villa Tevere.

L'agente Milena Ravaneti lo vide.

«Ciao Marco, come è andata?»

«Così. Non ti voglio disturbare, salgo un attimo a vedere un po' di televisione» tagliò corto Alfieri.

«Non hai sonno? Sono le due.»

No, Alfieri non aveva voglia di dormire, non voleva sdraiarsi sul letto a contare i minuti. Salì alla sala benessere, entrò e accese un vecchio Mivar da ventotto pollici. Si sedette sul divano e iniziò a fare zapping. Gettò la testa all'indietro e tirò un lungo sospiro mentre le parole di un'annunciatrice lo raggiungevano senza che lui ne intendesse il senso. Cambiò ancora canale e finalmente trovò qualcosa di interessante. Un video degli U2, *The forgettable fire*.

Socchiuse gli occhi e si lasciò trasportare dalla musica. Nello stesso istante sentì crescere dentro un'incertezza insinuante. Alcuni particolari gli vorticavano nella testa e, sebbene tentasse di allontanarli, spietati gli ripiombavano addosso. Con un gesto istintivo passò la mano sul calcio della sua Beretta, lo rassicurava il contatto.

Sullo schermo intanto un vecchio video dei Genesis aveva preso il posto degli U2. Alzò un po' il volume e si avvicinò alla finestra per guardare il cielo. Il temporale insisteva ancora su Roma e un forte odore di terra bagnata s'incuneava dagli infissi.

Guardò oltre i palazzi. Dietro le nubi iniziava a intravedersi qualche stella, segno che di lì a poco la pioggia sarebbe finita.

Si rimise sul divano, ma non riusciva a riposare. Era come se uno sprone appuntito pungolasse ogni tentativo di assopirsi. Aveva la bocca impastata, così come i pensieri. Sentiva le gambe dure e nervose come molle.

Le ore trascorsero lente, ma il suo stato di agitazione non sembrò attenuarsi.

32

I primi raggi di sole sorpresero Alfieri addormentato.

Rimase sdraiato con gli occhi aperti sperando di ritrovare la lucidità. Non ci riuscì e, a fatica, cercò di alzarsi per guadagnare le rampe delle scale prima che gli uffici si ripopolassero di colleghi.

Si stiracchiò e un po' barcollante iniziò a camminare. Scese con passo incerto fino all'esterno dell'edificio. In strada guardò il cielo, chiuse gli occhi e respirò a pieni polmoni una brezza non ancora intrisa di caligine.

Si diresse verso il bar di piazza Euclide. Aveva estrema necessità di un caffè. Attraversò la strada schivando un'auto che per poco non lo falciò. Il clacson però, oltre a evitare l'investimento, lo aveva fatto sussultare, togliendogli gli ultimi scampoli di stordimento.

Vicino a un'edicola intravide una figura che avrebbe potuto cambiare il corso della giornata e senza i favori del cielo. Era Silvia intenta a sbirciare alcune riviste. Marco la osservò con attenzione. Poco distante Giulia era appoggiata a una colonna di cemento.

Alfieri, senza farsi scorgere, si avvicinò a Silvia.

«Con il lavoro che fa» disse con ironia «dovrebbe leggere soltanto *Polizia Moderna.*»

Lei rimase immobile, mentre sulle sue labbra apparve un sorriso.

«Buongiorno, non hai un'ottima cera.»

«E tu non dovresti essere in procura ai telefoni?»

«Alfieri, lo vedi che non ascolti? Eppure ieri sera ti ho detto che con Giulia saremmo andate a fare shopping. Stiamo aspettando una sua amica, facciamo colazione e andiamo.»

«Ma non è presto per fare acquisti?»

«L'amica di Giulia ha un impegno in tarda mattinata.»

«Posso unirmi a voi nella colazione?»

«Sì, ma solo se offri tu» intervenne Giulia con la solita spigliatezza.

«Ah! Dopo l'aperitivo di ieri, pure la colazione?»

«Esatto. Solo un attimo però. Sta arrivando una mia amica, dovrebbe essere qui a minuti» aggiunse Giulia con lo sguardo alla strada.

«Devo offrire la colazione anche a lei?»

«Certo, è una tua paesana e magari la conosci.»

Alfieri stava per chiederne il nome, ma fu distratto da Silvia.

«Come'è andata?» domandò, «la notizia della morte di Leoni è su tutti i giornali.»

«Lo hanno ammazzato con quattro colpi alla schiena.»

«Hai fatto tardi stanotte?»

«Un po'. Mi sono addormentato sul divano, in commissariato.»

«Li prenderemo, Marco, ne sono certa e quest'incubo finirà.»

La voce squillante di Giulia s'intromise.

«È arrivata Norma!» esclamò indicando un'auto.

La portiera si aprì e una donna discese dall'abitacolo. Era alta, le spalle larghe e un seno poco pronunciato. I capelli non molto lunghi, con la riga in mezzo, le scendevano sul volto a ricoprire piccole cicatrici di un'acne persistente. Un sorriso le illuminava gli occhi. Salutò con affetto Giulia, poi proseguì verso Silvia per abbracciarla ma si fermò, impietrita. Sgranò gli occhi come se un fantasma le si fosse parato davanti all'improvviso.

Un fantasma intriso di dolore e di ricordi.

«Norma... io non mi aspettavo» balbettò Alfieri.

Lei, dopo una prima esitazione, lo abbracciò con impeto.

«Marco!» esclamò tra lo stupore di Silvia e Giulia.

«Giulia mi ha detto che aspettava un'amica di Viterbo, ma non potevo immaginare.»

«Nemmeno a me ha detto nulla.»

«Aoh!» proruppe Giulia, «volete farci capire qualcosa?»

«Non c'è nulla da capire» rispose Norma con un sorriso che sprizzava gioia, «con Marco siamo vecchi amici.»

«Bene» rispose Giulia «dovevamo fare colazione, no? Dai, così ci raccontate.»

Seduti in un angolo del bar, ordinarono cappuccino e brioche. Giulia dispensava battute e sorrisi, ma non c'era voglia di ridere, perché all'improvviso su di loro era scesa una sorta di inquietudine.

Fu Silvia a sottolineare l'istante.

«Non vorrei essere invadente» disse fissando Marco e Norma, «ma avete due facce da funerale.»

Nemmeno a farlo apposta, Silvia con le sue parole aveva messo il dito nella piaga.

«Norma» rispose Alfieri, «era l'amica di Nicole.»

Ma Nicole era stata la sua ragazza, il suo amore. E Nicole si era suicidata. In un giorno maledetto aveva preso una sedia e si era gettata nel vuoto dall'ottavo piano del suo appartamento. Senza una parola che spiegasse l'insano gesto.

Norma e Nicole, un binomio quasi inscindibile. Era raro incontrarle da sole, l'una perennemente appiccicata all'altra.

«Mi toccava chiederle il permesso per uscire con Nicole» aggiunse Alfieri.

«Ma ti concedevo spazio» rispose Norma, mentre prese a raccontare episodi con una punta, nemmeno troppo celata, di malinconia.

Dopo la morte di Nicole, Alfieri era caduto in una profonda disperazione, ma Norma era stata colpita da una depressione così intensa da indurre i genitori a cambiare città.

«Questa» proseguì Alfieri, mostrando una fotografia sgualcita «è un'immagine che mi sono fatto dare da un collega della mobile di Viterbo. È ritratta la cucina dell'appartamento di Nicole. Vedete la sedia?» domandò indicando un punto nella foto, «Nicole è salita lì per lanciarsi nel vuoto.»

«È una foto tetra» obiettò Silvia.

«Lo so» rispose Alfieri, «ma la conservo come una reliquia. Mi aiuta a ricordare.»

«Perché si è uccisa?» domandò Silvia.

«Nessuno lo sa» rispose Alfieri.

«Nessuno» fece eco Norma. «Quando mio padre mi portò via da Viterbo, per un po' l'ho odiato perché non volevo allontanarmi dalla tomba di Nicole, era come la stessi tradendo. Forse, però, è stata la scelta giusta.»

Ci misero parecchio a fare colazione.

Nicole era un fantasma che, in circostanze imprevedibili, continuava ad apparire nella vita di Alfieri e sembrava che ciò avvenisse ogni qualvolta lui tentava di voltare pagina. Per questo, durante la conversazione, non era riuscito mai a sostenere lo sguardo di Silvia. Lei lo notò.

«Scusate» disse lui malinconico dopo un po' «ma non ho chiuso occhio per tutta la notte e mi aspetta una brutta giornata. Ho bisogno di una doccia. Voi restate pure.»

Senza aggiungere altro, pagò e uscì dal bar.

Fuori il sole aveva già asciugato ogni rivolo della pioggia caduta nella notte e Roma si era risvegliata con un vento fresco che arrivava dal mare. Stava per salire nella Charleston quando si sentì chiamare.

«Marco Alfieri!» era Silvia.

Lui si girò.

«Questa sera, alle otto, mi vieni a prendere in commissariato. Voglio ritornare in quel ristorante a Trastevere.»

116

Le parole della collega non lasciavano spazio a repliche. Parole che lo resero felice.

«Va bene. Ti telefono e ci mettiamo d'accordo» rispose esitante e ancora provato dall'incontro con Norma.

«No» proseguì lei, «non c'è bisogno di metterci d'accordo. Stasera alle otto mi passi a prendere.»

Senza aggiungere altro, si girò e rientrò nel bar.

Alfieri la guardò sparire dietro la porta, mentre sentì una carezza sul cuore. In quel momento comprese quanto Silvia tenesse a lui.

Quella giornata l'avrebbe affrontata con il sorriso, ora ne era certo.

33

Il portavalori correva lungo la provinciale. Due guardie giurate a bordo. Mentre l'autista guidava, il capomacchina, attraverso le fessure dei vetri blindati, cercava di mantenere alta la soglia dell'attenzione. La strada era quasi deserta e culminava, poco più avanti, con una salita e un restringimento causato da un ponte.

Un camion fermo sulla carreggiata ostruiva il passo.

«Rallenta» avvisò il capomacchina.

Il conducente scalò la marcia e accennò un colpetto sui freni.

«Ha le doppie frecce accese» disse.

«Le vedo, è meglio non fidarsi.»

Il furgone avanzò adagio. Alle sue spalle, in fila, una Fiat Uno e un Suv. Il capomacchina non si sentiva tranquillo, impugnò la pistola mentre il blindato entrava nell'area del ponte.

«È troppo stretto! Non c'entriamo... non mi piace» disse. «Torniamo indietro... torniamo ind...»

Non riuscì a ultimare la frase. Da dietro il camion uscirono quattro persone con il volto coperto e armati di kalashnikov.

«Oddio!» urlò l'autista mentre una pioggia di proiettili investì il parabrezza del furgone.

«Vai indietro, vai indietro!» gridò disperato il capomacchina.

Il conducente inserì la retromarcia ma non riuscì a fare un metro. Il Suv lo speronò con violenza stringendolo in una morsa letale, mentre una pioggia di proiettili proseguiva l'opera di demolizione della blindatura.

Un'esplosione fece sussultare il portavalori nella parte posteriore.

«Ci ammazzano!» gridò ancora l'autista. In preda al panico aprì la portiera per tentare un'improbabile fuga.

«Fermo, non uscire!»

«Non voglio morire!»

Il capomacchina cercò di fermarlo, ma non ci riuscì. Una gragnola di colpi trapassò il corpo dell'autista. Il sangue, misto a brandelli di carne, gli investì la faccia. Quando il cadavere cadde sull'asfalto, ci fu un profondo silenzio, i kalashnikov smisero di sparare e per un istante il capomacchina ebbe la sensazione che tutto fosse finito.

Così non era.

Sulla porta spalancata dall'autista apparve un uomo con il capo coperto da un passamontagna scuro e una pistola in pugno.

Quella fu l'ultima immagine che riuscì a vedere.

34

Alle venti in punto Marco Alfieri arrivò in commissariato con la sua Charleston tirata a nuovo.

Anche in quella giornata Danizzetti non gli aveva concesso alcuna tregua, eppure aveva trovato il tempo di dare una pulita all'auto e sistemarsi a dovere per la serata. Lo aveva fatto per Silvia, perché lei era capace di estirpare la gramigna che aveva attorno al cuore e forse poteva essere la cura di cui aveva bisogno.

I suoi pensieri si dissolsero appena lei apparve sull'uscio. Restò a guardarla con incanto.

Indossava un vestito nero che arrivava a fatica all'altezza del ginocchio. Il seno spingeva contro un décolleté generoso e la schiena era lasciata libera di sedurre. Il sorriso le illuminava il viso, mentre i tacchi alti le conferivano un'andatura grintosa e sinuosa ritmata dai lunghi capelli. Erano gli occhi però a rapire l'attenzione, uno sguardo malizioso su un volto niveo, dai lineamenti perfetti.

Una combinazione disarmante.

Avrebbe voluto distogliere lo sguardo per non imbarazzarla, ma non ci riuscì. A lunghe falcate Silvia lo raggiunse. Aprì la portiera e salì in auto. La gonna le si alzò per una frazione di secondo, giusto il tempo di mettersi a sedere.

Alfieri, un po' ingessato, le sorrise.

«Buonasera» disse lei.

«Buonasera, sei bellissima» riuscì a dire, deglutendo imbarazzato.

«Grazie.»

«Aperitivo o subito a cena?»

«Cena.»

«Anch'io ho fame, oggi Danizzetti mi ha fatto impazzire.»

«Problemi?»

«Un po', ma non mi va di parlarne, non stasera.»

«Okay, fammi sentire il rumore della Charleston.»

«No, prima di partire devo chiederti una cosa importante, un dubbio che mi lacera la mente.»

«Che cos'è?»

«Secondo te il nero del tuo vestito si intona col rosso?»

«Sì, perché questa domanda?»

«Non ci credo.»

«Il rosso con il nero s'intona benissimo.»

«Umh!» aggiunse pensieroso Alfieri. «Prova ad accostare un po' di rosso porpora sulle tue gambe così posso vedere con i miei occhi.»

«Marco, ma dove lo prendo il rosso porpora?»

«Dove lo prendi? Torna in camera e mettiti un altro vestito.»

«Torno in camera a prendere un altro vestito? Ma che ti prende?» domandò stizzita Silvia.

Lui non rispose, mise in moto e partì. Silvia si appoggiò al finestrino e guardò fuori.

«Silvia.»

«Che cosa c'è?»

«Il rosso...»

«Ancora!»

«...il rosso, è sul sedile posteriore.»

Silvia si girò e vide il mazzo di rose.

Sorrise. Si mise in ginocchio sul sedile e, inarcando la schiena, cercò di raggiungere i fiori. Per poco ad Alfieri non prese un accidenti. La posizione di Silvia era un vero attacco al cuore.

Lei prese il fascio e lo appoggiò sopra le gambe.

«Allora s'intonano i due colori?» domandò.

«Direi di sì.»

«Grazie. Ma quante sono?»

«Cinquantuno.»

«Tante quanti gli schiaffi che stavo per darti.»

Sorrisero, mentre l'auto barcollava sulla strada. Il sole iniziava a nascondersi dietro i palazzi e uno stormo di uccelli apparve da dietro una collina. Volò basso lungo Corso Francia e, dopo aver disegnato nel cielo linee invisibili, si posò sui faggi, oltre un promontorio.

Appena sotto il rilievo c'era una piccola pompa di benzina con tre colonnine dove, in un angolo, s'intravedeva un piccolo recinto, all'interno animali da cortile e un orto. A volte Roma, pensò Alfieri, è capace di sbalordire, basta uno sguardo attento. Un orto nel centro di Roma era un'usanza contadina dura a morire, che richiamava alla memoria le origini dell'urbe.

Alfieri tentava di distrarsi, ma inevitabilmente lo sguardo ricadeva sulle gambe di Silvia. Lei continuava a parlare, ansiosa di iniziare le intercettazioni in procura. Avrebbe cominciato l'indomani con il turno del mattino e sarebbe toccato all'ispettore Parri spiegarle il funzionamento delle apparecchiature telematiche. Alfieri la incoraggiò, le disse che non sarebbe stato difficile acquisire le nozioni tecniche, ma di stare attenta alle parole perché non era raro per gli investigatori confondere i termini e attribuire un diverso senso alla frase.

Pochi minuti e arrivarono a Trastevere, posteggiarono lungo il Tevere e camminarono, sbirciando le bancarelle, fino al ristorante.

Il gestore li fece accomodare sotto il livello stradale, a un tavolo ricavato in cantina con botti e cesti di vimini a guarnire l'interrato.

Lungo le pareti piccole nicchie scavate nella roccia ospitavano bottiglie di vino. Ordinarono un Brunello, come al solito, e un filetto con la cicoria ripassata in padella.

«Oggi ti ho visto in difficoltà con Norma» esordì Silvia.

Marco socchiuse gli occhi, trasse un sospiro e disse.

«Tu sai chi era Norma?»

Silvia annuì.

«L'ho saputo oggi. Non me ne avevi parlato.»

«Non è facile...»

«Però sembravi... sembravi sconvolto.»

«Sconvolto no. Sorpreso. Non la vedevo dai funerali di Nicole.»

«Questa mattina, dopo che te ne sei andato, siamo rimaste ancora un po' al bar. Lei ha continuato a parlare di te e Nicole.»

«Ha sofferto molto per la morte dell'amica. Dopo il suicidio, ha trascorso un periodo in solitudine. Non usciva di casa, non parlava con nessuno. I suoi mi chiesero di aiutarla, non ce l'ho fatta.»

«Non l'hai dimenticata, vero?» chiese lei.

Alfieri sospirò, si aspettava quella domanda.

«No Silvia, non del tutto.»

«Norma ti potrebbe aiutare a farlo.»

«Norma? E come?»

«Potrebbe fare come gli psicologi che per far superare un trauma, rievocano il passato.»

Marco scosse la testa.

«Tu hai un effetto terapeutico...»

«Mi sfrutti?»

«No, da te vorrei altro.»

«Cosa?» Silvia fece la domanda agitandosi un po' sulla sedia. Lui cercò di fissarla, ma non ci riuscì. L'ansia gli faceva saettare lo sguardo da un oggetto a un altro.

«Vorrei che tu mi dessi un bacio» disse tutto d'un fiato.

Lei lo guardò con un sorriso malizioso poi, lentamente, si avvicinò al viso di Alfieri che sentì raggelare il sangue. Chiuse gli occhi, le sfiorò i lunghi capelli. Sentì le labbra di Silvia contro le sue.

35

Silvia rientrò in commissariato a notte inoltrata con il sapore di Marco sulle labbra. Dopo la cena avevano passeggiato per il quartiere abbracciati. Si erano fermati più volte a baciarsi, agli angoli dei palazzi, nei porticati, nella penombra di Trastevere. Baci interminabili, passionali.

Silvia non ricordava un coinvolgimento così intenso.

Guardò il cellulare e rispose agli sms di Giulia che, bramosa di notizie, le chiedeva come era andata la serata. Bene, scrisse, così come l'aveva immaginata. Nicole era un'ossessione di Marco e lei l'avrebbe curata. Sorrise alle sdolcinate frasi che Alfieri continuava a scriverle, augurandole la buonanotte. Percepiva il desiderio di lui di rivederla al più presto.

Silvia pensò che, forse, non sarebbe stato difficile lasciare andare Nicole e liberare Marco dal senso di colpa che provava.

Continuò a pensare sotto la doccia, poi si asciugò e si mise sul letto, ma non riuscì ad addormentarsi. Provò a leggere un romanzo che teneva sul comodino, ma nemmeno le pagine del libro riuscirono a conciliarle il sonno. Fu in quel momento che le venne in mente la botola. Nitido il ricordo di un bagliore che proveniva dalla mansarda del commissariato. Le balenò nella testa un'idea, una stupida idea.

Guardò l'orologio, erano da poco passate le tre. Poche ore ancora e si sarebbe dovuta presentare in procura dall'ispettore Parri, ma si rivestì. Inserì nella cintura la fondina con la pistola e uscì nel corridoio. In quell'androne aleggiava un'aria fosca, che subito allontanò. Con decisione scese al piano inferiore ed entrò nell'archivio.

Sapeva che dietro all'armadio il sovrintendente Acciari teneva una scala in metallo. La prese, caricandola sulle spalle. A piccoli passi, attenta a non fare rumore, tornò nel corridoio all'altezza della botola. Appoggiò l'estremità superiore della scala contro il cordolo che dava accesso alla soffitta. Diede un colpetto per saggiarne la tenuta. Un brivido improvviso le percorse la spina dorsale.

Che si era messa in testa di fare, si domandò.

Era testarda, Silvia, prese a salire la scala fino a quando non arrivò al soffitto.

Afferrò con entrambe le mani la botola e la spostò di lato.

Sbirciò all'interno della mansarda, ma non vide nulla. Salì altri quattro pioli e si ritrovò in soffitta. L'accolse il silenzio, il buio e un odore di polvere che s'insinuava nelle narici.

Silvia non si mosse. Aspettò che gli occhi si abituassero alla fioca luce che filtrava attraverso un piccolo lucernaio. Quel ritrovato chiarore le infuse sicurezza. Si guardò intorno e, mano a mano che i contorni della stanza si fecero nitidi, vide lunghi scaffali di metallo sui quali erano sistemate decine cartelle.

Di fianco a un mobile, riuscì a intravedere una porta socchiusa.

Avanzò con prudenza oltrepassando i faldoni che sui dorsi recavano l'anno di trattazione. Andavano dal millenovecentosessantacinque in poi. Un archivio. Era probabile, si disse, che i dirigenti che si erano succeduti nel commissariato avessero accatastato in soffitta il lavoro dell'ufficio. Proseguì ed entrò in un'altra stanza. L'ambiente non differiva dal primo, salvo per alcune stampe appese al muro, ingiallite dal tempo. Si avvicinò a una delle riproduzioni. Il volto austero di un ufficiale della Guardia Reale era ritratto in pompa magna con divisa e medaglie. Sulla cornice, in basso, era riportato il nome e grado: Maggiore Generale Carlo Cortini.

Poco più avanti, un'immagine del porto di Civitavecchia illuminata da un riflesso proveniente da una finestrella. Silvia si avvicinò per vedere i dettagli del Forte Michelangelo che si stagliava sul bordo del mare, mentre le navi da guerra erano un frenetico andirivieni di uomini, il tutto sotto l'attento controllo del faro.

Osservava quelle stampe ridendo tra sé, al pensiero di quanto si era lasciata influenzare da timori inesistenti. In quella mansarda non c'era nulla di così minaccioso, soltanto polvere, ragnatele, faldoni e documenti.

Spavalda decise di andare avanti. Si guardò intorno e vide un'altra porta a ridosso di un armadio. La oltrepassò, ancora scaffali e faldoni, registri e fogli. L'ennesima stanza, altro archivio.

Nient'altro.

Fino a quando un suono attirò la sua attenzione.

Si fermò di soprassalto, il cuore prese a correre come un treno. Proseguì ancora, stando in allerta. Era certa di aver sentito un lamento, come un grido strozzato. Pochi passi e il gemito le arrivò nitido. Fu di breve durata, ma le bastò per capire che non era la sola a frequentare la mansarda nel cuore della notte.

Estrasse la pistola. Passi incerti verso il lamento che si era moltiplicato in più gemiti. Chi poteva essere, si domandò.

Non pensò a un pericolo imminente, più forte la curiosità di scoprire chi si trovasse al di là della porta che aveva di fronte. E dal quel punto, percepì nitida la voce di una donna che ansimava.

Trattenne il respiro e si avvicinò. Attraverso uno spiraglio si sforzò di guardare oltre gli scaffali.

Sgranò gli occhi quando vide la donna. Era appoggiata con i gomiti su una scrivania, mentre un uomo da dietro la possedeva. Lei ansimava scuotendo la testa in un'orda di capelli mentre l'uomo l'afferrava per le spalle per non farla muovere e affondava i colpi.

Silvia non credeva ai suoi occhi, non riusciva a credere che due amanti avessero la necessità d'incontrarsi nella mansarda del commissariato per consumare la loro passione. Due poliziotti, altro non potevano essere. Ma chi, si domandò.

Cercò di avvicinarsi per vedere, senza rischiare di essere scoperta.

Si nascose dietro lo stipite nella penombra, rimase immobile e poi la vide.

L'uomo le dava le spalle, ma il volto della donna apparve nitido nella stanza appena illuminata dalla luce fioca di una candela.

Era Matilde Bova, una collega che lavorava con il sovrintendente Artini, la moglie dell'ispettore capo Rossetti.

Le prese un accidenti. Non si trattenne un istante in più.

Riattraversò le stanze fino alla botola. Scese e senza fare rumore riportò la scala in archivio. Prima di tornare in stanza volle fare un controllo. Corse giù fino al corpo di guardia che trovò sguarnito.

Guardò sui servizi, Matilde era comandata di servizio per il turno della notte. Eppure non ricordava di averla vista al rientro dalla serata a Trastevere con Marco. A pensarci bene, si disse, il portone del commissariato le era stato aperto da due colleghi e non dalla Bova.

Si sentì confusa. Decise di ritornare in stanza, era tardi e le rimanevano poche ore per riposare.

Sorrise, si sentiva stremata, ma soddisfatta di ciò che aveva scoperto.

125

36

Le vie della città sembrano infinite, lunghi labirinti d'asfalto, serpenti neri che s'intersecano, si aggrovigliano, si incontrano.

I palazzi ai lati delle strade allineati come soldati, un esercito di ferro e cemento. E i pensieri vagano fra quei casermoni anonimi che, attraverso le finestre, sembrano osservarsi con aria indifferente.

Fra i palazzi e le strade, il marciapiede ad arbitrare la lotta per l'egemonia della città. Assolve la sua mansione con assoluta imparzialità e, con la stessa umiltà, sostiene e sopporta il camminare frenetico della gente che lo calpesta, lo imbratta.

Migliaia di persone scorrono in un continuo turbinio di passi ansiosi, felici, tristi, ognuno con i propri pensieri, ma tutti in compagnia della stessa inquietudine.

I passanti di rado si guardano negli occhi ma, quando ciò accade, distolgono lo sguardo, a volte intimiditi, perlopiù superbi, come se attraverso le pupille si potessero rivelare chissà quali segreti.

Tra i tanti palazzi, uno in particolare si stagliava verso il cielo.

All'interno, come in un formicaio, molte persone stipate, alcune anonime agli occhi di altri, altre inesistenti al pensiero di tutti.

Quattordicesimo piano, il penultimo.

Un ascensore e un pianerottolo con sei porte. Dietro una di esse c'erano i resti di una famiglia. Edoardo e Sonia Corsi, quarantenni sposati da poco più di quattordici anni, senza figli. Lui impiegato alla Camera dei Deputati, lei casalinga con problemi psichiatrici.

In quell'appartamento regnava la disperazione perché Sonia non era riuscita ad accettare la vita che il destino le aveva disegnato e si era fatta sopraffare dall'ossessione.

A lei la natura aveva dato il dono dell'incertezza e della malinconia, dell'ansia, degli attacchi di panico e della gelosia che l'avevano condotta nel regno delle farneticazioni.

È chiaro che la natura sa su quali animi accanirsi, quali le sensibilità predisposte a cadere e su quelle si concentra per distruggere.

Nel caso di Sonia la causa scatenante era stata l'infertilità data dall'endometriosi. La diagnosi del Policlinico Umberto I non le aveva lasciato speranze, nonostante i due interventi chirurgici che le avevano asportato tutto il tessuto cistico.

Si erano rivolti a un centro specializzato, ma da quell'istante era iniziato il lungo calvario e le peregrinazioni attraverso i centri medici per la fertilità. Una lunga spirale senza luce, fatta d'insuccessi.

Controlli di carattere generale tra una clinica privata e una pubblica, esami sierologici o del liquido seminale, per arrivare sempre allo stesso risultato. Per Sonia era stato devastante.

Diventò solitaria e introversa. Rifiutò le visite mediche, quelle che sempre avevano sostenuto le sue speranze. Allo stesso tempo iniziò a lamentare strane sensazioni di formicolio agli arti e a divagare tra argomenti apparentemente non correlati.

Pensieri farneticanti si fecero strada, fatti inesistenti uniti alle manie persecutorie.

Sonia ce l'aveva con tutti, convinta com'era che le sue disgrazie fossero il frutto dell'invidia. Un disegno iniziò a bussare alla porta del suo cervello e ciò che era irreale assunse l'aspetto della realtà. Prese a incolpare suo marito Edoardo come se fosse lui l'artefice e l'organizzatore dei suoi fallimenti. Incolpava lui e le donne che incontrava, come fossero le amanti con le quali era in combutta contro di lei.

Lui non riuscì a comprendere le aggressioni della moglie, non capiva il motivo degli scatti d'ira improvvisi e violenti, cosa si nascondesse dietro alle assurde scene di gelosia consumate davanti a donne inconsapevoli e sbalordite.

L'instabilità di Sonia divenne esasperante quando alle scenate si aggiunsero gli schiaffi, i calci e gli sputi. Edoardo si rese conto che Sonia non era caduta solo in uno stato depressivo, ma alla vita reale aveva contrapposto una visione vaneggiata della realtà, fatta di persecuzioni e manie ossessive, dove le donne erano le principali responsabili dei suoi problemi, perché guidate dal male.

Con il passare del tempo le crisi di gelosia si fecero sempre più frequenti. Il marito tentava di rassicurarla, ma lei ricadeva di continuo negli stessi deliri. Con il cuore serrato la guardava trascorrere intere giornate chiusa in camera, ma con più sgomento la vedeva uscire da casa.

«Sonia, dove vai?» le chiedeva preoccupato.

Lei di solito non rispondeva, indossava indumenti mal combinati, come una tuta in pile, scarpe di cuoio, un cappotto scamosciato e usciva. Un paio di occhiali a specchio con le lenti molto grandi completavano sempre il suo abbigliamento trasandato.

«Sonia, sono bellissimi quegli occhiali» le diceva «sono grandi, ci si può specchiare. Quando li hai comprati?».

«Che ti frega! Devo vedere gli occhi di tutti ma nessuno i miei».

127

Li indossava sempre, a prescindere dalle condizioni atmosferiche.

Se pioveva, nevicava o c'era nebbia lei, comunque, li metteva.

Poi, arrivò un giorno in cui Sonia smise di parlare con Edoardo.

Prese a comunicare con i pezzi di carta, *pizzini*, che scriveva e disseminava in casa. E lui se li ritrovava dappertutto, in ogni angolo.

Lei vi scriveva tutta una serie di insulti: "Maledetto tu e la tua famiglia. Porco schifoso, che tu possa crepare con le tue puttane. Lo so che scopi pure tua sorella, ma io l'ammazzo".

Ogni invettiva che le passava per la mente, la metteva per iscritto e faceva in modo che il marito potesse trovarla e leggerla.

Per Edoardo ciò che era stata un'eroica resistenza adesso diventava una passiva sconfitta, senza speranza.

Fino a quel momento aveva sopportato e subìto tutto, poi aveva preso ad alimentare il dolore fino all'autocommiserazione.

Si lasciò trascinare dalla marea, subiva gli eventi senza reagire, ebbe la convinzione di aver toccato il fondo, provò un vago senso di ribellione, sprofondò nel dolore.

Il comportamento di Sonia aveva allontanato tutti i suoi amici e anche i parenti si tenevano a debita distanza. Nessuno a incoraggiarlo, in pochi a salutarlo, sorrisi abbozzati di nascosto dalla moglie, nessuna solidarietà.

Quel giorno prese a sfogliare le pagine gialle alla voce psichiatri.

Annotò su un foglio un nome e una via. Prese il telefono e compose un numero.

37

Marco Alfieri camminava lungo il viale prospiciente il parco delle Rimembranze. Un po' di refrigerio in una notte afosa e opprimente.

A quell'ora regnava il silenzio.

Il parco era avvolto nell'oscurità e un'unica linea d'ombra faceva da contorno ad alberi, cespugli e siepi. Lo scenario alimentava la sensazione d'inquietudine che il poliziotto sentiva in quella notte calda. Aveva la testa in subbuglio.

Quel suo incedere lento e smanioso fu notato da qualcuno. Un'auto accostò e si fermò a pochi metri da lui. Era Danizzetti.

«Che fai in giro a quest'ora?» domandò il funzionario.

«Salve dottore. Ero in commissariato e mi sono messo a fare due passi.»

«Sì, all'una di notte.»

Danizzetti congedò l'autista.

«Ti faccio compagnia per qualche minuto» aggiunse. «Vengo ora dalla questura, ci sono un po' di problemi, molti problemi.»

«Posso sapere quali?»

«Non subito» rispose Danizzetti. «A te cosa toglie il sonno? L'indagine o Silvia Grandi?»

Alfieri guardò il funzionario e sorrise.

«Lo sanno tutti» si affrettò ad aggiungere il dirigente, mentre dal taschino prese un pacchetto di Marlboro.

«Corrono le voci» rispose Alfieri rifiutando la sigaretta.

«È bella la Grandi, ma non penso sia lei che non ti fa dormire.»

«La morte di Leoni ha ingarbugliato i piani» disse secco Alfieri. «Era l'unica traccia che avevamo.»

«È vero, ma ne avremo altre, non ti preoccupare. I telefoni non vanno bene, vero?»

Alfieri scrollò a testa.

«Sono del tutto inutili» rispose accigliato.

«Ti sei fatto qualche idea?»

Erano tante le congetture che affollavano la testa di Alfieri, ma aveva il timore di esprimerle. Era sempre un assistente e non dimenticava il ruolo che ricopriva.

«Ripensavo, dottore, a quando lei fece riferimento a un'ipotetica organizzazione criminale implicata in questa storia» si limitò a dire.

«Sì, un gruppo ben organizzato che ha ucciso con intenti precisi.»

«Quante persone pensa siano coinvolte?»

Danizzetti osservò gli occhi di Alfieri e chiese.

«Cosa vuoi dirmi? Su, non farti pregare».

«La prego dottore, ho in mente una cosa e forse con il suo aiuto riesco a chiarirla.»

«Che cosa vuoi dire?»

«All'interno di questa presunta organizzazione, Leoni era l'unico in grado di rubare un'auto eludendo gli antifurti elettronici. Poche ore prima dell'omicidio di Rossetti, Leoni si avvicina alla Volkswagen Polo con una centralina elettronica nelle mani e la ruba.»

«Lo abbiamo detto mille volte.»

«Sì, è così. Però Leoni, dopo aver rubato l'auto, cosa fa? Partecipa all'omicidio di Rossetti oppure la consegna e se ne va?»

«Alfieri, a quest'ora di notte non sopporto di essere tempestato di domande. Come posso sapere cosa ha fatto Leoni, però ho un'idea su quante persone ruotano intorno all'organizzazione».

«Lei lo sa?» chiese sorpreso Alfieri.

«Più o meno. Era questo che volevi sapere, no?»

«E quanti sono?»

«Dopo l'omicidio di Rossetti, i tre assassini hanno abbandonato la Polo in via Oriani e si sono allontanati con un'altra vettura dove, con tutta probabilità, un altro complice li attendeva. Se a queste persone aggiungi i complici appostati nella zona dell'omicidio, diventa plausibile immaginare un commando composto da almeno una decina di elementi, senza considerare un ulteriore aspetto.»

«Quale, dottore?»

«Gli assassini conoscevano le abitudini di Rossetti.»

«Sì, ne sono certo anch'io.»

«La mattina in cui è stato ucciso, Rossetti ha posteggiato l'auto al solito posto e, come tutte le mattine, ha fatto colazione nel solito bar. Il mio vice, l'ispettore Ascani, mi ha descritto Rossetti come una persona abitudinaria, quasi scontata. I suoi assassini l'hanno pedinato in ogni ora del giorno e hanno acquisito le informazioni necessarie per individuare il luogo e l'istante in cui agire.»

«Per fare un lavoro del genere servono molte persone, vero?»

«È così, Alfieri. Sappiamo quanta gente è necessaria per un lavoro di questo tipo. Pedinare qualcuno per un determinato periodo richiede uno sforzo notevole, sia di uomini sia di mezzi.»

«Forse i suoi assassini non hanno avuto l'esigenza di pedinarlo.»

«Che cosa vuoi dire?» domandò dubbioso Danizzetti.

«Questo è il mio dilemma e spero di riuscire a spiegarglielo. Prima mi permetta di assolvere Leoni dalla partecipazione diretta all'omicidio di Rossetti.»

«Come fai a esserne sicuro?»

«Per quella maledetta centralina elettronica, dottore.»

«Oddio, ancora con questa centralina. Tu mi farai uscire matto.»

«Sono ripetitivo, ma quello strumento rappresenta l'unico passo falso che hanno commesso.»

Alfieri non voleva rischiare di incorrere in pericolosi equivoci, teneva alla stima del dirigente, sperava che le parole fuoriuscissero misurate ed esplicative.

«Leoni ha soltanto rubato la Polo, consegnandola poi nelle mani degli assassini.»

«Sì, questo l'ho capito, ma come fai a dirlo?»

«Era un ladro, ma non stupido e non avrebbe mai commesso un errore così grossolano.»

«Di quale errore stai parlando?»

«Su quella centralina elettronica c'era la sua firma e lui lo sapeva.»

«A volte la troppa sicurezza fa brutti scherzi, Leoni non si aspettava di essere scoperto» obiettò il funzionario.

«Fino a un certo punto, dottore. Lei ricorda come l'autovettura incidentata è arrivata dalla Germania in Italia, vero?»

«Sì, lo ricordo. La Polo, dopo aver subito un incidente, viene importata da Leoni che la nazionalizza al dipartimento dei trasporti terrestri, giusto?»

«Esatto. Nel fascicolo d'immatricolazione della Polo ci sono i documenti presentati da Leoni per ottenere la nazionalizzazione del veicolo, cioè targhe e documenti italiani. Quei documenti sono firmati in calce da lui.»

«Quindi?»

«Se Leoni fosse stato consapevole che l'auto sarebbe stata utilizzata per commettere un assassinio, avrebbe lasciato tracce così evidenti?»

«Le tracce cui fai riferimento le ha lasciate ugualmente per il furto dell'auto. Comunque ha commesso un reato, certo di non essere scoperto. La sua impudenza gli ha fatto sottovalutare il rischio.»

«Mi permetta, dottore, credo che Leoni» ribatté Alfieri «fin dall'importazione dell'auto incidentata sapeva di dover rubare un'autovettura, ma qui sta il lavoro del ladro, non dell'assassino.»

«Sarà l'ora tarda, ma non capisco dove vuoi arrivare.»

Dal volto di Danizzetti era scomparsa quell'aria benevola con cui era solito guardarlo. Alfieri non voleva mettere in discussione le strategie investigative del funzionario, né quelle del dottor Masi. Era probabile, inoltre, che lui non sapesse tutti i risvolti dell'indagine, i colleghi della squadra mobile non lo consideravano uno di loro.

«Leoni era un ladro di auto» si affrettò a dire, «ricettatore e dedito al riciclaggio. Conosceva alla perfezione il suo lavoro, era aggiornato su tutti i sistemi di antifurto, sia quelli delle case automobilistiche sia quelli installati da ditte specializzate. La sua professionalità delinquenziale gli aveva procurato tanti precedenti penali. È stato in carcere, ha subito processi, ma ha anche verificato il suo grado di preparazione delinquenziale, più elevato rispetto a quello delle forze dell'ordine, degli avvocati e dei magistrati. È probabile che sia stato fermato numerose volte a bordo di auto rubate e riciclate, senza che gli agenti operanti si accorgessero di nulla.»

«Vai avanti» disse Danizzetti nel momento in cui l'assistente riprese fiato.

«Mi permetta di ricordarle che persino lei e il dottor Masi ignoravate il sistema di antifurto delle auto di nuova generazione.»

«Mi stai dando del vecchio?»

«Non mi permetterei mai, per me è un onore...»

«Sì, lascia stare queste fesserie e vai avanti.»

Alfieri annuì.

«L'approssimativa conoscenza del fenomeno del riciclaggio di auto, Leoni l'avrà avvertita nel caos delle aule dei tribunali, durante i processi. Si sarà divertito a osservare giudici e pubblici ministeri districarsi tra autovetture rubate con telai rifatti, tra tentativi di associare i numeri di telaio originali a quelli taroccati, tra sovrumani sforzi di abbinare una targa ribattuta a una targhetta identificativa falsificata. Lo immagino sul banco degli imputati mentre sorride davanti a un giudice che cerca di capire come uno stampato di una carta di circolazione rubato in bianco possa essere compilato con dati di una persona che aveva già il medesimo documento, ma rilasciato da un'altra motorizzazione. Il giudice, dottore» proseguì Alfieri con decisione «avrebbe dovuto imparare in pochi minuti ciò che Leoni aveva avuto modo di acquisire in una vita delinquenziale, in un mare ingarbugliato in cui nuotava come un pesce.»

Alfieri non era andato troppo per il sottile. Si fermò e attese gli effetti delle sue parole. Danizzetti camminava al suo fianco, aveva il volto scuro e la luce dei lampioni accentuava lo sguardo tagliente.

«Quello che dici potrebbe essere vero» rispose sbuffando fumo, «ma non tutti possono conoscere alla perfezione ogni forma di reato. E poi cosa c'entra con Leoni e con la morte di Rossetti?»

«C'entra, dottore. In vita è probabile che Leoni non abbia pagato per intero i reati commessi. Forse avrà saldato il suo debito con la giustizia per un quarto e avrebbe accettato, come ha sempre fatto, il rischio di essere beccato per il furto della Volkswagen Polo, ma non si sarebbe esposto per un omicidio. Come ladro poteva rischiare, come assassino no. L'omicidio di un uomo, di un poliziotto ha un'altra rilevanza rispetto al furto di un'auto.»

Un lieve sorriso apparso sul volto di Danizzetti bastò a ridare un po' di coraggio ad Alfieri.

«Leoni» proseguì il funzionario, «potrebbe aver saputo dalla stampa che per ammazzare un poliziotto era stata utilizzata una Polo.»

«Esatto, e potrebbe aver chiesto spiegazioni a chi gli aveva commissionato il furto. Per questo è stato ammazzato. Nemmeno gli assassini potevano immaginare che sulla centralina elettronica ci fosse la firma di Leoni. È l'anello debole della catena, dottore, e credo che sia da qui che dovremmo ripartire» proseguì Alfieri guardando un punto fisso nel viale.

«C'è qualcos'altro che devi dirmi, vero?»

«Sì dottore, qualcosa che mi sta facendo impazzire.»

«Cosa?»

Alfieri esitò per un istante, osservò un'auto che a folle velocità da piazzale Euclide si diresse in via Maresciallo Pilsudski. Aspettò che sparisse in fondo alla strada prima di proseguire.

«Il giorno dell'assassinio di Rossetti» disse poi, «alle ore quattordici e trentacinque, Leoni riceve su uno dei cellulari una telefonata di due minuti e quindici secondi, una chiamata partita da una cabina telefonica di via Cortina D'Ampezzo. Ricorda? Ne abbiamo già discusso.»

«Sì, è stata l'ultima telefonata ricevuta.»

«L'interlocutore di Leoni potrebbe essere uno degli assassini di Rossetti.»

«Come fai a dirlo?»

«Questo personaggio ignoto potrebbe aver fissato un appuntamento al quale Leoni si è presentato senza sapere che stava andando incontro alla morte.»

«La tua è un'ipotesi troppo labile.»

«Forse, ma non è a questo che voglio arrivare.»

«Non tenermi sulle spine.»

«Lei ha fatto riferimento alle abitudini di Rossetti. Ha detto che l'organizzazione che l'ha ucciso deve aver utilizzato molti uomini per farlo pedinare.»

«Sì, l'ho detto, e con questo?»

Alfieri esitò ancora.

«E se non fosse stato necessario pedinare Rossetti? Il commando che l'ha ucciso poteva già avere le informazioni che gli servivano senza necessità di fare lunghe ore di appostamenti.»

Danizzetti non rispose, si fermò e si toccò il mento.

«Solo noi, dottore, noi poliziotti del commissariato conosciamo le vite e le abitudini dei nostri colleghi» Alfieri gettò d'un fiato la frase troncandola senza alcun commento.

Il dirigente si fermò senza proferire parola.

«Dottore, si ricorda a che ora è stata trovata la Polo in via Oriani?»

«Intorno alle quattordici e trenta?»

«No, erano le quattordici, circa. Alle quattordici e venti siamo partiti per portare la centralina alla Volkswagen, me lo ricordo bene perché poco prima avevo guardato l'orologio.»

«Allora erano le quattordici e venti» Danizzetti per assonanza ripeté la frase.

«Solo nel tardo pomeriggio abbiamo scoperto che era stato Valter Leoni a importare il rottame della Polo.»

«Uhm...»

«Questo significa...»

«Ho capito Alfieri, non c'è bisogno che tu aggiunga altro.»

Danizzetti si voltò e lo fissò con occhi di ghiaccio.

«Alle quattordici e trentacinque» aggiunse, «quindici minuti dopo che siamo partiti per la Volkswagen, Leoni riceve sul suo cellulare quella telefonata da via Cortina d'Ampezzo. Tu pensi che da via Oriani un uomo, osservando le nostre operazioni, si sia messo in contatto con qualcuno per avvisarlo, non è così?»

«Potrebbe.»

«Chi?»

«Un poliziotto, uno di noi.»

«Hai fatto parola con qualcuno di tutto questo?»

«No, con nessuno.»

«Continua così. Se un poliziotto ha fatto quella telefonata sarà semplice scoprirlo. Basterà fare la cella di via Oriani e porre attenzione sui numeri in uscita dal ripetitore. Prima di andare a dormire però, ti voglio fornire altri dettagli» aggiunse Danizzetti.

«Dettagli, quali?»

«Innanzitutto devi stare attento, molto attento. Non correre rischi inutili, l'organizzazione è agguerrita, spietata e ben strutturata. Sono armati con kalashnikov, pistole ed esplosivo.»

Alfieri rimase sorpreso.

«Come fa a esserne sicuro?»

«Non li leggi i giornali? Ieri vicino a San Cesario un commando armato fino ai denti ha assaltato un portavalori facendo fuori le due guardie giurate. Hanno portato via duecentomila euro. La pistola utilizzata per uccidere una delle guardie è la stessa che ha sparato sia a Rossetti che a Leoni.»

«Cosa?» Alfieri rimase esterrefatto.

«Per questo dobbiamo prestare attenzione.»

«Non lo sapevo... lei... lei non mi ha detto...»

«Sì, non ti ho detto niente. Ci sono molti poliziotti impegnati in questa indagine, non voglio esporne altri. Tu hai una buona capacità intuitiva, vai avanti con le tue congetture. Stai attento però a non fare cazzate, questa è gente che non scherza.»

«Ci sono testimoni a San Cesario?»

«Qualcuno, ma hanno usato i passamontagna.»

«È incredibile, fa impressione. Non avrei mai immaginato nulla del genere. Tante persone armate di kalashnikov che mettono in atto un'azione da guerriglia. Come hanno fatto?»

«Tu non ti arrendi, eh! E sia. Hanno rubato un camion e l'hanno messo sulla carreggiata in modo da non far passare il portavalori. Una volta fermato, il blindato è stato speronato da un Suv. Dal camion e da una Fiat Uno sono scesi i rapinatori con i kalashnikov e hanno iniziato a far fuoco. Troppi colpi sparati, sono spavaldi e imprudenti. Comunque sono riusciti ad aprire il blindato e ad ammazzare le due guardie. Poi hanno incendiato il camion, il Suv e la Fiat Uno, tutti mezzi rubati nel raggio di una cinquantina di chilometri dall'azione.»

«Rubati? Come?» chiese Alfieri.

«Fermati con le strane congetture. Dopo l'esperienza della Polo abbiamo controllato. La Fiat è stata rubata con il vecchio sistema, gli altri mezzi con le chiavi inserite. I ladri hanno fermato i proprietari e glieli hanno portati via.»

«Dottore, ma chi sono e cosa vogliono? Che c'entra Rossetti?»

«Qualche idea ce l'abbiamo... vedremo. Ora sono stanco, voglio andare a letto. Per stanotte non ci pensare più, dormi e stai attento a non fare passi falsi.»

Danizzetti si allontanò in direzione del commissariato lasciando Alfieri sul marciapiede.

Le certezze dell'assistente presero a vacillare.

38

Una mattina di luglio Edoardo Corsi uscì di casa.

Guardò il cielo azzurro di Roma, respirò e si avviò verso via Eleonora Duse dov'era la sua station wagon blu. Si sentiva agitato, perché aveva trovato il coraggio di prendere un appuntamento con uno psichiatra. Salì in auto. Si lasciò alle spalle piazza Ungheria, s'incanalò nel traffico di viale Rossini, all'incrocio girò a sinistra e poco dopo arrivò a destinazione.

Il dottor Merli lo ricevette in uno studio ben arredato. Corsi si sedette su una sedia imbottita e, dopo alcuni convenevoli, iniziò a esporre i problemi della moglie. Lo psichiatra lo lasciò parlare, di rado troncò il suo racconto e lo fece solo quando reputò necessario chiedere alcune delucidazioni, soprattutto riguardo ai biglietti scritti da Sonia sparsi nell'appartamento.

Dopo quasi un'ora il dottor Merli intervenne in maniera più incisiva.

«Caro signore» disse, «dovrei visitare la signora, ma dai sintomi che mi ha descritto, da questi foglietti, mi sembra di intuire che subisca una disgregazione della personalità unita a un'alterazione del pensiero e della percezione affettiva.»

«Dottore, come è potuto accadere?»

«A volte alcune cause scatenanti possono stravolgere una personalità che fino a quel momento non ha mai dato segni di cedimento. Alcuni fattori ereditari, psicologici e socio-ambientali dell'individuo, possono far saltare gli equilibri mentali. È poco professionale da parte mia dirlo dopo una chiacchierata, però mi sembra che sua moglie possa soffrire di una forma di schizofrenia paranoide.»

«Mia moglie schizofrenica?»

«Non ne sono sicuro, dovrei parlarle.»

«Come si può fare?»

«Troveremo il modo. Però mi dica qualcosa riguardo ai vostri parenti.»

«Sonia ha perso la madre sei anni fa, mentre il padre morì in un incidente stradale quando lei aveva appena dieci anni.»

«Capisco.»

«Per quanto riguarda i miei genitori ho soltanto mia madre, ma abita a Milano con mia sorella, e poi... »

«E poi?»

«Sarebbero inutili. Sonia li odia.»

«Si spieghi meglio.»

«Circa due anni e mezzo fa, per festeggiare il Natale, mia madre e mia sorella Milena con il marito vennero a trovarci. Fu il peggiore anno della mia vita. Tutti pensavamo che un po' d'intimità familiare potesse farle bene. I miei erano a conoscenza dei suoi sintomi e volevano rendersi utili. Il primo giorno trascorse quasi nella normalità. Il giorno successivo, invece, mentre mia moglie e mia sorella stavano preparando il pranzo, avvenne l'irreparabile. Le sentimmo gridare in cucina e dopo un istante Milena, sconvolta, apparve sulla porta del salotto in lacrime. Sonia le urlava contro che era una puttana venuta a Roma per scoparsi me, che sono suo fratello. Tentai di calmarla, inutilmente. Prese a insultare mia madre, la maledisse per aver messo al mondo due esseri incestuosi» Edoardo respirò prima di continuare. «Dopo circa quindici minuti le valigie di mia madre e di mia sorella volarono attraverso la tromba delle scale. Le risparmio i particolari di quel che accadde in quel lasso di tempo, ma le assicuro che a me l'inferno non fa più paura.»

«Mi spiace aprirle queste ferite, ma lei si renderà conto che ogni informazione è utile per comprendere. Bisogna intervenire subito prima che la situazione degeneri.»

«Che cosa si può fare?»

«C'è la possibilità che sua moglie si presenti nel mio studio?»

«Lo escludo. Oramai rifiuta ogni intervento medico.»

«Allora verrò io.»

«È possibile avere un farmaco che possa calmarla?»

«No, signor Corsi, non senza averla prima visitata.»

Edoardo annuì poco convinto.

39

A Marco piaceva il contatto fisico con Silvia, gli dava una sensazione di possesso, d'intimità. Gli piaceva tenerla per mano, incrociare le dita e stringerla a sé, come e quando poteva. Per lui, anche solo sfiorarla era come avere una guida in un mondo senza luce.

Erano sensazioni nuove, necessarie per relegare Nicole in un angolo del cuore e dare respiro all'animo.

Di tutte le cose che stavano accadendo una, in particolare, lo aveva colpito, e cioè la capacità di essere compreso anche negli sguardi. Lei aveva il dono di elaborare i concetti che, a volte, Marco esprimeva in modo superficiale e di cogliere persino negli atteggiamenti un pensiero non espresso.

In una notte d'estate a Trastevere, il rione pulsante di Roma, erano questi i pensieri di Alfieri, mentre tra i sampietrini e le piazze passeggiava con lei, in silenzio. Tra quelle vie, dov'era palpabile il cuore e l'orgoglio di una Roma antica e indomita, Marco e Silvia avevano fondato la culla del loro sentimento.

Senza quasi accorgersene imboccarono un vicolo stretto fatto di mattoni, poco illuminato e dove a malapena riusciva a entrare un'autovettura. C'era un palazzo con un portone di legno massello, antico e ferrato con nottole e chiavistelli tipici dell'Ottocento. All'interno un chiostro.

«Marco, è bellissimo...»

«Ssshhh!» le rispose lui portandosi l'indice al naso. Era come se qualsiasi parola potesse disturbare i loro momenti fatti di silenzio.

Alfieri gettò uno sguardo dentro il chiostro, ma non si riusciva a vederne il fondo per l'assenza d'illuminazione. Le fece un cenno e lei non si lasciò pregare. Entrarono e si misero in un angolo. Si strinsero forte, come se volessero fondersi, mentre le loro labbra si unirono con vigore.

La baciò con tutta la passione che poté e con il tormento di aver dimenticato l'impetuosità di un bacio. Stettero così per qualche minuto. Il desiderio salì. L'accarezzava lungo il corpo sinuoso, lei lo teneva stretto a sé.

Non staccarono le loro labbra nemmeno per un istante, neppure per riprendere fiato. Le mani presero a correre ovunque. Le labbra sulla pelle, i sospiri nei sensi.

Poi, lui la prese per i fianchi e la spinse su un piccolo muretto. Il vestito di Silvia non era così lungo e gli slip non avrebbero rappresentato una barriera. Esitò. Non sapeva cosa fare. Era tentato, ma si trovavano in un chiostro, un luogo pubblico e loro erano poliziotti. Fu lei a togliere ogni dubbio e lo fece slacciandogli i pantaloni.

Stravolto nei sensi ruppe l'ultimo indugio. Senza staccarsi dalle sue labbra entrò dentro di lei.

Silvia sussultò, mentre lui non si mosse.

Rimase immobile, teso ad ascoltare ogni fremito che saliva dai loro corpi avvinghiati. Osservava il suo volto, gli occhi socchiusi, il respiro che lo penetrava.

Una tempesta di piacere.

Alfieri si sentì libero e riuscì a volare al di sopra di tutti i mali, più in alto del tormento, più della malinconia, così in alto che divenne impossibile percepire la sofferenza.

Quella sera di un'estate qualunque, Marco e Silvia si amarono, ma la natura è sprezzante verso le sue creature, le illude facendole sentire in una congiunzione semplice e all'apparenza banale. In quella notte sotto le stelle, in un chiostro al buio, due poliziotti si sentirono al sicuro e non più soli.

Non immaginavano, però, che quello fosse solo un istante isolato di felicità.

40

Sonia Corsi non prese l'ascensore, non le serviva.

Scese di corsa le scale e rimase in ascolto.

Aveva il volto violaceo, i nervi del collo tirati come una molla, gli occhi contratti e accesi dalla follia. I pensieri come onde nella tempesta e senza una terra su cui approdare. Nella mente si susseguivano vortici paurosi e un fuoco di rabbia le avvampava il volto.

Si sentiva abbandonata e rifiutata, derisa e tradita. Sentiva di dover fare giustizia, riacquistare la dignità e ribellarsi al condominio che la voleva schiava dei pettegolezzi.

Era stufa delle chiacchiere che le arrivavano, viveva in un ambiente corrotto da donne perverse dedite al libertinaggio.

Con questi pensieri si era alzata quella mattina. Edoardo non era rientrato e lei era convinta che l'avrebbe trovato tra le gambe di qualche prostituta del palazzo.

Faceva caldo, ma lei non lo sentiva. Sopra il pigiama, aveva messo una vestaglia di lana, e calzato pantofole foderate di pelo. Con i capelli ancora arruffati era uscita dall'appartamento.

Si guardò intorno attenta al minimo rumore, guardinga come una cacciatrice in attesa della preda. Scese da un piano all'altro fino a quando non sentì un rumore famigliare. Era lo scatto di una serratura. Sussultò.

Si sporse dalla tromba delle scale e guardò in basso, verso il settimo piano. Qualcuno stava uscendo. Corse sulle scale, affrontò i gradini due a due e in un minuto arrivò al pianerottolo. Sull'uscio di un appartamento, una donna stava per chiudere la porta.

Prima che questa potesse capire, sentì sul volto un pugno che la scagliò contro il muro. Sonia prese a colpirla con schiaffi e calci. La donna, sopraffatta, cadde a terra, ma riuscì a urlare, grida isteriche in parte strozzate.

Urla che la salvarono, perché Sonia venne afferrata alle spalle e scaraventata lontano dalla sua vittima. Altre voci, altre persone all'improvviso affollarono il pianerottolo, Sonia scappò, mentre qualcuno, chinandosi sulla donna ferita, la chiamava.

«Angela! Mi senti? Sono Giulia, mi senti? Sono la poliziotta.»

La donna con il volto tumefatto guardò negli occhi Giulia Mariani, la sbirra del sesto piano. Lei aiutò Angela a rialzarsi e a rientrare in casa.

Nello stesso momento afferrò il cellulare e compose un numero.

«Pronto, ciao Laurenti, sono Giulia Mariani. C'è stata un'aggressione a una ragazza nel mio palazzo. Mi serve un'autoambulanza e una volante... sì, sono in via Duse... grazie.»

Chiuse la conversazione e guardò Angela. Perdeva sangue dal naso.

«Perché mi ha aggredito?» domandò, «cosa le ho fatto?»

Giulia conosceva Sonia e le sue bizzarrie, tutti nel palazzo la conoscevano, ma non credeva che potesse rivelarsi così pericolosa.

«Ce la fai a ricordare cosa è accaduto?» domandò a sua volta.

«Non so...» rispose esitante la donna. «Uscivo da casa... l'ho vista correre per le scale... mi è saltata addosso e ha iniziato a picchiarmi, a insultarmi, a dirmi delle cose... aveva gli occhi...»

«Cerca di farti forza. Sarà anche pazza, ma quello che è accaduto oggi non dovrà ripetersi.»

Giulia si ripropose di parlare con il signor Corsi, da troppo tempo sua moglie andava in giro per il palazzo a inveire contro i condomini. Li ricopriva di epiteti, ma un conto erano le aggressioni verbali, un altro quelle fisiche.

Stava ancora pensando al da farsi, quando due infermieri con una barella apparvero sulla porta dell'appartamento.

«Venite» disse, «vi ho chiamati io.»

41

I giorni passarono lenti e inquieti come un vento caldo e umido che precede la tempesta. Le indagini continuavano senza alcuna novità, gli investigatori erano sprofondati in una pericolosa rassegnazione. Anche in Alfieri iniziava a fare capolino la frustrazione, attenuata solo dalla frequentazione di Silvia, che sembrava fornirgli un po' di ossigeno.

Avevano chiesto a Danizzetti di potersi alternare in sala intercettazione, in modo da non ingenerare pettegolezzi riguardo la loro storia, oramai divenuta di dominio pubblico nel commissariato. Era meglio usare il buonsenso, avevano pensato Marco e Silvia, e fare in modo da non incontrarsi sul lavoro. Più opportuno vedersi a Trastevere, al Colosseo, ai Fori Imperiali o nei vicoli di Roma, piuttosto che sopportare le malignità di quei colleghi che continuavano a divertirsi riportando alla memoria i fatti del parco. Non passava giorno senza che qualcuno rispolverasse la morte di Rossetti e, con ironia, le gesta intrepide di Alfieri, di Giusti e di altri colleghi, tra cui Silvia.

Uno dei pochi che continuava a difendere quei colleghi era il sovrintendente Artini.

Quella sera Marco entrò nell'ufficio del sottufficiale per chiedere un giorno di ferie. Sentiva l'esigenza di tirare un po' il fiato e con Silvia avevano deciso di organizzare una giornata al lago, lontano dai rumori di Roma. Sopra la scrivania vide un foglio manoscritto, era una poesia, una di quelle che Artini era solito scrivere d'impulso. La prese e si mise a leggerla.

Pochi istanti e il sovrintendente apparve sulla porta.

«Bene» esordì, «ti metti a spiarmi, sono tra i sospettati?»

«Scusa Rocco» rispose imbarazzato Alfieri, «sono entrato, non c'eri, ho visto la tua poesia e non ho resistito.»

«Ah sì, quella. Non l'ho ancora finita» aggiunse Artini appoggiando un fascicolo sulla scrivania. «Come mai da queste parti?»

«Ho bisogno di un giorno di ferie, Rocco. Ne ho già parlato con il capo. Tra poco sarà qui anche Silvia.»

Silvia aveva scelto Marco, lo sapeva Artini. Lui era bello, giovane e aveva gli occhi verdi. Rocco si sentiva un po' come Quasimodo, mentre dall'alto della cattedrale di Notre Dame perdeva le ore, con il cuore in gola, a guardare Esmeralda.

Aveva troppi anni sulla schiena e una gamba malridotta.

A Dio aveva confidato i sentimenti, a chi altro avrebbe potuto dirlo, ma Lui dall'alto lo aveva obbligato a reprimersi, a vincere se stesso dall'ossessione. Sapeva di non avere alcuna speranza con Silvia, né tanto meno voleva contrapporsi ad Alfieri. Riteneva solo ingiusto che il Padreterno gli avesse messo di fronte lei e allo stesso tempo Marco.

Febo ed Esmeralda, e lui il gobbo.

«Dovresti tenere duro e indagare, invece di andare in ferie» Artini non riuscì a dire altro.

«Un giorno, Rocco, uno solo. Mi serve per riordinare le idee.»

«Le idee» bofonchiò il sovrintendente, «non mi sembra che ce ne siano molte.»

«Forse una mezza idea l'avrei, più tardi ne voglio parlare con Danizzetti.»

«Posso saperla o è top secret?»

L'assistente sorrise.

«Se te la dico poi ti devo eliminare.»

«Bello sforzo a far fuori un handicappato.»

In quell'istante, Silvia entrò nell'ufficio.

«Non preoccuparti, Rocco» disse, «ti difendo io.»

«Sì, come il gobbo» rispose Artini a bassa voce.

«Come?» domandò Silvia.

«Niente, niente» si corresse il sottufficiale. Poi rivolgendosi ad Alfieri aggiunse, «insomma, quale sarebbe questa idea?»

«Mi piacerebbe fare una ricerca su alcuni tabulati telefonici per controllarne il traffico. Un traffico in partenza dal ripetitore che copre via Oriani.»

«Uhm... alta attività investigativa, eh?»

«Più che alta sarà un'operazione folle elaborare tutti i numeri che ne usciranno. In una città come Roma, quante telefonate dovremmo controllare?»

«Ne hai parlato con Danizzetti?»

Alfieri annuì rammentando la recente chiacchierata fatta con lui nel cuore della notte.

«È nel suo studio, vero?» domandò poi.

«Inchiodato su quella poltrona» rispose Artini, «la situazione è drammatica. Il servizio centrale operativo lo tormenta e vorrebbe relegarlo a comprimario. Lo chiamano dal ministero, lo cercano i giornalisti e pure alcuni strani personaggi che non conosco. Come fa, mi chiedo.»

«Lui è Danizzetti» rispose Alfieri, «vado a vedere se può ricevermi.»

144

«Bene» s'intromise Silvia, «intanto Rocco e io andiamo a prendere un aperitivo. Sono quasi le nove.»

«Bella idea, Silvia» intervenne Artini che sempre Quasimodo si sentiva, ma almeno poteva godere della sua Esmeralda.

Il sottufficiale la prese sotto braccio e uscì dallo studio. Il sole se n'era già andato con un'altra giornata pensionabile da annoverare alle altre, pensò Artini con gli occhi al cielo.

Ogni volta che diventava sera, guardava le stelle e tentava di trovarne una distante e laterale, una di quelle che nell'universo nessuno avrebbe notato, una a cui avrebbe affidato i pensieri.

Non le stelle più belle e luminose, ma quelle nascoste e poco splendenti. Lui ricercava i Quasimodo del cielo. A quella stella avrebbe potuto confidare l'amore per Silvia.

«Rocco, che fai piantato sul marciapiede. Andiamo?»

Lui sorrise.

«Ah sì! Scusa» rispose, «ma con questi lampioni non si riesce mai a vedere una stella.»

Silvia annuì e camminarono sul marciapiede fino all'altezza di un bar.

«Il cielo sembra nuvoloso» proseguì il sottufficiale.

«No. Oggi è solo venerdì, Rocco. Tranquillo, pioverà domenica, come sempre» aggiunse lei sorridente.

Lui la guardò, poi distolse lo sguardo. Era meglio.

«Dai» esortò, «attraversiamo.»

Fu Silvia per prima a mettere piede sulla strada.

Erano quasi giunti al centro della carreggiata quando un leggero stridio di pneumatici attirò la loro attenzione. Si girarono verso la fonte del rumore e la videro. Un'auto procedeva nella loro direzione. Andava forte e sembrava non avere l'intenzione di rallentare.

Nei loro occhi apparve l'angoscia.

L'auto avanzò veloce, fino a quando fu breve la distanza tra Silvia e la parte frontale. Una distanza che non le avrebbe lasciato scampo.

Una distanza mortale. Artini si mosse come un lampo.

Con una disperata spinta scaraventò Silvia lontano e chiuse gli occhi. Lei cadde a terra rotolando, mentre l'auto centrò Rocco sul fianco, appena sopra le gambe. Sentì una fitta terribile, il rumore della carne che si lacerava e delle ossa che si frantumano. Fu sbalzato in aria, sopra il cofano, sul tetto. Sbatté contro il lunotto posteriore prima di rovinare sull'asfalto, come un fantoccio scomposto.

La faccia schiacciata sul bitume. Il sangue che colava sulla strada.

Artini provò a muoversi, ma non ci riuscì.

Sentiva dolore, ovunque. Cercò di controllare il respiro, di farsi forza. Riuscì a distinguere una figura velata, un'immagine, una sagoma famigliare. Era la sua Esmeralda e gli era accanto.

Ma la sentì urlare.

Voleva alzarsi e consolarla ma non poté. Avrebbe voluto dirle che anche Quasimodo lo avrebbe fatto. Tentò di parlarle, ma l'asfalto aveva un sapore amaro. Sentiva il bitume nel palato misto al sapore del sangue.

Poi l'immagine di lei si affievolì, fino al buio, fino all'ultimo istante di lucidità.

Non ebbe più paura.

Chiuse gli occhi e rimase in attesa.

Un solo istante e poi qualcuno arrivò.

«Dio...» sussurrò Artini.

42

Non si sentiva alcun rumore, nessun lamento, ma Sonia urlava.

Un urlo che non arrivava dalla gola, ma dallo sguardo, dal cuore malato e da un finale che aveva più volte immaginato. Dalla vita che la voleva in ginocchio, sconfitta e umiliata.

Si sentiva all'ultimo atto della sua non felice esistenza, al centro del palco a guardare i volti attoniti degli spettatori, prima di calare per sempre il sipario.

Alla guida della station wagon di Edoardo percorreva viale Regina Margherita, nel traffico nevrotico, sotto un cielo plumbeo.

Impugnava con mani rigide il volante mentre gli occhi, velati dal pianto, erano fissi sulla strada. Lanciava maledizioni contro chiunque le si parasse innanzi sulla corsia percorsa, scrutava la gente sui marciapiedi. Le luci delle vetrine le davano fastidio, i lampioni erano flash, così come le luci delle autovetture che incrociava. Avanzava zigzagando.

Clacson alle sue spalle, clacson davanti.

«Bastardi...» sussurrò.

I fari di un'auto la costrinsero a inchiodare, un'altra la tamponò.

Un urto leggero, niente d'importante. Non se ne curò, aveva altro cui pensare. C'era un cerchio da chiudere, come nel finale di un film.

Ancora clacson.

«Che volete!» esclamò.

Rumori assordanti e fastidiosi che frenavano il suo incedere.

I suoi occhi erano straziati dalle lacrime, ma non piangeva per il dolore, al contrario, era infervorata per la conquista, per aver scoperto la verità che tutti le avevano negato.

Una vittoria contro le maldicenze, verso chi le aveva riempito la testa di menzogne. Le lacrime non le permettevano di tenere gli occhi aperti. Di tanto in tanto li chiudeva per mettere a fuoco la strada, mentre gli abbaglianti le riflettevano lampi arroganti. Avanzava sulla strada con una foto, l'immagine di una donna, appoggiata sul cruscotto. Sul retro c'erano scritte frasi inequivocabili.

Ancora clacson, sempre più insistenti.

«Vigliacchi...»

Sullo specchietto retrovisore intravide il volto colmo di lacrime e gli occhi rossi. E il sangue che colava sul viso.

«Volete vedermi morta...»

Sonia, per mimetizzarsi, aveva indossato gli abiti del marito con un cappello da uomo. Si era tagliata i lunghi capelli ma, non soddisfatta del risultato, con una lametta si era sminuzzata le sopracciglia.

E adesso dagli zigomi fuoriuscivano rivoli di sangue che le colavano lungo le guance.

Guardò la foto e sorrise, un sorriso amaro, a denti stretti.

L'aveva trovata nella giacca di Edoardo, nel taschino. Dietro c'era appuntato un nome, un numero di cellulare e una frase che non lasciava dubbi. Per ore era rimasta a osservare quel volto ritratto, in preda all'ira, aveva iniziato una spasmodica ricerca.

Dalla strada altri clacson, più forti.

«Basta... basta... maledetti...»

Un urto, il parafango destro contro la portiera di un furgone. Dal marciapiede un tizio le lanciò pesanti insulti e la rincorse. Sonia guardò dallo specchietto retrovisore, ma aveva altro da fare.

Sorrise quando vide il cartello che indicava via Maresciallo Pilsudski. Girò sulla sinistra e, dopo avere evitato per un soffio un cartello stradale, prese via Guidubaldo dal Monte. Rallentò accostando sulla destra. Spense il motore e rimase in attesa a fissare il portone di un palazzo. Sprofondò sul sedile per nascondersi. Con la manica della giacca tolse dal viso le lacrime e il sangue. Cercò di controllare il respiro e di rallentare i battiti del cuore. Socchiuse gli occhi per un istante, quel tanto che le bastò per non perdere di vista chi entrava e usciva dal portone. Alcuni minuti ancora, eterni, fino a quando un uomo e una donna attirarono la sua attenzione.

Era lei, la troia dell'immagine, ed era in compagnia di un uomo.

Mise in moto l'auto. Tenne gli occhi sbarrati, attenti. Temeva di perderla di vista. Nell'istante in cui la donna prese ad attraversare la strada, Sonia iniziò a spingere sull'acceleratore. La puntò con il centro del cofano.

Cambiò la marcia, l'auto guadagnò in fretta velocità, pochi metri ancora e avrebbe impattato contro il bersaglio.

Le mani salde sul volante e le braccia tese, chiuse gli occhi.

Sentì un rumore. Sordo. Nella parte anteriore della station wagon, e poi sulla cappotta. Aprì gli occhi. Un sorriso le apparve sul cinereo volto. Dallo specchietto retrovisore gettò uno sguardo al corpo disteso sull'asfalto, ma ebbe un sussulto quando si rese conto che a terra non c'era la donna, bensì l'uomo che era in sua compagnia.

Con un gesto disperato spinse il piede sul freno e inchiodò. Guardò meglio, si girò, ma comprese di aver sbagliato bersaglio.

L'uomo era a terra, la donna gli era accanto con le mani tra i capelli e urlava.

A Sonia sembrò di morire.

Le tempie presero a pulsarle. Sentì un forte formicolio alle gambe e alle mani, mentre la testa iniziò a girarle terribilmente.

"Non è possibile... ho sbagliato... è una demone... come ho potuto?"

I pensieri le offuscarono la mente. Non sapeva cosa fare. Le venne l'idea di rifare il giro dell'isolato per cercare di investire la donna, ma non poteva. Le urla dei passanti la scossero, qualcuno gridò verso di lei chiamandola assassina.

Con aria minacciosa si avvicinarono, lei mise la prima e, tra lo stridio delle ruote, ripartì.

Scappò verso piazza Euclide e poi in direzione di viale Parioli.

L'avrebbero cercata, doveva fuggire, ma per andare dove?

La odiavano, non aveva scampo. L'avrebbero denigrata e lei proprio non sopportava l'amaro sapore del fallimento.

La station wagon correva lungo la strada e Sonia gemeva.

Si sentì incapace di reagire, il cuore sembrava uscirle dal petto.

All'improvviso una tremenda sensazione d'isolamento la rese vulnerabile.

Arrivò sotto casa. Uscì di corsa dall'auto, lasciò la portiera aperta, le chiavi nel quadro e il motore acceso. Prese l'ascensore ed entrò nel suo appartamento.

Si tolse di dosso i vestiti, il sangue non colava più dagli zigomi, il volto era una maschera di rivoli solidificati.

Turò la vasca da bagno, aprì l'acqua e la guardò salire. La osservava tenendo in mano il pezzo di carta.

Lo specchio sopra il lavabo e le maioliche si appannarono. Aspettò ancora e poi si immerse lasciandosi avvolgere dall'acqua bollente.

Respirò a fondo.

Voleva riposare e la lametta l'avrebbe aiutata ad addormentarsi.

Appoggiò la foto sul bordo della vasca, strinse la lametta tra il pollice e l'indice e con colpi violenti recise in profondità le vene dei polsi. In un attimo l'acqua s'intrise di rosso, schizzi di sangue raggiunsero le maioliche segnando il vapore, mentre nel bagno si diffuse una profonda quiete.

Sonia, adagiata contro lo schienale della vasca, tenne gli occhi chiusi e i polsi rivolti verso l'alto. L'uragano della sua anima si era scontrato con la terra e aveva iniziato a perdere forza, smorzando

149

l'impeto devastante contro le rocce, gli anfratti, fino a divenire un flebile alito di vento.

Prima che le forze la abbandonassero del tutto, volle rileggere ciò che era scritto sul retro della foto.

«Edoardo, chiamami a questo numero... ti amo.»

Fece in tempo a pronunciare il nome dell'amante del marito prima d'iniziare l'ultimo viaggio.

«Silvia...» sussurrò.

Poi fu il buio... o la luce...

43

Danizzetti e Alfieri sentirono uno strano trambusto provenire dalle scale e dai corridoi, mentre dalla strada arrivavano le grida di una donna. Il dirigente corse verso la finestra e l'aprì. Vide Silvia Grandi che urlava, mentre un paio di poliziotti cercavano di trattenerla.

Con il cuore in gola si sporse dalla finestra. Un nugolo di persone correva lungo la via, altre, invece, erano assiepate intorno a un uomo in divisa. L'uomo era a terra e, sebbene la sera fosse calata, nitido si distingueva il sangue che colava lungo l'asfalto.

Il dirigente non perse tempo e corse fuori seguito da Alfieri. Lungo le scale incrociarono altri poliziotti che, atterriti, rientravano in commissariato.

«Cosa è successo?» gridò.

«Dottore, hanno ucciso Artini» rispose una poliziotta.

«No... Rocco... no... Dio... ti prego, no...» farfugliò il dirigente.

Aumentò la corsa e in un istante uscì dal palazzo. Si avvicinò.

Alla vista di Danizzetti si aprì un varco, lui lo attraversò con uno sguardo colmo di rabbia. Pian piano però i suoi occhi divennero imploranti, prostrati e alla fine impotenti quando vide Artini riverso a terra in un lago di sangue.

Il volto divenne una maschera di dolore. Si lasciò cadere in ginocchio e inveì contro un Dio crudele. Fissò il cielo, come se lì fosse custodita la spiegazione di quel gesto. Era un destino troppo duro da sopportare per un vecchio come lui, stanco di combattere un mondo spietato. Si rialzò. Qualcuno si avvicinò per aiutarlo, ma lui rifiutò il sostegno.

Barcollò per un istante, faticò a mettere a fuoco le immagini. Qualcuno piangeva.

Respirò a fondo.

Si guardò intorno. Troppa gente era assiepata intorno al corpo di Artini e sulla via si era creata una lunga fila di auto. Notò Alfieri che teneva abbracciata Silvia e tutti che lo fissavano come se attendessero un ordine, un cenno.

«Dottore» l'ispettore Parri prese coraggio e si avvicinò al dirigente, «abbiamo la targa dell'auto che ha investito Artini» disse.

«Andate a prenderlo, subito!»

Parri annuì e sparì tra la folla.

«Un lenzuolo» aggiunse poi, «qualcuno porti un lenzuolo. E mandate via quelle auto, fate un cordone e tenete lontano la gente.»

«Dottore» intervenne Ascani, «abbiamo chiamato un'ambulanza, ma qui c'è un medico che ha constatato la morte.»

Danizzetti lanciò uno sguardo carico d'odio al suo vice. Al diavolo la burocrazia, non c'era bisogno di un cerusico per capire che Rocco era morto.

«Ascani, avverti Masi e la scientifica. Cerca i testimoni, chiama la stradale, fai tutto ciò che serve, io... ho bisogno di urlare.»

«Provvedo subito, dottore» rispose l'ispettore.

Il funzionario annuì e rientrò in commissariato.

Salì i gradini con esasperante lentezza. Gli sembrava di vedere le pareti e i soffitti grondare sangue. Raggiunse l'ufficio, chiuse dietro di sé la porta, si sedette sulla poltrona e prese la cornetta telefonica.

Dopo alcuni squilli la moglie rispose.

«Pronto Angela.»

«Ciao Marino, cosa succede?»

«Una cosa terribile.»

«Che cosa, Marino?»

«Un'auto... ha investito Rocco e poi è scappata.»

«Mio Dio! E come sta?»

Il dirigente non rispose.

«Come sta Rocco?» ripeté Angela.

«Non ce l'ha fatta...»

«Noooo!»

Angela era legata al sottufficiale, lo erano entrambi. All'altro capo del telefono lei versò lacrime irrefrenabili.

«Scusa Marino, ti richiamo...» disse.

E riagganciò. Anche Danizzetti si lasciò andare al dolore. Poi scrutò in strada. Ora spiccava un lenzuolo al centro della carreggiata illuminato dalla luce pallida dei lampioni. Distolse lo sguardo, quell'immagine era troppo dura da sopportare. Il suono di un campanello lo fece sussultare. Spinse un tasto e aprì la porta.

Ascani entrò come una furia.

«Dottore mi scusi, ho parlato poco fa con Parri, sta per entrare nell'appartamento dell'intestatario dell'auto che ha investito Artini. La vettura è stata rinvenuta sotto casa, sporca di sangue.»

«Chi è questo figlio di puttana?»

«Si chiama Edoardo Corsi. Ha una moglie che soffre di schizofrenia, la conosciamo. La donna, di recente, ha aggredito una conoscente di Giulia Mariani.»

«Chi guidava l'auto?» tagliò corto Danizzetti.

«Non lo sappiamo ancora.»

«Bene, fammi sapere.»

«C'è un'altra cosa, dottore» aggiunse incerto Ascani.

«Cosa?»

«Rocco è morto per salvare la vita di Silvia Grandi.»

«Come!» esclamò il dirigente. «Com'è possibile?»

«È così dottore. È stata lei a dircelo e ci sono un paio di testimoni che lo confermano.»

Danizzetti sospirò. Si diresse verso la finestra e fissò ancora il lenzuolo.

«Come è andata?»

«Sono usciti dal commissariato per andare al bar. All'improvviso è sbucata un'autovettura, stava per travolgerli, ma Rocco ha spinto la Grandi per un braccio e l'ha salvata.»

Danizzetti piegò la testa mentre una lacrima solcò il suo viso. Maledetto bastardo, pensò, hai voluto fare l'eroe fino in fondo.

«Cosa vuol dire che all'improvviso è sbucata un'autovettura? Da dove è saltata fuori?» domandò poi.

«È questo il punto, dottore. Un testimone ha visto l'auto in questione ferma sul bordo della carreggiata. È ripartita nell'istante in cui Rocco e la Grandi hanno iniziato ad attraversare. Questo signore dice di averla notata perché alla guida c'era un tizio con il volto sporco di sangue. A parere del teste, l'investimento è stato volontario.»

Danizzetti scosse la testa.

«Interrogate tutti i testimoni» aggiunse con occhi furenti, «e se qualcuno mostra reticenza, denunciatelo per favoreggiamento.»

L'ispettore superiore annuì e uscì dallo studio. Il telefono squillò.

«Pronto?»

«Dottore, sono Parri.»

«Sei sul posto, vero?»

«Abbiamo trovato la presunta omicida di Artini.»

«È stata la donna?»

«Sì dottore.»

«Portamela subito.»

«È impossibile. È dentro la vasca da bagno con i polsi recisi da una lametta. C'è sangue ovunque, Dio. Ma c'è altro.»

«Cos'altro ci può essere ancora?»

«Sarebbe meglio che lei venisse a vedere con i suoi occhi, ma le debbo chiedere una cortesia.»

«Quale?» domandò il funzionario sempre più annichilito.

«Non porti Marco Alfieri.»

«Alfieri? Cosa c'entra?»

«Se viene sul posto capirà.»

«Dove siete?»

«In via Duse, vedrà i lampeggianti.»

«Arrivo.»

Danizzetti chiuse la conversazione e si adagiò sullo schienale della poltrona. Guardò il crocefisso attaccato alla parete e pregò quel Dio che sembrava averlo dimenticato. Poi raccolse le forze, si alzò e uscì. Parri gli aveva chiesto di tenere fuori Alfieri e mentre guidava in direzione di via Duse si scervellò per capirne la motivazione.

Possibile che si fosse sbagliato nei confronti di Alfieri, si disse.

La testa di Danizzetti era un crocevia di pensieri contrastanti e un dolore insopportabile nel cuore.

In strada, ad attendere il suo arrivo, trovò Parri.

«Grazie per essere arrivato così in fretta» gli disse.

Lui annuì. Poi guardò un'auto piantonata da due poliziotti.

«È questa l'auto» aggiunse l'ispettore «c'è ancora il sangue di Rocco sulla carrozzeria.»

«Puoi risparmiarmi questi particolari?»

«Mi scusi, sono mortificato.»

«Fa niente. Nessuno si deve avvicinare all'auto per un raggio di cinquanta metri.»

«Sarà fatto.»

«Cos'altro c'è?»

«La donna dopo l'omicidio è salita in casa e ha lasciato la vettura in mezzo alla strada.»

«Hai detto che è morta?»

«Sì.»

«Perché avrebbe dovuto suicidarsi?»

«Dottore, forse lo ha fatto dopo essersi resa conto di aver sbagliato obiettivo.»

«Che vuoi dire?»

«Che avrebbe voluto uccidere Silvia Grandi e non Artini e se mi segue glielo mostro.»

Era troppo, pensò Danizzetti, ci mancava anche l'assassinio imperfetto.

154

L'ascensore li portò fino all'appartamento. Un poliziotto che stava sulla porta si fece da parte per farli entrare. Parri accompagnò Danizzetti fino all'ingresso del bagno e si fermò per lasciargli lo spazio per guardare all'interno.

Il cadavere di Sonia Corsi si trovava dentro la vasca da bagno, immerso nell'acqua, e il sangue era ovunque. Sulla parete così come sul pavimento. Un scena agghiacciante, ideale per l'ambientazione di un delitto in un film americano con un serial killer. Guardò senza parlare, aveva le idee confuse e per questo preferì non esprimersi.

Fu l'ispettore Parri a interrompere quel silenzio irreale.

«Non abbiamo alterato l'ambiente» disse, «però lì vicino alla vasca c'è una foto che sembra caduta dalla mano della donna. Non sarei dovuto entrare, ma non ho resistito all'impulso e sono andato a vedere. Dovrebbe leggere sul retro della foto.»

«La scientifica, dov'è la scientifica?»

«Dovrebbe essere qui a minuti.»

«Parri» proseguì Danizzetti guardandosi intorno, «vai in cucina e portami due buste di plastica, vanno bene quelle della spesa.»

L'ispettore le prese da uno scaffale. Il dirigente le infilò sopra le scarpe, legando i manici attorno alle caviglie. Con questa bardatura improvvisata, entrò nel bagno e, sempre attento a non calpestare il sangue, si avvicinò. L'immagine ritraeva Silvia Grandi, girò la foto e lesse sul retro.

Il cuore del vecchio dirigente prese a battere forte. Non si rassegnava alla morte di Rocco, ma trovò assurdo che fosse morto per una tresca tra amanti. Troppo, persino per un poliziotto navigato come lui.

«Questo numero di cellulare appartiene a Silvia Grandi?» domandò senza perdersi d'animo.

«Sì dottore, è il suo. Abbiamo già controllato.»

«Il vapore del bagno ha alterato l'inchiostro» proseguì Danizzetti, «sarà difficile eseguire una perizia calligrafica.»

«Lei crede che Edoardo Corsi e Silvia Grandi siano amanti?»

«Se così fosse, tutto avrebbe una spiegazione logica» rispose il funzionario con la testa che gli scoppiava. «La Grandi mi dovrà spiegare molte cose. Parri, vado a fare due chiacchiere con lei.»

155

44

Danizzetti rientrò in commissariato. Prima ancora di mettersi a sedere nel suo studio, prese il telefono e chiamò Ascani.

«Sì dottore, mi dica, qui c'è un casino. La cercano tutti.»

«Lo immagino, ma per il momento non dire a nessuno dove sono. Prima di sorbirmi tutte le domande devi trovarmi Silvia Grandi.»

«Un attimo fa era qui. La rintraccio e gliela porto.»

Danizzetti riagganciò e si mise seduto. Appoggiò i gomiti sulla scrivania e cercò di pensare. Doveva farlo in fretta, erano già le dieci. La notte calava minacciosa come un rasoio sulla città, il traffico frenetico di Roma non conosceva sosta e le auto avevano ripreso a circolare sull'asfalto ancora intriso del sangue di Rocco.

Qualcuno suonò alla sua porta. Schiacciò il solito pulsante e la Grandi entrò.

«Mi ha mandato a chiamare?»

«Sì, entri» rispose gelido il funzionario notando una tumefazione sulla fronte della donna. «Senta» aggiunse senza invitarla a sedere, «io non amo i convenevoli e sono abituato ad andare subito al sodo. Le farò alcune domande ed esigo delle risposte chiare.»

«Mi dica dottore... non capisco cosa...»

«Lei sa chi ha investito il sovrintendente Artini?»

«No, no, non lo so» balbettò Silvia.

«Non ha visto nulla?»

«È accaduto così in fretta, non ho avuto il tempo di vedere.»

«Lei conosce i coniugi Edoardo e Sonia Corsi?» domandò Danizzetti senza esitare.

Silvia fece un attimo di pausa, raccolse alcuni pensieri e rispose.

«Non di persona. Li conosco tramite la collega Giulia Mariani, ne abbiamo parlato in seguito a un'aggressione...»

«Aggressione?»

«Giulia mi disse che la signora che lei ha nominato aveva procurato delle lesioni a una sua vicina di casa.»

«Edoardo Corsi lo ha mai incontrato?» continuò il funzionario.

«No, mai... perché queste domande? Non capisco...»

«Lei è fidanzata con Alfieri?»

«Stiamo insieme da qualche mese, ma che cosa c'entra con la morte di Rocco?» domandò Silvia confusa.

Danizzetti ignorò la sua richiesta.

«Ha mai ricevuto minacce di morte?»

«No, no, cioè... forse... qualcosa...» sussurrò Silvia.

«Si spieghi meglio.»

«Da un paio di settimane ricevo delle strane telefonate sul cellulare» spiegò la poliziotta con il volto rigato da lacrime. Era forte il dolore per la morte di Rocco, ma non voleva mostrarsi debole, non di fronte al dirigente. «Chiamate alle quali nessuno risponde. Da qualche giorno le telefonate si sono fatte più insistenti. Ho chiesto alla persona di parlare, se ne avesse avuto il coraggio.»

«E quindi?»

«Una strana voce femminile... gutturale, ha preso a canticchiare una strana filastrocca. Non riuscivo a comprendere chi fosse e cosa volesse, credevo fosse uno scherzo di cattivo gusto.»

«Poi?»

«Poi le telefonate sono aumentate nell'ordine di quattro, cinque al giorno. Ho detto che ero una poliziotta e che avrei potuto farle passare dei guai.»

«Come ha reagito?» domandò Danizzetti.

«Con arroganza. Mi ha risposto che mi avrebbe rintracciato per farmela pagare.»

«Le ha detto dove l'avrebbe potuta trovare?»

«Sì. Se voleva avrebbe potuto trovarmi questa sera in commiss...» Silvia non finì la frase. Si portò la mano alla bocca, gli occhi atterriti da un presentimento divenuto all'improvviso realtà. «Quella donna voleva uccidere me e Rocco è morto a causa mia...»

«Quando è stata l'ultima telefonata che ha ricevuto?»

Silvia cercò di ricomporsi, ma era stravolta.

«Questa mattina...»

«Quando la chiamava, sul suo cellulare appariva il numero?»

«No mai, sempre privato.»

Danizzetti, dopo un istante di silenzio, la fissò.

«Mi spiace Grandi, ma questo non è un buon periodo per il commissariato. Troppi morti, troppe disgrazie e tutti noi ne siamo un po' responsabili. Per la sua incolumità fisica e per quella di altri, chiederò che venga sospesa dal servizio» la congedò il dirigente.

45

Beni Youssef non ne poteva più.

Nella sua vita aveva subito umiliazioni prima in Algeria e poi in Italia. Dal suo paese se ne era andato con la speranza di una vita diversa, migliore, ma la speranza era stata subito disillusa. L'algerino era nero come la pece, rugoso e ignorante. Cosa poteva aspettarsi di meglio che spacciare droga, si domandava. E i padroni italiani non erano migliori di quelli algerini e anche la fame aveva lo stesso sapore. Aveva deciso di dire basta a una vita che solo nella morte avrebbe potuto trovare riscatto.

Avrebbe accettato la loro offerta. Usarli.

Con poche cose nella valigia salì sull'intercity diretto a Roma.

46

Il Tevere, dalle pendici del monte Fumaiolo, scendeva a valle trasportando una grande quantità di detriti.

Marco e Silvia, distrattamente, lo guardavano dal vetro della Charleston. Da giorni Roma era martellata da una pioggia incessante, sembrava che il cielo volesse vendicarsi della terra.

«Perché mi fai questo?» domandò Silvia con il volto sfigurato dall'ira.

«Ti amo ma non posso fare altro» rispose Marco tenendosi la fronte con il palmo della mano, il gomito appoggiato sul volante.

«Certo che potresti. Tu non mi vuoi più, il resto sono scuse.»

«No... no... no» disse lui scuotendo la testa.

Fiumi d'acqua s'incanalavano lungo le strade e il Tevere era gonfio di rabbia.

«Non ci capisco più niente» proseguì Silvia, «Danizzetti mi ha sospesa dal servizio e adesso tu... sembrate tutti impazziti.»

Marco avrebbe voluto abbracciarla, stringerla a sé, consolarla, ma non lo fece. Trattenne l'impulso e aggiunse.

«Ho bisogno di tempo per capire.»

«Per capire cosa? Anche tu pensi che io sia l'amante di Edoardo Corsi?»

«Io ti credo, ma in commissariato tutti pensano che lo siate.»

Silvia respirò a fondo e cercò di limitare la rabbia.

«Cosa devo fare per dimostrare il contrario, cosa posso fare per far capire che non c'entro in questa storia? Non so come uscirne... io non so...»

«Tu non puoi fare nulla... devi solo aspettare. Lasciami continuare a indagare, solo così ti posso aiutare.»

«Ma se mi allontani, io...»

«È un brutto momento, ma è meglio così. Fidati.»

«Tu non mi credi vero?»

Marco esitò un attimo.

«Ti credo, ma altri no. Ti ritengono responsabile della morte di Rocco e ci attribuiscono delle responsabilità anche per la morte di Rossetti, lo sai.»

«Non ho mai visto Edoardo Corsi, non so nemmeno come è fatto, qualcuno mi ha usata, non so come e perché ma mi hanno usata...»

159

Silvia era disperata, straparlava, era un fiume in piena. Come il Tevere gonfio di pioggia. Le sembrava tutto così assurdo, irreale. Essere coinvolta, suo malgrado, negli omicidi di due poliziotti. E Marco le stava dicendo che era meglio non vedersi per un periodo.

«Silvia, se c'è stato qualcuno che ti ha usata, lo scopriremo.»

«Non ho bisogno di convincere nessuno se non te. Danizzetti mi ha sospesa dal servizio, ma è un provvedimento temporaneo perché non ho fatto nulla e presto rientrerò al lavoro. Andiamo via, ti prego. Chiediamo il trasferimento per incompatibilità ambientale, ci sono mille altri uffici di polizia dove lavorare.»

«Mi piacerebbe, ma non voglio scappare, voglio capire cosa sta succedendo» una lacrima invisibile scivolò lungo il suo viso. Doveva tenere duro e non recedere da ciò che era deciso a fare.

«Che cosa vuoi capire, che mi odiano?» domandò Silvia con gli occhi erosi dal pianto. «Tre settimane fa al funerale di Rocco nessuno mi ha rivolto la parola, mi hanno voltato le spalle. Perché? Volevo un bene dell'anima a Rocco, tutti lo sapevano e lui ne voleva a me... mi ha salvato la vita...»

«Non voglio lasciarti, ti chiedo solo di avere pazienza.»

«Pazienza? E in che modo? Non vederci per sei mesi vuol dire avere pazienza?»

«Per favore Silvia, cerca di capire. Danizzetti non mi ha più chiamato, non mi vuole in squadra. I colleghi della giudiziaria sono diventati freddi, mi evitano, fanno i misteriosi. L'unico modo per aiutarti è aiutare me stesso, rimanere a far parte del gruppo, anche a caro prezzo. Ti chiedo di avere pazienza.»

«E cosa dovrei fare mentre tu indaghi? Devo starmene a casa in attesa che la giustizia trionfi? Non ci credo, non credo più a niente.»

«Devi avere fiducia.»

«Non lo so... non capisco più niente... sono confusa.»

«Dobbiamo restare calmi. Fammi continuare le indagini e, una volta scoperto chi si nasconde dietro ai delitti, saremo liberi di andare dove ci pare. Se cambiamo ufficio ora, una maledizione ci perseguiterà per tutta la vita.»

Silvia guardò fuori. Piangeva in silenzio. Gli alberi erano attraversati da un vento forte, mentre pesanti gocce di pioggia martellavano la capote della Charleston.

«Non credo che in questo commissariato avremo mai pace» aggiunse raccogliendo le forze. «Abbiamo avuto guai dal primo giorno. Sembra una congiura spietata... e tu» domandò sprezzante, «cosa ti aspetti di trovare?»

«Silvia... per favore...»

«Non posso aspettarti, non ci riesco, non è giusto.»

«No...»

«Non ce la faccio...»

Silvia fissò il volto di Marco, lui non riusciva a sostenere il suo sguardo. Poi aprì la portiera. Fuori diluviava ancora. Alfieri cercò di fermarla afferrandole il braccio, ma lei si divincolò e senza aggiungere altro scese dall'auto e iniziò a correre. Marco frenò l'impulso di raggiungerla. Avrebbe voluto ripararla dalla pioggia che le si abbatteva contro, avrebbe desiderato abbracciarla forte, ma non lo fece.

Con lo sguardo smarrito la seguì fino all'angolo di un palazzo, dietro al quale Silvia sparì.

La pioggia continuava a battere sulla capote, un tamburellare sordo che provocava frastuono nell'abitacolo. Con le braccia ancorate al volante sospirò e poi guardò l'orologio.

Era in ritardo, Danizzetti non avrebbe gradito.

Si scrollò di dosso la malinconia, allacciò la cintura di sicurezza e girò la chiave. Il motore rispose all'impulso elettrico e borbottò appena prima di mettersi in moto.

47

Alfieri non ci mise molto ad arrivare in commissariato. Non avrebbe mancato per nessuna ragione l'appuntamento. Era stato costretto a presentare una richiesta formale per potergli parlare, perché Danizzetti continuava a evitarlo come un appestato.

Prima di entrare si fermò davanti alla porta, il tempo di raccogliere le idee, mise a fuoco alcuni dettagli poi pigiò il pulsante del campanello. Il clic della porta lo rinfrancò.

Il dirigente stava siglando una pila di documenti.

«Dottore, buonasera» esordì Alfieri rimanendo in piedi davanti alla scrivania.

«Sei in ritardo di venti minuti» rispose il funzionario senza distogliere lo sguardo dai fogli.

«Lo so, mi scusi. Con questa pioggia ho trovato un traffico infernale.»

Il dirigente annuì.

«Allora, cosa vuoi?» domandò duro e dopo un istante di silenzio che sapeva di ghiaccio. «Hai chiesto di incontrami, no?»

«Sì.»

«Perché?»

«Vorrei continuare a far parte della squadra» senza preamboli Alfieri andò dritto al punto.

«Non è possibile.»

«Lei può disporre di me come vuole, è il dirigente, ma se mi allontana cosa risolve? Se fossi un poliziotto inaffidabile potrei comunque procurarle guai.»

«Che cosa vuoi dire?» domandò perplesso Danizzetti.

«Che potrei avvisare Silvia di non parlare al telefono e in macchina.»

Danizzetti alzò gli occhi per incrociare quelli dell'assistente.

«Esiste il reato di favoreggiamento, Alfieri.»

«Lo dovrebbe provare, dottore.»

Un tuono scosse il palazzo.

«Che cosa ti fa pensare che la Grandi sia intercettata?»

«Tutti credono che Silvia e Edoardo siano amanti e che Rocco sia morto per errore.»

«E allora?»

«Silvia nega ogni responsabilità, nega persino di conoscere Edoardo.»

162

«Tu sei coinvolto emotivamente e la foto ritrovata accanto alla Corsi parla chiaro.»

«È vero, lo sono, però se Silvia avesse ragione? Lei dottore, ci ha pensato a quest'eventualità, ne sono certo.»

Danizzetti lo guardò con occhi di fuoco, uno sguardo che sembrava scavare in profondità.

«Il dottor Masi ha ventilato la possibilità che Sonia Corsi possa essere stata utilizzata per uccidere la Grandi.»

«Da chi?» domandò Alfieri con una tensione che sembrava uscirgli dalle tempie.

«In questo commissariato» aggiunse il funzionario, «sono stati pestati a sangue due algerini, sono morti due poliziotti, Leoni è stato ammazzato e una donna si è suicidata. Inoltre, a San Cesario, due guardie giurate sono state trucidate per una rapina a un portavalori. Tutto questo, forse, potrebbe essere collegato.»

«La morte di Rocco non c'entra nulla con quella di Rossetti, sono due cose separate» intervenne deciso Alfieri.

Danizzetti si alzò e, come al solito, si diresse verso la finestra. Prima del temporale si poteva notare sull'asfalto un alone lasciato dal sangue di Artini. Ora la pioggia stava lavando via ogni traccia.

«È normale, dottore» proseguì ostinato Alfieri, «intercettare i telefoni di Silvia e di Edoardo, ha un senso farlo.»

«Se anche fosse, è un motivo in più per tenerti fuori.»

«Ho appena lasciato Silvia» proruppe Alfieri.

«Perché?» domandò sorpreso Danizzetti.

«Per continuare a far parte della squadra, dottore. Vorrei capire cosa sta accadendo in questo posto maledetto. Le garantisco la mia assoluta riservatezza.»

«Complimenti Alfieri, è questo l'amore che provi per lei? Sai che è intercettata, che potrebbe finire nei guai e tu non la proteggi?»

«Silvia non ha necessità di essere protetta, credo alle sue parole.»

«E se invece ti sbagliassi?» domandò Danizzetti con volto inespressivo.

«La prego, mi faccia continuare a indagare. Lo so che lei non ha bisogno di me, c'è già la squadra mobile e altri poliziotti in gamba, ma divento matto quando mi metto a pensare al parco delle Rimembranze. Tutto è iniziato in quella notte maledetta.»

«Potresti crearmi problemi.»

«Mi metta alla prova» proseguì Alfieri ostinato.

«E se dovesse emergere qualcosa sulla Grandi?»

«Perché rovinarmi per una poliziotta corrotta?»

«Non lo so, ci devo pensare, l'amore rende irrazionali. Vai a casa e stai tranquillo, ti farò sapere.»

«Non mi chiamerà, lo so già.»

«Vedremo.»

Alfieri si diresse verso la porta, afferrò la maniglia e tentò un ultimo, disperato, assalto.

«E i tabulati?» domandò secco.

«Quali tabulati?»

«Quelli di via Oriani, dove è stata ritrovata la Volkswagen Polo.»

«Tu non ti arrendi mai, eh?» sorrise Danizzetti senza che Alfieri lo vedesse.

«No, non mi arrendo.»

«E cosa sarebbero questi tabulati?»

«Ne abbiamo parlato, ricorda?» proseguì Alfieri, incoraggiato dalle parole del dirigente.

«Rinfrescami la memoria.»

«Lei ha controllato quanti ripetitori ci sono nei pressi di via Oriani?»

Danizzetti annuì.

«Sarebbe utile richiedere i tabulati telefonici di traffico storico in uscita da quelle antenne.»

«E perché?»

«Per sapere chi ha chiamato da via Oriani nella fascia oraria che va dalle quattordici e dieci alle quattordici e trentacinque, circa.»

«E lo scopo quale sarebbe, Alfieri?»

«Scoprire l'autore della telefonata che ha condannato a morte Valter Leoni.»

«Pensi che dietro possa esserci un poliziotto?»

«È una possibilità concreta. Il giorno dell'assassinio di Rossetti, alle ore quattordici e trentacinque, Leoni riceve una telefonata di due minuti e quindici secondi da una cabina telefonica di via Cortina D'Ampezzo. Ricorda?»

Danizzetti annuì.

«Dottore, lei sa meglio di me che Leoni è stato ucciso a causa della centralina elettronica. Noi quel giorno ci siamo allontanati da via Oriani dopo averla prelevata dall'auto. Qualcuno ci ha visti e ha chiamato.»

«Se non ricordo male, tu avevi scagionato Leoni dall'omicidio di Rossetti.»

164

«Sì, e continuo a pensarla così. Quando lo chiamano da via d'Ampezzo non gli riferiscono che l'auto è stata utilizzata per l'omicidio, ma solo che la polizia l'ha ritrovata e che alcuni poliziotti hanno in mano un pezzo del motore. Leoni intuisce cosa sta accadendo e riferisce i suoi timori all'interlocutore. Quello segnerà la sua morte.»

«Forse è come dici tu, Alfieri. La tua ricostruzione è valida e credo anche che sia suffragata da due fatti.»

«Quali dottore?» domandò Alfieri rinfrancato dal rinnovato interesse di Danizzetti.

«Primo, quella è l'ultima telefonata a cui Leoni risponde, dopo di che sparisce. Secondo, l'organizzazione criminale si è mossa in anticipo rispetto a noi. Vuol dire che erano a conoscenza dei nostri movimenti.»

«Da via Oriani, dottore, è partita la telefonata che ha condannato Leoni e sul posto c'erano solo poliziotti.»

Il dirigente annuì. Da un cassetto della scrivania estrasse alcuni fogli.

«Venticinque poliziotti, per l'esattezza» aggiunse, «questa è la lista dei nominativi.»

Alfieri prese la lista e guardò i nomi.

«Con l'aiuto di questa» disse poi, «faremo il controllo delle telefonate in uscita captate dal ripetitore, alla fine dovremmo tirare fuori il nome che ci interessa.»

Danizzetti guardò Alfieri in piedi davanti alla scrivania. Gli girò intorno pensieroso.

«Ti rendi conto di che tipo di lavoro ne può uscire?» domandò poi il funzionario.

L'assistente annuì.

«Siamo a Roma, Alfieri, il ripetitore copre i Parioli, un intero quartiere.»

«Sì, mi rendo conto. Stiamo parlando di qualche centinaio di chiamate, se circoscriviamo la zona intorno a via Oriani.»

Il dirigente smise di camminare e gli si parò di fronte. Lo guardò fisso prima di ritornare dietro alla scrivania. Aprì un paio di cassetti da cui prese tre pacchi e li poggiò sul tavolo.

«Per l'esattezza» aggiunse, «le chiamate da analizzare sono quasi un migliaio.»

Alfieri sbarrò gli occhi.

«Lei... lei...» rispose balbettando, «ha già fatto tutto?»

«Non proprio, Alfieri. Ho ricevuto i tabulati ieri. Qui c'è il traffico telefonico in uscita che ti interessa.»

«Io... io cosa... cosa... cosa posso fare?»

«Intanto smettila di balbettare e comincia a lavorare su questi tabulati. Ah, c'è anche un'altra novità.»

«Quale?» domandò Alfieri sempre più sorpreso e confuso.

«Beni Youseff, te lo ricordi?»

«Sì... sì... l'algerino picchiato.»

«Bravo. È rientrato a Roma, non lavora più in Brianza. Si è licenziato.»

Alfieri sorrise.

«Mi reintegra in squadra, dottore?»

«Non sei mai stato fuori. Inutile che ti dica, ragazzo, che apprezzo il fatto che hai allontanato Silvia Grandi, lei è indagata.»

«Indagata per cosa?»

«Concorso in omicidio, il solito atto dovuto della procura.»

«Il suo telefono è sotto controllo, non è vero?» domandò ancora Alfieri con il cuore in fiamme.

Danizzetti annuì.

«Adesso basta» aggiunse, «prendi questi tabulati telefonici e mettiti al lavoro. Non farli vedere a nessuno, capito! Da domani mattina sarai in ferie finché non avrai terminato. Voglio che ti concentri su questo senza fare altro. All'interno troverai un foglio con i referenti dei gestori telefonici a cui dovrai rivolgerti a mio nome per avere gli intestatari delle utenze e quant'altro.»

«Grazie dottore, la ringrazio di cuore.»

«Adesso sparisci, per un po' non ti voglio più vedere.»

Alfieri prese i tabulati, stava per uscire quando il dirigente lo richiamò.

«Un'ultima cosa.»

«Dica, dottore.»

«Tu godi della mia fiducia, tradiscila e non avrò pietà.»

48

Alfieri uscì dallo studio in un turbinio di riflessioni. La testa gli bruciava come stoppia in agosto, mentre dalle finestre filtrava la luce dei lampioni. A quell'ora il commissariato era un deserto inquietante e il silenzio prendeva il posto dei passi frenetici del giorno. Camminò lungo il corridoio fino all'ufficio di Rocco.

Il nuovo addetto ai servizi, il sovrintendente Sabatini, aveva già rivoluzionato buona parte dell'arredo e cancellato le tracce di Artini. Erano sparite le pergamene dei corsi frequentati e le due foto che lo ritraevano con il Papa durante cerimonie ufficiali. Solo una istantanea in cui sorrideva in riva al mare era rimasta dietro a una vetrina.

Alfieri entrò, si guardò intorno e subito percepì la presenza di Rocco. Era ancora lì, da qualche parte, magari seduto sulla sua comoda poltrona in similpelle che lo guardava con la consueta espressione ironica. Gli sorrise anche Alfieri, sorrise al vuoto.

Respirò a fondo, socchiuse gli occhi e richiamò alla mente la sua voce.

Da una tasca della giacca prese il cellulare. Prese a spingere alcuni tasti, fino agli sms in entrata. Ne scelse uno. Rocco glielo aveva inviato il trentuno dicembre alle ventitré e quarantacinque. Non l'aveva eliminato e mai l'avrebbe fatto, non poteva. Per l'ennesima volta lo rilesse: "Io non sono nessuno e non credo che possa diventare qualcuno e per questo non potrò fare nulla d'importante per gli altri. Però posso dire con certezza che dentro di me ci sono le speranze e i sogni più belli del mondo. Brindo alla fantasia e alle illusioni, i motori della nostra vita. Buon anno, amico mio."

Alfieri rimase a guardare il display, mentre la testa prese a roteare. Lasciò fare alla sofferenza e aspettò che prendesse il suo tributo.

49

Su Roma il cielo era livido, un continuo accavallarsi di nubi nere e minacciose. Alfieri dalla finestra della camera le guardava, mentre di tanto in tanto si aprivano le dighe del cielo.

Il tempo era inquieto, come lo era lui, agitato e cupo.

Diede un'occhiata alla stanza. L'aveva invasa di fogli, di tabulati telefonici messi in ordine sparso e documenti con dati alfanumerici dai quali estrapolare indizi. Da due giorni non metteva il naso fuori e fino a quel momento aveva controllato solo i numeri Wind. Scosse la testa, bevve un sorso di Ceres, raggruppò i fogli e li sistemò nell'armadio. Poi da una scatola prese i tabulati della Vodafone, li dispose sopra a un tavolo e li divise in due gruppi. Da una parte le telefonate in uscita, dall'altra gli intestatari delle sim.

Partì dalla prima telefonata delle ore quattordici e dieci. Controllò la durata della conversazione e il numero chiamato. Scartava tutti i numeri che facevano capo a residenti nel quartiere e poneva l'attenzione sugli intestatari stranieri o che abitassero in altre zone di Roma. Era inverosimile che gli abitanti di via Oriani, o zone limitrofe, potessero aver portato sotto casa la Volkswagen Polo. Era una scelta investigativa la sua, se non fosse approdata da nessuna parte avrebbe ricominciato da capo.

Annotava tutto. Dai numeri intestati a persone e società, alle utenze senza un titolare. Compilava con cura un elenco e prendeva appunti su qualsiasi cosa lo colpisse. Il tempo trascorreva intervallato dal rumore del traffico. Verso sera fece una sosta.

Si alzò dalla sedia e spalancò la finestra. Respirò a fondo un'aria umida, ma benefica per i suoi sensi e per gli occhi maltrattati. Decise di andare a fare due passi, il cielo non era più minaccioso e l'ombrello poteva restare al suo posto. Si infilò una giacca e uscì. Costeggiò la caserma Villa Tevere fino al viale dove, all'angolo di un incrocio, le insegne luminose indicavano un bar.

Entrò per un tramezzino e una birra. Mangiò sfogliando distrattamente un quotidiano stropicciato da troppe mani. Lesse solo i titoli, non aveva voglia di sforzare ancora gli occhi. Saltò la politica e l'economia per concentrarsi sulla cronaca e le notizie sportive.

Alla fine si rituffò nell'aria fresca della sera. Nel cielo si intravedeva qualche stella, mentre le nuvole continuavano a viaggiare trasportate dal vento. Alle folate affidò un pensiero per Silvia, un pensiero pieno di speranza. Gli mancava, e il suo sorriso più dell'aria.

168

Accantonò la malinconia, risalì in stanza e riprese il lavoro.

Il suono del cellulare glielo impedì, le note di Kill Bill invasero la camera. Guardò il display e con sorpresa rispose.

«Norma. Come stai?»

«Ciao Marco, ti disturbo?»

«Non mi disturbi affatto.»

«Che fai di bello?»

«Lavoro, come sempre.»

«Sparatorie, arresti, inseguimenti, cose del genere?» domandò Norma canzonatoria.

«Secondo me vedi troppi film. Niente di tutto questo, anzi faccio un lavoro di concetto.»

«Cioè?»

«Due giorni fa sono andato in cartoleria e ho acquistato evidenziatori, una matita, un temperino, un paio di penne cancellabili e un block notes. Materiale che mi serve per spulciare carta.»

«Non sembra così poliziesco.»

«A volte un evidenziatore riesce a fare miracoli, più di una pistola.»

«Ma è meno intrigante, uhm... preferisco gli eroi della tv.»

Norma aveva ragione, pensò Alfieri. Le fiction contribuivano a infondere nell'immaginario collettivo una visione distorta degli sbirri, ma affascinante.

«Ti va d'uscire, magari ti distraggo un po'?» domandò Norma colmando il silenzio di Alfieri.

«Come?» rispose lui sorpreso, «no grazie, è un lusso che non mi posso permettere. Sono troppo impegnato.»

«Neanche una birra al volo?»

«Ho un cartone di Ceres, davvero ti ringrazio, ma non posso.»

«Okay, c'ho provato. Fammi sapere quando sei libero.»

«Grazie, ti farò sapere... ciao.»

Distrattamente ripose il cellulare sopra il comodino e pensò alla telefonata, a Norma che riappariva da un recente passato e che rinvigoriva il ricordo di Nicole. Rifletté sulla vita, sui cambiamenti e sull'impossibilità per lui di vivere una vita normale, fatta di noiosa e agognata quotidianità.

Con questi pensieri, confusi e malinconici, Alfieri si addormentò.

50

I giorni proseguirono nervosi, come il cielo che alternava istanti di tregua.

Nella stanza, Alfieri continuava a controllare tabulati con gli occhi cerchiati e la barba incolta, mentre le sue mani si muovevano oramai con assoluta padronanza tra numeri, codici e sigle.

Di tanto in tanto si fermava per mangiare qualcosa, biscotti che teneva nell'armadio e di cui aveva fatto scorta. Sorseggiava acqua. Quando aveva fame divorava alcuni tramezzini confezionati dal supermercato che accompagnava con la solita Ceres.

Si sentiva stanco, ma soddisfatto. Sentì il desiderio di una doccia, doveva recuperare un po' di energie prima di continuare a lavorare. Si rasò, si lavò e si vestì in fretta per non cedere alle lusinghe del letto. Doveva andare in commissariato e l'ora tarda del pomeriggio era perfetta per fare alcuni accertamenti. A quell'ora erano già tutti fuori e lo stabile ritornava in mano al collega del corpo di guardia e al sottufficiale di turno.

La notte era già calata su Roma quando Alfieri mise piede in strada. Teneva sotto braccio una cartellina dov'erano conservati gli appunti di un lavoro folle e disperato.

Il breve viaggio fino al commissariato fu estenuante, gli occhi gli si chiudevano tra uno sbadiglio e un altro. Si sentì sollevato nel passare sotto la bandiera dell'Italia e della Comunità Europea che sventolava all'ingresso.

Entrò nell'ufficio che era stato di Artini e si mise di fronte al monitor di un computer. Inserì la password per accedere alla banca dati interforze e consultò alcuni nominativi. Guardò tutto, precedenti penali, auto intestate, contatti tra persone, utenze del gas, dell'Enel, stati di famiglia, denunce dei redditi e altro ancora.

Alfieri era riuscito a restringere il campo ad appena sette sim, sette utenze che avevano effettuato altrettante chiamate tra le quattordici e venti e le quattordici e trenta.

Quei dieci minuti che avevano segnato la morte di Leoni.

Quattro utenze erano risultate intestate a extracomunitari inesistenti, due non avevano intestatari, l'ultima, invece, apparteneva a un italiano che riportava dati anagrafici mai censiti in nessun comune. Due sim erano della Tim, tre della Vodafone e due della Wind.

Alfieri si concentrò su quei numeri. Il lavoro più complicato fu controllare il traffico regresso sulle utenze e cioè verificare le telefonate in entrata e in uscita. Per farlo fece appello ai riferimenti telefonici che Danizzetti gli aveva indicato.

Per scrupolo controllò quali di quelle sette utenze fosse ancora attiva. Sette schede sim anonime, utilizzate dai loro possessori per non lasciare traccia.

51

Non ricordava più quanti giorni fossero passati dal momento in cui aveva messo mano ai tabulati, così come non rammentava l'ultima volta che aveva visto il sole. La pioggia continuava a picchiettare sui vetri della stanza, mentre le nuvole sorvolavano una Roma smarrita e impreparata alle prime piogge autunnali.

Non si curò più dei fiumi che si creavano lungo le strade e nemmeno dei tuoni che facevano tremare le finestre. Era troppo preso a controllare un numero Tim e un nome appuntato su un pezzo di carta. Il tipo si chiamava Arturo Guidi, ma era un personaggio di assoluta fantasia perché non esisteva in nessun archivio. Non risultava avere proprietà, né case, né auto e nemmeno bollette da pagare. L'indirizzo fornito sulla scheda corrispondeva a un esercizio commerciale sulla Tuscolana, a una tabaccheria, per l'esattezza. Alfieri l'aveva controllata, era gestita da una donna anziana che non aveva mai avuto problemi con la giustizia. Alla Tim aveva richiesto un traffico storico di due mesi e quella mattina era impegnato a controllare i numeri in entrata e in uscita. Si aiutava con la solita riga per non perdere il filo, mettendo in risalto i numeri e la durata delle conversazioni. Scorreva da una riga all'altra in modo da ricostruire date, orari e contatti telefonici. L'evidenziatore lasciava la sua indelebile traccia sul fondo bianco.

A un tratto la mano di Alfieri si fermò.

Sobbalzò sulla sedia in preda a una febbricitante tensione, perché alle ore ventitré e trenta spiccava un numero. Guidi, a quell'ora, aveva fatto una telefonata a un'utenza che Alfieri conosceva bene.

Continuò a controllare le altre telefonate fino al ventidue giugno, dieci giorni prima dell'omicidio di Rossetti, dove ritrovò lo stesso numero telefonico, alla stessa ora. Alfieri non ebbe più dubbi su chi fosse Arturo Guidi perché quel numero apparteneva al centralino del commissariato.

Si sentì rinfrancato da una rinnovata energia, sentiva di essere sulla strada giusta, mentre la pioggia martellava la città e il vento scompigliava le fronde degli alberi. Attraverso uno specchio osservò lo sguardo sfinito. Rimase a riflettere fino a quando non gli fu chiaro ciò che avrebbe dovuto fare prima di trarre conclusioni affrettate.

Prese i fogli e come un fulmine schizzò fuori dalla camera.

Il sovrintendente capo Mirko Acciari, responsabile dell'archivio del commissariato, da sotto gli occhiali, lo guardò sbalordito entrare come un forsennato. Il collo adiposo si gonfiò per lo spavento, mentre prese a bofonchiare parole incomprensibili.

Alfieri lo prevenne.

«Scusami Acciari, ma ho assoluto bisogno di te» disse.

«Che ti serve? E la prossima volta sei pregato di bussare» rispose infastidito il sovrintendente.

«Lo farò. Adesso però mi servono i brogliacci del piantone di maggio e giugno. Dove si trovano?»

«E dove vuoi che stiano? Lì» aggiunse Acciari indicando uno scaffale, «so' accatastati. Come mai ti servono?»

«È Danizzetti che li vuole, se vuoi puoi chiamarlo per conferma» rispose così, non ebbe altra scelta.

«E c'era bisogno di entrare come uno scemo?»

«Hai ragione, ma ho un appuntamento e sono in ritardo» proseguì Alfieri dandosi del cretino. Avrebbe dovuto essere più cauto perché Arturo Guidi poteva nascondersi dietro a qualsiasi uniforme.

Prese i registri e iniziò a sfogliarli.

Guardò i turni serali nelle pagine che lo interessavano. Non era annotata nessuna richiesta d'intervento, solo cose di routine e un fax proveniente dal dipartimento. Per scrupolo diede un'occhiata anche alle altre pagine. Ora, pensò Alfieri, doveva fare solo un ultimo controllo e lo avrebbe fatto nella sede della Tim. Lì avrebbe trovato la chiave di volta, ne era certo.

Sorrise, mise i registri sottobraccio, salutò Acciari e uscì.

Prima di salire nella Charleston guardò la fiancata dell'auto dove spiccava ancora la scalfittura lasciata dalla chiave di Ferri, il giorno in cui Rossetti e gli altri lo avevano minacciato.

Alla fine dell'indagine, si disse, l'avrebbe portata dal carrozziere.

52

La mattina dopo Alfieri attese con ansia che Danizzetti arrivasse in ufficio. Il giorno precedente era stato preso dalla tentazione di telefonargli o precipitarsi a casa sua per raccontare ciò che aveva scoperto, ma poi aveva desistito per una sorta di timore reverenziale. Alla fine si era arreso al trascorrere della notte convinto com'era che poche ore non avrebbero cambiato l'esito delle indagini.

Quando Danizzetti si fece vedere in commissariato, Alfieri era già arrivato al terzo caffè e aveva camminato a lungo davanti all'ufficio.

«Alfieri!» esclamò il funzionario appena lo vide sul pianerottolo.

«Buongiorno dottore. Le potrei parlare?» domandò con evidente agitazione.

«Dammi almeno il tempo di aprire l'ufficio» rispose pensoso il dirigente. Aveva notato il carteggio che l'assistente teneva in mano, gli fece spazio sulla scrivania.

«Cos'hai scoperto?» domandò, «hai la faccia di uno che non dorme da giorni.»

«È stata dura, ma credo di avercela fatta.»

«Allora?»

«Ho studiato i tabulati e alla fine sono riuscito a isolare un numero intestato a tale Arturo Guidi, un nome di fantasia.»

«Bene, poi?»

«L'utenza è in funzione da circa un anno, ma sono poche decine le telefonate in entrata e in uscita. Tra queste, tre sono interessanti.»

«Quali?»

«La prima è quella fatta il giorno della morte di Rossetti alle quattordici e venticinque. Una conversazione di circa tre minuti.»

«Chi ha chiamato?»

«Un'utenza Vodafone intestata a uno straniero di cui non c'è traccia. Si chiama Acosta Orlando, è un peruviano. È probabile che sia un altro nome fittizio. Il dato interessante però è che, durante la conversazione con lo pseudo Guidi, la sim dell'Acosta aggancia la cella di un ripetitore nei pressi di via Cortina d'Ampezzo.»

E da una cabina telefonica della stessa via, considerò Danizzetti, era partita l'ultima telefonata ricevuta da Valter Leoni.

174

«I due numeri sono ancora attivi?»

«Solo quello dell'Acosta, dottore, il numero del Guidi ha smesso di funzionare» rispose Alfieri.

«Hai controllato se a suo nome esistono altre utenze?»

«Nessuna. Però possiamo fare altro e cioè intercettare l'Imei del suo cellulare.»

«Non dirmi che questo Guidi ha cambiato la sim.»

«Esatto, dottore. Il cellulare è in funzione con una scheda Tim intestata a un altro fantasma di nome Michele Traccis. L'ultima telefonata è di due giorni fa e l'ha fatta sul numero dell'Acosta.»

Danizzetti stette un attimo in silenzio. Sospirò.

«Dimmi delle altre due telefonate» aggiunse.

Alfieri le cercò sulla scrivania.

«Sono del quindici maggio e del ventidue giugno, entrambe in uscita, intorno alle ventitré e trenta, verso un numero che conosciamo, dottore.»

«Che numero?»

«Guidi ha chiamato questo commissariato.»

«Cosa!» esclamò Danizzetti spalancando gli occhi.

«È così» proseguì Alfieri, «due telefonate effettuate in orari in cui la gente chiama per chiedere aiuto, oppure...»

«Oppure?»

«Lei lo sa meglio di me, dottore. Di solito intorno a quell'ora sono i colleghi a chiamare per informarsi sui servizi, per sapere l'orario del giorno successivo.»

Danizzetti abbassò lo sguardo quasi a nascondere le sensazioni provate.

«Ho controllato i brogliacci di quelle due serate» continuò Alfieri sfilando da sopra la scrivania le copie del registro, «e non c'è traccia delle due telefonate. Se avesse chiamato un cittadino in difficoltà il collega del corpo di guardia lo avrebbe annotato. Se non l'ha fatto è plausibile pensare che l'autore della chiamata sia un collega.»

Danizzetti socchiuse gli occhi, con l'indice si sfregò la tempia, respirò a fondo e si lasciò andare sullo schienale della poltrona. Dopo alcuni secondi riemerse dai pensieri.

«Bene, Alfieri. Mi serve un'annotazione dettagliata su quanto ci siamo detti a voce. Consegnami la nota insieme agli accertamenti, penserò io a farli recapitare al procuratore.»

«Cosa vuole fare, dottore?»

«Per prima cosa ne parlerò con Masi, poi vedremo. Ora vai a riposarti, hai la faccia di un morto. Recupera le energie perché ti serviranno» concluse Danizzetti.

53

Beni Youssef aveva la pelle ruvida e dura. Era nato nel distretto di Ain Djasser, così gli era stato detto. La data scritta sui documenti era stata inventata. Ciò che invece aveva ben scolpito nella mente era il ricordo della guerra. Correre da un posto all'altro per sopravvivere alla lotta clandestina del Fronte Algerino di Liberazione Nazionale contro i francesi.

Gli europei, alla fine, furono cacciati ma poco cambiò nella vita di Beni Youssef, l'unico scopo era quello di sempre. Nutrirsi e rimanere vivo. Ricordava ancora i primi volti del nuovo governo algerino, i volti della rivoluzione. Ben Bella, Houari Boumedienne e tanti altri che presero ad alternarsi nel comando. Lui, poco più di un bambino, non aveva cognizione di chi fossero e a cosa servissero quegli uomini.

Ascoltava la gente per la strada e la sentiva dire che chi comandava in quel momento aveva incarcerato quello che era stato al comando prima e sarebbe stato, a sua volta, messo in galera da chi avrebbe comandato poi. Tutto questo accadeva senza che la vita degli algerini fosse sconvolta.

Dopo la cacciata dei francesi, le lotte civili interne e i contrasti per il potere acuirono gli scontri sociali a beneficio della miseria. La confusione in Algeria dominò per molti anni e le facce sui manifesti cambiarono di continuo.

Ciò che non cambiò fu la povertà.

A distanza di anni, Youssef non aveva dimenticato i crampi allo stomaco, tant'è che un giorno, in preda alla disperazione, decise di prender parte a una manifestazione contro il governo. Era l'ottobre del millenovecentoottantotto, la polizia intervenne picchiando e sparando sui manifestanti. Lui rimase ferito, altre centinaia di algerini morirono.

Fu a quel punto che l'Islam decise di organizzarsi.

Creò il Front Islamique du Salut e attraverso le moschee prese a incitare alla rivolta il popolo contro il governo.

Arrivò così il millenovecentonovantadue e la vittoria alle elezioni del fronte islamico resa inefficace dai militari. La guerra civile dilagò ovunque e Youssef riprese a fuggire da una parte all'altra del paese, finché decise di averne abbastanza.

Alcuni mesi prima della vittoria del Front Islamique du Salut aveva trovato lavoro come raccoglitore d'uva nella valle del Cheliff e lì aveva conosciuto un operaio di nome Abdellatif Kafi. Era stato lui a parlagli dell'Italia confidandogli che presto si sarebbe imbarcato dal porto di Orano.

Kafi l'aveva invitato a seguirlo. In un primo tempo Youssef aveva saputo resistere alla tentazione di lasciare l'Algeria, ma la sofferenza e la fame lo indussero a decidere in fretta. Un giorno tirò fuori i due indirizzi che Kafi gli aveva lasciato, uno di un algerino che lo avrebbe aiutato a raggiungere l'Italia, l'altro di una città del nord che si chiamava Milano.

La navigazione da Orano alle coste italiane non durò a lungo, ben diverso invece il viaggio che lo portò dal sud al nord dell'Italia, dove ritrovò Kafi. Il connazionale fu subito chiaro, per vivere lì avrebbe dovuto spacciare droga.

Youssef rise, tutti quei chilometri per diventare uno spacciatore, si disse. Divenne un pusher, uno dei più furbi e smaliziati della città. Tutto andò bene fino al giorno in cui un gruppo di amici cadde in una retata della polizia. Lui riuscì fuggire a Roma in un appartamento sulla Magliana. Cambiò città, ma non lavoro. Altre facce, ma la droga era la stessa.

Fu a Roma che conobbe l'algerino Raday Sabar, anch'egli fuggito dalla guerra civile.

E proprio Raday lo introdusse nel gruppo dei connazionali.

Youssef non aveva capito subito con chi avesse a che fare, lo comprese quando spararono al poliziotto.

Solo a quel punto comprese chi fossero e cosa volessero.

178

54

Danizzetti era ossessionato dal dubbio.

Aveva trascorso la notte a rigirarsi nel letto circondato da fantasmi di un passato mai sepolto. E Angela, come sempre al suo fianco, a consolare vecchie ferite.

Era ossessionato dal dubbio e da ciò che avrebbe dovuto fare. Un'ossessione che, come una giostra, ripartiva ogni volta dallo stesso punto e girava per arrivare laddove tutto aveva avuto inizio.

Un'eterna spirale profonda come l'abisso, sul cui bordo aveva camminato spesso e sempre lì sarebbe stato, spinto da un destino beffardo. Non bastava più il grande cuore di Angela a rinsaldare la loro unione, né la pensione oramai all'orizzonte, la sua era una condanna che non gli avrebbe dato via di scampo.

Seduto sulla poltrona girevole dell'ufficio, Danizzetti continuava a pensare alla sua ossessione. Si appoggiò allo schienale e inalò aria con la speranza di liberarsi dal peso che aveva sul cuore. C'era qualcosa che non gli tornava, aveva la sensazione di esser spiato da volti celati nell'ombra, occhi conosciuti che dal buio lo spiavano.

Doveva mettere insieme i pezzi mancanti del puzzle prima di definire il quadro, elementi che erano lì, sotto i suoi occhi, e che aspettavano il giusto incastro.

Sospirò, indossando una maschera priva di inquietudini. Scacciò quei pensieri e fece entrare l'ispettore Ascani e l'assistente Alfieri.

«Venite e sedetevi» disse sfogliando alcune carte. «Inutile dirvi che il momento non è dei migliori.»

«Mi scusi dottore» esordì Ascani visibilmente contrariato, «ma non sarebbe stato giusto convocare anche l'ispettore Parri? È pur sempre il responsabile della giudiziaria.»

Il fatto che ci fosse Alfieri, e non Parri, irritava Ascani. C'erano ruoli da rispettare, ruoli che Danizzetti sembrava ignorare.

«Ci parlerò, non ti preoccupare» rispose. Poi rivolgendosi ad Alfieri aggiunse senza tergiversare, «la tua Silvia, due giorni fa, si è incontrata con Edoardo Corsi.»

A quella notizia Alfieri trasalì. Cercò di nascondere la sorpresa, ma l'emozione dipinta sul volto non gli lasciò scampo.

«Lo ha contattato al cellulare e gli ha chiesto un appuntamento» proseguì Danizzetti senza aspettare oltre, «e poi si sono visti in un bar sulla Tuscolana. Hanno preso un aperitivo e parlato comodamente seduti al tavolo. Un incontro durato circa mezz'ora, poi se ne sono andati, ognuno con la propria auto.»

Alfieri rimase immobile, impercettibile persino il respiro.

«Posso dire che il tenore della conversazione telefonica» continuò il dirigente, «non è stato confidenziale. Si sono dati del lei, Silvia gli ha chiesto un appuntamento per parlare di quanto accaduto.»

Alfieri continuò a non battere ciglio, rimase fermo e in silenzio.

«Non hai da dire nulla?» gli chiese Danizzetti.

«No, dottore» rispose.

«Va bene» bofonchiò il dirigente tamburellando una penna sulla scrivania, «lasciamo fare ai colleghi della Mobile. Noi dobbiamo occuparci di altro.»

«Di cosa?» domandò Ascani perplesso.

«Dobbiamo intercettare l'Imei e il numero Tim intestato a Michele Traccis, alias Arturo Guidi e scoprire chi si nasconde dietro a questi nomi.»

«Lo faremo in procura con i colleghi della Mobile?»

Danizzetti scosse la testa.

«Lo faremo qui» rispose deciso, «il servizio centrale operativo ci fornirà la *valigia*.»

«La *valigia*?» domandò sorpreso Ascani.

«È il nomignolo con cui viene chiamato il localizzatore. È un aggeggio che consente, attraverso l'immissione di alcuni dati, di individuare l'esatta ubicazione di un cellulare, Imei o Sim, nell'istante in cui il possessore lo utilizza. L'unico limite dello strumento è il campo d'azione limitato.»

«Di quanto?» chiese ancora Ascani.

«Poche centinaia di metri. Lo installeremo all'interno del commissariato, se il cellulare appartiene a un poliziotto lo prenderemo nel momento in cui lo usa. Abbiamo poco tempo. Se il localizzatore non dovesse funzionare, il procuratore chiederà la perquisizione domiciliare per ogni poliziotto di questo commissariato.»

«E dove sistemiamo la *valigia*?» domandò Alfieri.

«Seguitemi» rispose Danizzetti, camminando verso l'uscita.

Proseguì a ridosso del palazzo, costeggiò la strada aggirando il fabbricato fino a una porta sul retro. Ascani e Alfieri lo seguivano senza fiatare.

Dalla tasca prese una chiave che infilò nella serratura. L'anta si aprì con un cigolio, un odore stantio invase le narici dei poliziotti.

Salirono una scalinata stretta e ripida e giunsero a un appartamento, con passi rapidi percorsero il corridoio da cui si accedeva
alle stanze, un bagno, la cucina, un salone e due camere.

«Queste stanze» proseguì Danizzetti, «si trovano alle spalle del
commissariato, all'altezza dell'ufficio della Giudiziaria. Metteremo
qui il localizzatore. Questo è un luogo che fino a qualche anno fa
veniva utilizzato per la protezione dei collaboratori di giustizia. Di
punto in bianco hanno deciso che il rifugio non era più sicuro e lo
hanno abbandonato. Siamo in pochi a conoscerne l'esistenza.»

Impressionato e un po' spaventato dal susseguirsi degli eventi,
Alfieri era consapevole che la sim di Michele Traccis sarebbe stata
intercettata, ma mai avrebbe pensato di farlo nelle condizioni che
gli stava prospettando Danizzetti. Si sentiva frastornato.

Cercava di mostrarsi interessato, ma in cuor suo si sentiva morire, l'incontro tra Edoardo e Sonia lo aveva sconvolto.

«Dovrete pulire questo appartamento e renderlo accogliente,
nei prossimi giorni questa sarà la vostra casa. Con voi ci sarà
l'ispettore Parri, nessun altro dovrà venire qui senza la mia autorizzazione.»

Ascani e Alfieri annuirono.

«È una trappola» proseguì Danizzetti appoggiandosi al tavolo,
«con Masi abbiamo pensato che questa potrebbe essere la soluzione giusta per catturare il topo che si nasconde fra di noi. Lo
stesso cellulare sarà monitorato dalla sala intercettazioni della
procura perché lo pseudo Traccis potrebbe utilizzarlo a una distanza tale da non essere intercettato dal localizzatore. Lo segui-
remo costantemente.»

«Scusi dottore, non potremo uscire mai?» domandò Ascani.

«Esatto, per un po' le vostre donne non soffriranno, sbaglio?»
replicò tagliente Danizzetti. «Avete ventiquattr'ore di tempo prima
che il localizzatore sia operativo, nel frattempo armatevi di scopa
e spazzolone, fate la spesa e riempite il frigorifero.»

«Parri è stato informato, dottore?» domandò Ascani.

«Certo, e se non hai altre domande fammi una cortesia, orga-
nizza subito l'ufficio. Non voglio avere ripercussioni per la tua assenza. Delega Moretti, sarà lui a occuparsi di tutto nei prossimi
giorni.»

L'ispettore annuì e se ne andò, contrariato e scuro in volto.

«Mario è un brav'uomo» proseguì Danizzetti appena vide sparire Ascani in strada, «ce l'ha con me perché ti lascio troppo spazio.»

«Non vorrei essere un problema per lei» disse esitando Alfieri.

Il dirigente si mise seduto, aveva un'espressione stanca, avvilita. Appoggiò i gomiti sul tavolo e prese a tamburellare i polpastrelli sul ripiano in formica.

«Alcuni colleghi lamentano il fatto che, invece di stare davanti all'ambasciata algerina a fare i posti fissi, sei stato assegnato alle indagini sulla morte di Rossetti.»

«Sono un assistente, potrebbero avere ragione» ammise Alfieri. Danizzetti scosse la testa.

«Alle raccomandazioni e ai gradi ho sempre preferito le capacità
del singolo, per questo ho ottenuto tanti risultati, alla faccia di chi mi ha criticato, e ti assicuro che non sono stati pochi. Mi hanno accusato di essere stato un dittatore o un leccaculo, un millantatore o un raccomandato, ma io ho sempre lottato per affermare, oltre me stesso, la divisa che portiamo.»

«La ringrazio dottore, ma ha visto come mi guardava Ascani? Non credo che abbia simpatia per me.»

«Anche lui pensa che avrei dovuto mettere altri uomini a indagare. Non certo te. Ma di chi mi posso fidare? E quanti sono i poliziotti implicati in questa storia? Di te mi fido, Alfieri, me lo hai dimostrato. Sei arrivato da poco e ti sei distinto dal resto del commissariato, ma gli altri?»

Alfieri ascoltava senza interrompere lo sfogo del dirigente.

«Sono io che decido e non mi lascio certo influenzare dalle chiacchiere di qualche cretino. Ascani e Parri subiscono un po' le maldicenze, ma sono due poliziotti onesti, vedrai che ti troverai bene. E poi tu mi hai aiutato in questa indagine ingarbugliata, gli altri pavoni cos'hanno fatto?»

«Pavoni?» domandò incuriosito Alfieri.

«Sì pavoni, pavoni inutili. Ne ho incontrati tanti nella vita malati di questa sindrome. La nostra società ne è piena e pure i poliziotti ne sono colpiti. Più si sale di grado e più la sindrome è diffusa. Tanti sbirri con una sfrenata e inconcludente mania di protagonismo. Li vedi subito, sono quelli che si sentono incompresi e che non hanno combinato nulla di particolare. Hanno un ego sviluppato con cui farciscono le frasi. *Io di qua, io di là*. Questa gente non si rende nemmeno conto della realtà, non sanno di essere soltanto piccole pedine sistemate su una scacchiera governata da abili giocatori.»

E lei conosce lo scacchiere? Gli avrebbe voluto chiedere Alfieri. Era certo che Danizzetti nascondesse qualcosa, da tempo mostrava atteggiamenti strani, senza contare le mezze verità e le frasi sibilline che gli uscivano dalla bocca. C'era qualcosa che non andava, ma cosa, si domandava l'assistente.

Il dirigente proseguì con le sue riflessioni.

«La mia filosofia è sempre stata quella di lasciarmi guidare dalla ragione. Di fronte a un obiettivo da raggiungere non mi sono mai posto il problema dei gradi o delle funzioni, ma delle capacità e delle risorse umane. Perciò non ti preoccupare delle malelingue e rallegrati ogni volta che troverai un collega intelligente, la nostra amministrazione, per fortuna, ne è piena» concluse malinconico.

55

La sera era calata sulla città, una serata buia e minacciosa come una lama affilata, mentre da Nord-Est nubi nere come la pece scacciavano le stelle dal cielo. Nuvole cariche di cattive intenzioni.

Dai vetri della camera, Alfieri osservava quell'intreccio di nembi che non lasciavano presagire nulla di buono. Era solo, il volto appena illuminato dalla lampada del comodino mostrava una profonda malinconia, un volto rattristato dalle parole di Danizzetti.

Il cielo diventava sempre più cupo e in lontananza i lampi iniziarono a squarciare l'orizzonte avvolto nell'oscurità. Le prime gocce di pioggia aprirono la strada al temporale.

È incredibile, pensò Alfieri, come le certezze del giorno diventino precarie con l'arrivo della notte. La sicurezza crolla e lascia libero sfogo alla paura, quella paura di non avere la forza per andare avanti, di non farcela e di soccombere a un'esistenza beffarda.

Eppure ogni cosa andava nel verso giusto, si disse.

L'appartamento era pronto, il dirigente aveva spostato l'ufficio della Giudiziaria in un altro locale al piano terra per creare una stanza *cuscinetto* tra il localizzatore e il resto del commissariato.

Inoltre con Ascani e Parri era riuscito a raggiungere una complice intesa investigativa.

L'incontro tra loro e il personale del Servizio centrale operativo era stato fissato per l'indomani. Avrebbero sistemato la *valigia* nell'appartamento e iniziato l'intercettazione del cellulare di Michele Traccis.

Alfieri aveva preparato una borsa con tutto il necessario, pronto a dare seguito al lavoro che per giorni, rinchiuso in quella stanza, lo aveva sfiancato. Non era stato facile isolare il numero di Arturo Guidi, ricordava l'adrenalina provata nel concludere l'operazione, eppure non riusciva a reagire a quegli istanti di malinconia in cui si sentiva sprofondare.

Doveva uscire e distrarsi, fare qualcosa per mettere fine a quello stato d'animo.

Osservò il cellulare e pensò a Silvia e al desiderio di chiamarla.

In una giornata di pioggia come quella era fuggita dalla Charleston con le lacrime agli occhi. Era stato lui ad allontanarla e lo aveva fatto con la morte nel cuore. Sentiva il desiderio di chiamarla, ma non poteva. Danizzetti l'avrebbe cacciato a calci in culo.

Continuò a sfogliare la rubrica fino alla enne, trovò un numero e spinse il tasto.

Pochi squilli.

«Marco, che piacere.»

«Ciao Norma, come stai?»

«Bene grazie, che bella sorpresa!»

«Senti, lo so che l'ora è tarda e che tra poco verrà giù il diluvio, ma mi chiedevo se ti andasse di uscire a bere una birra. Poi magari cerchiamo un locale carino dove poter ascoltare un po' di musica, che ne pensi?»

«Per me va bene, dammi solo il tempo di prepararmi.»

«Davvero? Non ci speravo. Ti passo a prendere tra mezz'ora, può andare?»

«Ti aspetto.»

«E salutami i tuoi genitori, un giorno di questi verrò a trovarli.»

«Sarebbero contenti, ogni tanto parliamo di te, sanno che ci siamo rivisti.»

Alfieri chiuse la conversazione e restò a guardare le nuvole nere, dello stesso colore del suo umore. Cercò di scrollarsi di dosso quel grigiore, prese una giacca, un ombrello e uscì sotto un cielo impietoso.

56

Con il passare dei giorni l'inquietudine di Alfieri non accennò a diminuire. Non sarebbe durato a lungo in quello stato, si rendeva conto che non avrebbe potuto continuare ad arrovellarsi il cervello e vivere con un tormento che gli toglieva il respiro.

Quel giorno, per uscire e prendere una boccata d'aria, si era offerto di fare la spesa. Davanti al frigorifero stava sistemando alcuni prodotti, mentre nell'altra stanza Parri continuava a fissare il localizzatore.

Nell'appartamento le ore trascorrevano lente, misurate solamente dagli sporadici raggi del sole che filtravano dalle finestre proiettando la bianca luce sulle pareti. Libri e riviste erano sparsi un po' ovunque, compagni di un'attesa snervante. Ascani aveva già letto un paio di romanzi di Ken Follett. Parri, invece, si dedicava all'informatica accatastando riviste patinate sul comodino, accanto al letto dove dormiva.

Solo Alfieri non era riuscito a combinare nulla.

Riusciva a sorridere di se stesso quando guardava il volto scavato riflesso nello specchio del bagno.

Era trascorsa una settimana dall'inizio dell'intercettazione del cellulare registrato a nome dello pseudo Traccis, ma dal localizzatore non era emersa alcuna voce, solo un fastidioso e leggerissimo fruscio che aveva accompagnato il trascorrere dei minuti.

Neppure dalla procura erano arrivate notizie positive, il cellulare di Traccis non riceveva né effettuava chiamate.

Alfieri prese dal frigo uno yogurt ai frutti di bosco. Lo mangiò con la solita mestizia, sbirciando il localizzatore. I tecnici lo avevano sistemato sopra il tavolo, mentre l'antenna era posizionata sul tetto del palazzo.

Per non destare sospetti avevano lavorato di giorno, con la tuta da operai. Si erano mossi in fretta, con la professionalità derivante da altre installazioni. Speravano di intercettare le onde elettromagnetiche, convinti che il localizzatore si sarebbe frapposto tra il cellulare di Traccis e la cella del ripetitore della Tim.

Nel caso, attraverso un radiogoniometro, oltre alla conversazione, sarebbe stato possibile captare il punto esatto in cui il cellulare era in funzione, identificando così l'utilizzatore.

«Non fare quella faccia, dobbiamo avere pazienza, prima o poi parlerà, vedrai» disse l'ispettore Parri dal divano.

186

Alfieri annuì senza troppa convinzione.

«L'attesa è lunga» rispose, «e stressante.»

«Ci pagano lo stesso, no?»

«In questo momento penso a tutto meno che ai soldi.»

«Lo so, lo so, era solo per sdrammatizzare.»

Alfieri avrebbe pagato pur di mettere fine a quell'angosciante attesa. Spostò l'attenzione su Ascani che, seduto su una poltrona, leggeva un libro.

«Dei fatti di San Cesario, ispettore, sappiamo qualcosa?» gli domandò a bruciapelo.

«Come mai questa domanda? Credo di sapere le stesse cose che sai tu e cioè che un commando ha assaltato un portavalori» rispose Ascani senza distogliere lo sguardo dalle pagine.

«Danizzetti mi ha raccontato solo alcuni particolari.»

«Eh! E quelli devi sapere.»

«Questi sparano con i kalashnikov.»

Ascani sollevò lo sguardo.

«E allora? Ci lavora la Mobile, noi dobbiamo concentrarci sul localizzatore, è già tanto.»

Ascani e Parri non soffrivano la sua stessa inquietudine. Lo trattavano con superficialità e Alfieri se ne accorgeva. Lo tenevano distante, come se quell'indagine non fosse affar suo. All'improvviso gli sembrò che tutti cospirassero contro di lui. Non solo Ascani e Parri, ma anche Danizzetti e Masi, e con loro gli uomini della Mobile.

Non poteva fare nulla, se non rimuginare.

Si stese sul letto e rimase a fissare il soffitto.

57

Quella notte il sonno di Alfieri fu tranquillo. Era finalmente riuscito ad allontanare le angosce imponendosi di affrontare la vita con fatalismo, senza forzare a tutti i costi gli eventi. Non sapeva quanto sarebbe durata quella sensazione e, anche se non nutriva grandi speranze, avrebbe cercato di beneficiarne più a lungo possibile.

«Buongiorno» gli disse Parri vedendolo sveglio, «di là c'è il caffè pronto.»

«Grazie» rispose Alfieri stiracchiandosi con le braccia rivolte al soffitto.

«Alfieri» chiamò l'ispettore Ascani, «sei sicuro che la sim di questo Traccis sia attiva? Sicuro di aver controllato bene?»

Era chiaro che i giorni trascorsi senza novità facevano breccia nelle certezze, pensò Alfieri.

Lui sbadigliò e rispose.

«Ho controllato più volte i tabulati e l'Imei del cellulare.»

«Speriamo bene per te» proseguì con sarcasmo Ascani, «Danizzetti ci ha detto che se la *valigia* non si dovesse attivare ne avrebbe una pronta per te.»

Alfieri si mise seduto sul letto e lo guardò. Non gli piaceva il tono usato dall'ispettore, non gli piaceva la sua ironia.

«Scusa, ma che cosa significa?»

«Che finalmente ti levi dai coglioni» bisbigliò l'ispettore.

Alfieri sentì le parole. Di colpo il torpore della notte svanì insieme alla sensazione di benessere. Scese dal letto e si avvicinò minaccioso ad Ascani.

«Ripeti quello che hai detto!» esclamò.

Ascani lo allontanò con una spinta.

«Che ti devi levare dai coglioni, stronzo!» gli gridò.

Alfieri stava per colpirlo quando Parri si frappose tra i due.

«Lasciami 'sto cazzone» proseguì Ascani spostando di lato Parri.

Nella fase concitata volarono insulti e qualche schiaffo, Parri cadde a terra, si rialzò, cercò di fermarli senza riuscirci. Si frappose ancora, fu colpito con un pugno all'altezza della nuca, imprecò. All'improvviso i due antagonisti si fermarono e si allontanarono frustrati per non aver potuto mostrare le proprie ragioni, senza essersi sfogati della rabbia repressa.

Un impulso elettronico li mise d'accordo. Il localizzatore entrò in funzione. Il silenzio fu interrotto dagli squilli del cellulare intercettato. Di corsa si avvicinarono al tavolo e infilarono la pistola nella fondina. Attesero pietrificati con il cuore in gola. Squilli taglienti come rasoiate, fino a quando qualcuno rispose.

«Pronto.»

«Sì.»

Due voci maschili dal tono distorto.

«A che punto sei?»

«Ho quasi concluso, mi manca poco.»

«Voglio sapere quanti giorni.»

«Tre, non di più.»

«Bene. La verità sarà il nostro successo.»

«È così.»

«Stiamo analizzando il materiale che ci hai fornito... è incredibile...»

«Lo so.»

«Fai presto e stai attento.»

«Non ti preoccupare.»

«Ciao.»

La telefonata si concluse. Parri guardò le coordinate sul radiogoniometro.

«È qui, davanti al commissariato!» tuonò.

«Andiamo» rispose Ascani, «tu no Alfieri, tu rimani qui.»

«Ma vaffan...» imprecò l'assistente mentre si precipitava lungo le scale.

Prima ancora che Ascani riuscisse a fermarlo, Alfieri aveva guadagnato l'uscita e stava correndo verso l'ingresso del commissariato. Ascani e Parri lo seguirono.

Una corsa affannosa che durò pochi istanti.

«È qui» disse Parri. «È da questo punto che è partita la telefonata, lo strumento non può sbagliare. Era sul marciapiede.»

«Non c'è, cazzo, non c'è. Maledetto!» Alfieri digrignò i denti con tanta rabbia che sentì scattare le ossa della mandibola. Si guardò intorno nervosamente, osservò i volti della gente, ma non riuscì a individuare alcuno che potesse avere le caratteristiche dell'uomo che cercavano.

«Non puoi essere sparito così, dove sei, dove sei?» si domandava con un filo di voce.

Scrutava gli occhi dei passanti, li interrogava, ma non riuscì a scorgere nulla. Anche Ascani e Parri camminavano guardinghi, osservando con sospetto ogni passante.

«È un poliziotto, non ci sono dubbi» disse Parri.

Alfieri annuì. Poi spostò d'impulso l'attenzione verso l'ingresso del commissariato. Guardò l'orologio, le tredici e quindici.

«Giacomo» disse Alfieri, «oramai si sarà allontanato oppure è entrato. Diamo un'occhiata.»

«Proviamo.»

Al corpo di guardia era in servizio l'agente Giuliano Natali che rimase colpito dalla veemenza con la quale i tre poliziotti varcarono l'ingresso.

«Natali» disse Parri «è entrato qualcuno pochi istanti fa?»

«No, ispettore» rispose l'agente con evidente sorpresa. «Forse una signora, nessun'altro.»

«E chi è uscito?»

«Non saprei, qualche collega del turno smontante.»

«Chi?» domandò Parri, ma prima che Natali potesse rispondere aggiunse «lascia stare, risolvo in altri modi.»

Aveva visto Alfieri che, nel frattempo, si era appropriato dell'ordine di servizio giornaliero. Parri gli si avvicinò e con la coda dell'occhio guardò i nomi che mano a mano Alfieri indicava con l'indice. Pagano, sottufficiale di turno, Giusti corpo di guardia, Giani, Blini e Marinetti volante di zona, Mattevi e Mariani a disposizione dell'ufficio servizi, Zorzi all'Urp e così via.

Il cerchio si stava stringendo.

Ascani intanto stava al telefono. Quando ebbe finito disse.

«Torniamo nell'appartamento, Danizzetti ci raggiungerà lì.»

Parri e Alfieri annuirono. In silenzio fecero la strada a ritroso. Una volta rientrati Parri si mise subito al localizzatore per estrapolare la conversazione telefonica.

Finì nell'istante in cui il dirigente mise piede nella stanza.

«Dottore, ci siamo!» esclamò Ascani.

«Cosa è successo?» domandò Danizzetti, «Masi mi sta uccidendo di telefonate, vuole sapere. Anche in procura hanno sentito la conversazione.»

«È una telefonata tra due uomini» proseguì Ascani frenetico. «Era davanti al commissariato, capisce dottore. Siamo scesi di corsa ma c'è sfuggito per un attimo. È un poliziotto, non ci sono dubbi.»

«I dubbi non li avevo nemmeno prima» rispose Danizzetti chinando la testa. «Voglio sentire la telefonata. Dal timbro della voce si capisce chi è?»

«No» rispose Parri, «la conversazione è alterata da un cambia voce telefonico, gliela faccio sentire.»

190

Pochi istanti e la voce gracchiante di due uomini uscì dall'altoparlante.

«Pronto.»

«Sì.»

«A che punto sei?»

«Ho quasi concluso, mi manca poco.»

«Voglio sapere quanti giorni.»

«Tre, non di più.»

«Bene. La verità sarà il nostro successo.»

«È così.»

«Stiamo analizzando il materiale che ci hai fornito... è incredibile...»

«Lo so.»

«Fai presto e stai attento.»

«Non ti preoccupare.»

«Ciao.»

Alla fine nella stanza scese un silenzio glaciale. I tre guardarono il volto di Danizzetti e attesero. Lui non parlò. Fu Parri, allora, a rompere quel silenzio che sembrava eterno.

«Utilizzano un distorsore vocale per camuffare le voci» disse, «è un prodotto che si trova facilmente in commercio, anche su siti internet. È tanto piccolo che può essere tenuto in tasca e, collegato al cellulare al momento opportuno, emette impulsi per distorcere la voce.»

«Se mandiamo la registrazione alla Scientifica la possiamo decriptare?» domandò Danizzetti con un volto scuro.

«È impossibile» rispose Parri.

«Vado in procura» proseguì Danizzetti, «voglio chiedere al pubblico ministero alcune cose. È tempo di agire, non possiamo più aspettare. Prima di tre giorni non avranno altri colloqui. Tre giorni per risolvere il caso.»

Se ne andò lasciando Ascani, Parri e Alfieri senza direttive da seguire. Dovevano solo aspettare. Aspettare, come sempre.

Alfieri si sentiva in fibrillazione e frastornato.

Danizzetti aveva reagito con estrema naturalezza, come se nulla fosse accaduto. Nessun commento sulla conversazione, nessun accenno su cosa intendessero dire i due autori della telefonata.

Cos'era il materiale che stavano analizzando?

E che tipo di materiale poteva fornire un poliziotto?

Alfieri era concentrato su mille domande, quell'episodio aveva dato contezza ai suoi pensieri.

Oramai era certo che Danizzetti nascondesse qualcosa. Ma cosa?

Riflessioni che scorrevano come un fiume in piena. Doveva trovare il cardine su cui poggiare tutti gli elementi acquisiti. Questa era l'incognita su cui focalizzare l'attenzione e questo si ripromise di fare nel pomeriggio.

Chiese di poter uscire dall'appartamento, permesso che gli fu subito accordato.

Ascani avrebbe fatto di tutto pur di levarselo di torno.

58

Alfieri rientrò nell'appartamento nel tardo pomeriggio.

Non salutò nemmeno i due ispettori, si ritirò in camera, accese il portatile e inserì la chiavetta Usb. Attraverso un programma mise in ripetizione automatica la conversazione intercettata, con il nastro adesivo fissò sulle ante dell'armadio un bristol bianco, cento per settanta. Prese un pennarello e iniziò a scrivere.

In alto, parco delle Rimembranze.

Si fermò per un istante, le parole che fuoriuscivano dal portatile attirarono l'attenzione.

«Bene. La verità sarà il nostro successo.»

«È così.»

«Stiamo analizzando il materiale che ci hai fornito... è incredibile...»

«Lo so.»

Alfieri le ripeté a mente chiedendosi il significato.

Non trovò risposta, continuò ad ascoltare il dialogo per una, due, tre volte, senza pausa. Poi riprese a scrivere sul bristol. Pestaggio degli algerini e Beni Youssef. Omicidio Rossetti, ritrovamento della Polo, accertamenti in Germania. Sotto, sequestro di Leoni e omicidio. Cerchiò tutto, tirò una linea e annotò, strage di San Cesario e rapina al portavalori. Poi riportò le date e gli orari delle telefonate fatte dalle utenze intestate agli pseudo Arturo Guidi e Michele Traccis. Schematizzò gli elementi dell'indagine, annotò riferimenti e collegamenti, li legò in un groviglio di dati che rimase a fissare.

Si sentiva nervoso, prese a muoversi nella stanza come un animale braccato, continuava ad ascoltare la telefonata e fissava il bristol. Scrisse il nome di Rocco e lo legò a Sonia, collegò poi entrambi a Edoardo e Silvia.

«Cosa stai facendo?» gli chiese all'improvviso Parri entrando nella stanza.

Alfieri sobbalzò, lo guardò e disse.

«Cerco di capire.»

«Cosa?»

«Che cos'è questo materiale che stanno analizzando?» domandò a sua volta Alfieri.

«Abbiamo pochi elementi.»

«E soli tre giorni. Perché la verità sarà il loro successo? Che intendono dire?»

Parri scosse la testa.

«Forse Danizzetti ha la risposta» proseguì Alfieri, «non ha nemmeno commentato la telefonata.»

«È vero, l'ho notato.»

«Perché non ci rende partecipi di ciò che sta accadendo?»

«Magari lo farà a breve» rispose Parri con poca convinzione.

«Non credo, lo avrebbe già fatto.»

«Senti Marco, tra poco prepariamo qualcosa da mangiare. Sarebbe il caso che ti chiarissi con Ascani per quello che è accaduto.»

«Per me non è successo niente e non ho nulla da chiarire.»

«Forse le tue scuse...»

Alfieri guardò l'ispettore con lo sguardo severo, poi abbassò la testa. Un respiro profondo e uscì dalla stanza. Ascani stava davanti al televisore.

«Ispettore.»

Ascani si girò.

«Spero che l'episodio di oggi non crei alcuna ripercussione» proseguì tendendogli la mano.

Ascani agganciò la presa lasciandola sospesa nell'aria per qualche istante, poi strinse con vigore.

«Abbiamo esagerato entrambi.»

L'assistente annuì.

«Posso chiederti un'ora di permesso?» domandò poi.

«Devi uscire di nuovo?»

«Un salto a Villa Tevere, vorrei prendere un paio di camicie.»

«Muoviti, intanto prepariamo qualcosa per cena» concluse l'ispettore.

In realtà Alfieri non aveva alcun bisogno, se non di uscire da un luogo che gli toglieva il respiro. Aveva la testa nel bel mezzo di una tempesta, un caos che gli generava squilibrio e in cui tutto appariva disarmonico e irreale.

Uscì in strada sotto un cielo aprico. Inspirò a pieni polmoni trattenendo il respiro, sostenuto dal vento e dalla brezza della sera. Salito a bordo della Charleston, prese un cd dei Rolling Stones e sintonizzò *Streets of Love*. Un'occhiata distratta all'orologio, mentre attraversava la città illuminata e frenetica a quell'ora.

Guidava guardando i volti della gente, i luoghi e gli angoli.

Sperava che da qualche parte saltasse fuori la soluzione del caso. Ma negli stessi pertugi cercava un altro viso, quello di Silvia.

Il pensiero di lei non lo abbandonava mai, nemmeno nelle fasi più concitate dell'indagine, neppure in quell'istante di dolorosa passione. Posteggiò lungo il muro di Villa Tevere, la caserma dove dormiva, e si avviò verso l'ingresso. Si strinse nelle spalle, quasi a volersi proteggere, chiuse gli occhi e continuò a respirare.

Quando li riaprì, la vide.

Era ferma sul marciapiede davanti alla caserma e lo guardava avvolta in un soprabito color panna.

Alfieri si sentì morire, il cuore prese a battere forte.

Si avvicinò a grandi passi, non le diede il tempo di dire una parola. La strinse fino a farle mancare il respiro.

«Io...»

«Lo so, Silvia, lo so.»

«Sei sparito... nessuno sa cosa fai...»

«Sono accadute molte cose, devi essere forte e credere in me.»

«Mi sembra di impazzire... non ho più il mio lavoro, non ho te...»

«Non è vero, io ci sono. Tu sei in ogni mio pensiero.»

«Essere tra i sospettati mi riempie di rabbia e non posso fare nulla per difendermi.»

«Devi fidarti» la tranquillizzò Alfieri senza staccarsi da lei.

«Ascolta, Marco» proseguì Silvia allontanandolo. «Ti devo dire una cosa, potrebbe essere importante e forse no.»

«Che vuoi dirmi?» domandò Alfieri sorpreso.

Il volto di lei si era fatto all'improvviso serio.

«È un po' che volevo dirtelo, ma non riuscivo a trovarti e non potevo chiamarti. Non sono scema, sono sospettata di concorso in omicidio, il mio cellulare potrebbe essere intercettato.»

Silvia lo fissò negli occhi attendendo una replica che non arrivò. Lei, quindi, proseguì.

«Ho aspettato tante sere davanti alla caserma, ho atteso che tu rientrassi per poterti parlare. Volevo dirtelo...»

«Cosa Silvia, cosa?»

«Tempo fa, rientrando di notte in stanza, ho avvertito una strana presenza lungo il corridoio, come se ci fosse qualcuno. Una sensazione che si è ripetuta. Una notte mi sono armata di coraggio e ho cercato di capire.»

«Quindi?» la incoraggiò nervosamente Alfieri.

«Nella parte finale del corridoio c'è una botola che dà accesso a una mansarda. Sono salita a vedere. Ci sono scaffali e faldoni ammucchiati un po' alla rinfusa.»

«Scaffali e faldoni. Un archivio!» esclamò Alfieri.

«Sì, un archivio...»

«Vai avanti.»

«Sui dorsi dei faldoni erano riportati gli anni di trattazione, dal millenovecentosessanta in poi.»

«Cos'altro hai visto?» incalzò Alfieri sempre più concitato.

«Ho continuato a camminare da una stanza all'altra fino a quando, alla luce di una candela...»

«Cosa?»

«Un uomo e una donna, facevano l'amore su una scrivania.»

«Che cosa? E chi erano?»

«Lei era Matilde Bova, la moglie dell'ispettore Rossetti, lui non sono riuscito a vederlo.»

Alfieri ammutolì. Era troppo per il suo cervello già duramente provato. Com'era possibile che Matilde e un altro collega stessero in mansarda a fare sesso? Solo un poliziotto poteva accedere a quell'ora in commissariato. Non poteva essere solo un gioco perverso. C'era altro.

«Ti prego Marco, parla, mi stai facendo paura.»

«Perché non l'hai detto prima?»

«Per non alimentare altri pettegolezzi e rimanere fuori dai casini.»

Alfieri, che fino a quel momento si era sentito precipitare in una voragine senza fine, finalmente riuscì a intravedere un bagliore di luce, uno spiraglio.

«Devo andare, Silvia» pronunciò la frase con un tono distaccato.

«Vengo con te.»

«No, non puoi. Devo avvisare Danizzetti, lui non ti vorrebbe.»

«Cosa c'è di tanto sconvolgente in quella mansarda?»

«Non lo so, ma devo andare a vedere.»

«Cosa sta succedendo Marco, mi sembra d'impazzire.»

«Non lo so, non lo so...»

«Va bene» Silvia si arrese. Si sentì in colpa per non averlo avvisato prima. «Marco» proseguì, «dietro l'armadio dell'archivio c'è una scala in metallo, di quelle estendibili. L'ho usata per salire, sarà utile anche a te.»

196

59

Quella sera Marino Danizzetti non andò a casa.

Dopo avere ascoltato la conversazione telefonica rimase per l'intero pomeriggio a osservare sul soffitto i fantasmi di un passato lacerante come la punta del filo spinato.

Erano le solite immagini che gli facevano visita. Impetuose e aggressive. Scheletri di cui era il custode. Spettri che avevano invaso la vita familiare fino a imprigionarlo nella tela che lui stesso aveva teso. Erano state le indagini a tradirlo, le inchieste degli anni ottanta, il voler ficcare il naso negli affari di una nazione non ancora pacificata.

Era stato usato, complice indiretto di trame perverse e di morti ammazzati.

Troppo tardi si era reso conto di essere diventato una pedina invischiata nella melma di un paese alla deriva. Ripensava alle volte in cui con Angela aveva preparato le valigie, voleva fuggire da una realtà troppo dura, ma era sempre stato raggiunto.

Alla fine si era arreso e aveva accettato la loro proposta: dirigere un anonimo commissariato di periferia, dove custodire gli scheletri di una vita, fino alla pensione.

Le cose non stavano andando in questo modo, pensò sprofondando contro lo schienale della poltrona girevole. Le parole dei due anonimi interlocutori non lasciavano speranze.

Danizzetti aveva atteso l'arrivo della notte nell'ufficio di polizia, dopo aver chiamato la moglie per tranquillizzarla, e si era appisolato sul divano. La tensione che stava vivendo gli spezzava il cuore.

All'ora stabilita si alzò ed estrasse dal cassetto una pistola. Controllò che fosse lubrificata, fece scorrere l'otturatore più volte, inserì il caricatore e la mise in fondina.

Era pronto.

Prese il cellulare, guardò il display, venti chiamate senza risposta.

Non diede peso alla cosa.

Uscì dallo studio del commissariato, a quell'ora deserto come sempre lo era la sera. Si diresse verso il ripostiglio utilizzato dalle donne delle pulizie e, spostando un piccolo armadio, si concentrò su una porta di metallo abilmente nascosta. Dopo aver inserito la chiave nella toppa proseguì oltre. Una scala a chiocciola portava ai piani superiori, fino alla mansarda. Gradini ripidi da affrontare in uno spazio angusto, stando attento al minimo rumore, ma Danizzetti ci era abituato. Impugnò la pistola e arrivò in cima.

Un'altra porta serrava l'ingresso. Varcandola si ritrovò nel sottotetto tra gli scaffali che ben conosceva, sfiorò con il palmo della mano i dorsi del suo lavoro, documenti che gli appartenevano.

Nessun rumore, camminò lentamente fino a quando non intravide alcuni lampi, il flash di una macchina fotografica.

Serrò la pistola e avanzò fino a quando lo vide.

Un uomo era in piedi accanto a una scrivania, fotografava documenti sparsi sul tavolo.

Per qualche secondo il dirigente si sentì mancare, si appoggiò allo stipite per trovare un po' di stabilità, riprese fiato. Ma prima che potesse dire o fare qualcosa, l'uomo, senza voltarsi, lo salutò.

«Buonasera dottor Danizzetti, o se preferisce la chiamo con il suo nome di battaglia: Leone. Mi chiedevo quando avrei avuto il piacere di averla qui» disse con una gentilezza sfrontata.

60

Alfieri provò più volte a chiamare Danizzetti. Il telefono squillava a lungo, non lo trovò nemmeno nell'ufficio di Polizia.

Avvisò Ascani e Parri che avrebbe fatto tardi. A loro non disse nulla. Era intenzionato a risolvere la questione con il funzionario. La vicenda dell'archivio era determinante per le indagini, lo sentiva, e Danizzetti non poteva non esserne a conoscenza.

Era probabile che il *materiale* a cui i due interlocutori facevano riferimento nella telefonata fosse custodito proprio nel sottotetto. I pensieri di Alfieri stavano prendendo forma.

Con calma estese la scala fino alla botola.

La sistemò a ridosso del bordo, salì i pioli e si trovò in una soffitta appena illuminata. Una fioca luce penetrava da un piccolo abbaino. Avanzò fino a una porta e, oltrepassandola, entrò in una stanza piena di scaffalature e faldoni, ovunque un odore stantio di polvere. Mentre avanzava cauto e silenzioso percepì qualcosa. Da qualche parte, oltre una porta, provenivano delle voci.

Proseguì con circospezione e, a mano a mano che si avvicinava, le parole divennero più nitide.

Avanzò ancora, metro dopo metro, fino a quando riuscì a scorgere due figure nell'ombra.

Il panico lo assalì quando vide Danizzetti impugnare una pistola contro un uomo.

199

61

L'uomo si voltò verso Danizzetti. Vecchie cicatrici dovute all'acne gli deturpavano il volto, le labbra molto sottili mostravano un ghigno sarcastico accentuato da occhi invasati.

«Che cosa fai?» domandò Danizzetti con poca enfasi.

«Quello che avrebbe dovuto fare lei anni fa.»

«Tu che cosa ne sai?»

«Ci sono storie in questa mansarda, dottore, che non sono mai state raccontate. È ora che la gente sappia.»

Danizzetti prese fiato.

«Assistente Alessandro Giusti!» tuonò, «metti le mani sopra il tavolo e allarga le gambe, sei in arresto.»

«In arresto?» Giusti scoppiò in una risata. «Dovrei essere io ad arrestarla per non avere detto al popolo la verità.»

«Tu sei un poliziotto che come me ha giurato fedeltà alle istituzioni democratiche.»

Giusti guardò Danizzetti con ferocia. Si avvicinò e rispose.

«Io sono un poliziotto del futuro ordine costituente» disse con enfasi, «noi siamo l'avanguardia armata della classe operaia e delle classi sociali disagiate, io sono un irregolare delle Brigate Rosse.»

Danizzetti ebbe un sussulto. Giusti aveva pronunciato parole dure, scandendole in modo chiaro. Fugò un incubo mai sopito, respirò in fretta e cercò di non palesare quell'istante di debolezza.

«Finalmente» proseguì Giusti, «è arrivato il momento di organizzare le masse, un'azione politica di agitazione e propaganda, seguita dalla spallata finale, dalla fase armata. Tutto è pronto e questo grazie a lei e al suo lavoro, dottore.»

«Che cosa volete fare?» domandò barcollando il dirigente. Sembrava assalito da un incubo. Giusti se ne accorse e sorrise.

«Qui c'è tutto» rispose allargando le braccia, «da Gladio in poi, sedi e nomi. Affiliati e depositi di armi, munizioni ed esplosivi utilizzati per stragi pianificate. Avete destabilizzato lo Stato per stabilizzarlo. La strategia della tensione. Gladiatori, fascisti e piddui-sti uniti nel medesimo disegno, quello di fermare la lotta proletaria. Lei, dottor Danizzetti, ha sempre saputo e sarà processato per questo dal tribunale rivoluzionario. Pagherà per quello che ha fatto.»

200

«Ma cosa dici?» controbatté Danizzetti, «quante volte ho sentito le tue parole, sono passati anni e continuate a parlare con luoghi comuni, con patacche pietose. Siete destinati a essere sconfitti, come sempre.»

«Non credo, dottore. Ci siamo organizzati e abbiamo costruito una struttura ancora più segreta. Siamo infiltrati in ogni ambito sociale. Non una clandestinità assoluta, ma un lavoro oscuro, senza sigle e rivendicazioni e che serve a reclutare compagni.»

«Come gli algerini?»

Giusti annuì.

«Avete ucciso Rossetti per dare loro un segnale, non è così?» domandò sprezzante Danizzetti.

«Rossetti meritava di morire. Era un razzista di merda. Gli avrei sparato quella notte al parco se non mi avessero fermato. Hanno fatto bene, ucciderlo è stato più utile.»

«La sua morte vi ha permesso di reclutare i clandestini» aggiunse con un filo di voce Danizzetti. Si sentiva sprofondare in una palude senza fondo.

«È così, ma solo tra quelli con uno spiccato senso politico e guerrigliero. È stata attuata una selezione particolare con un apposito organismo di controllo.»

«Siete pazzi...»

«Non credo, dottore. La nostra struttura è pronta. Abbiamo quasi l'intera documentazione di quest'archivio. Lo stiamo elaborando, sarà reso noto alla stampa in più comunicati. Il popolo saprà.»

Danizzetti scosse la testa e sorrise, un sorriso amaro e al contempo ironico.

«Lei ride, dottore, ma noi diremo al popolo quello che è accaduto in Italia. Parleremo della lotta armata, della vocazione rivoluzionaria dei compagni, e anche della strumentalizzazione del suo lavoro da parte degli apparati deviati dello Stato. Lei lo sa, non è vero dottore? Sa bene che tutti i capi dei servizi segreti di allora erano affiliati alla P2, nemici dichiarati del popolo. Vogliamo rendere pubblico quanto più possibile, anche la verità sul sequestro Moro.»

«Cosa?» Danizzetti sentì la testa scoppiargli.

«La cosa la turba, dottore?»

«Le cose dovevano andare così, gli eventi erano di natura troppo ampia per poterli cambiare.»

«Cosa doveva andare così?» esclamò Giusti, «è stato normale condannare a morte gli uomini della scorta di Moro? Potevate attuare il sequestro in modo meno cruento e invece avete scelto la spettacolarizzazione. Avete mischiato ai brigatisti, esperti di armi, agenti dei servizi. Sapevate che i brigatisti di allora non erano bravi nell'uso delle armi, era gente improvvisata alla guerra senza alcuna esperienza nel maneggiare pistole o mitra.»

«Allora?» domandò Danizzetti sempre più affranto.

«Lei sa, ha sempre saputo chi da solo, durante il rapimento, sparò con un'arma automatica quarantanove dei novantadue colpi esplosi durante l'assalto. Tutti andati a segno e che non hanno sfiorato il presidente Moro. Avete usato un uomo militarmente preparato, un professionista. Un brigatista non avrebbe avuto la stessa capacità di fuoco, un brigatista avrebbe potuto ucciderlo e a voi serviva vivo.»

«Sarà la storia a emettere il verdetto, non voi» rispose Danizzetti.

«Lo emetterà il nostro tribunale dove parleremo di Mino Pecorelli, del colonnello Varisco e di altri caduti. E lei, dottore, non aveva l'obbligo di denunciare all'autorità giudiziaria tutte queste notizie di reato? Perché ha taciuto?»

Senza attendere risposta Giusti prese alcuni fogli dalla scrivania.

«Riconosce questi rapporti» disse, «sono a sua firma, di quando faceva parte dell'Ucigos. C'è scritto che Mario Moretti è stato un capo anomalo delle Brigate Rosse perché prima fece fuori politicamente Curcio e Franceschini, poi compì una serie di omicidi inutili che fecero perdere consensi alle Bierre. Lei sapeva che Moretti frequentava gli istituti linguistici Hyperion di Parigi, Milano e Roma. Lei sapeva che Hyperion era la sede più importante della Cia in Europa organizzata per combattere il Partito Comunista presente nei parlamenti europei. Lei era a conoscenza di ogni cosa, ma è rimasto in silenzio per tutti questi anni.»

«Sarete distrutti» rispose Danizzetti arreso, ma non ancora sconfitto.

Giusti lo ignorò.

«In tutti quegli anni avete cooptato, manipolato, giocato con le nostre vite» disse, «ma grazie a lei abbiamo preparato un dossier voluminoso, documentato, che sarà reso pubblico. Vedremo chi sarà distrutto.»

«Anche se lo renderete noto, sarete sconfitti lo stesso» aggiunse il vecchio dirigente. «E con voi finiranno in galera anche coloro che hanno coperto la verità, quella che mi sono dannato di scoprire. Io finirò in carcere, ma il popolo italiano non cederà mai la sua libertà democratica in nome delle vostre elucubrazioni mentali. Siamo una nazione libera che ha ormai maturato un procedimento democratico ancorato all'occidente. Non siamo più ai tempi degli scioperi di massa, delle rivolte studentesche, dei comitati di fabbrica, delle spinte sovversive della sinistra extraparlamentare, quei tempi non ci sono più. Diffonderete il vostro documento, forse è giunto il momento di farlo, ma otterrete solo una giustizia a scoppio ritardato. Nient'altro.» Danizzetti riprese fiato e, tenendo salda la pistola, proseguì sprezzante «voi siete infervorati da un fuoco rivoluzionario che vi spinge verso il cambiamento, ma vi assicuro che l'italiano medio non vuole cambiare nulla. Come al solito, voi pseudo rivoluzionari non riuscite a mantenere il termometro dell'opinione pubblica e preferite barricarvi dietro concetti astratti e fuori tema, per soddisfare un bisogno vostro di fallimento interiore.»

«Come si permette di parlarmi in questo modo? Lei che fa parte della feccia che ha rovinato l'Italia» rispose Giusti con gli occhi fuori dalle orbite per la rabbia.

«L'Italia saprà superare anche questo scandalo e voi terminerete la vostra scelleratezza dietro le sbarre, con me e altri.»

«Non dica eresie!»

Danizzetti continuò a esternare quel sorriso sardonico che fece diventare più nervoso Giusti.

«Gli italiani sono passati sopra tangentopoli, prima ancora hanno digerito il Piano Solo, il Golpe Borghese, Gladio e la P2. La gente ha dimenticato l'eversione di destra e di sinistra, ha dimenticato tutte le stragi. Il vostro documento alzerà la polvere, è vero, polvere che ricadrà sopra le vostre teste.»

«Lei è un criminale di guerra!» esclamò Giusti, «e dovrà rispondere davanti al tribunale del popolo.»

«E chi risponderà della morte di Leoni?»

«Siete stati voi a ucciderlo con le vostre indagini sulle auto.»

«Sei tu quindi, che hai telefonato da Via Oriani?»

«Quell'Alfieri ci ha creato problemi. Ora basta» aggiunse furibondo Giusti. «Mi consegni la pistola e si arrenda al giudizio del popolo.»

«Non credo che tu possa dettarmi condizioni, ho un'arma in mano» rispose Danizzetti. «Sono vecchio ma da questa distanza non ti posso mancare.»

«Le ripeto, dottore, se vuole vivere mi consegni la pistola. È l'ultimo avvertimento.»

Danizzetti con un rumore metallico mise il colpo in canna, pronto a far fuoco.

D'un tratto, un colpo di pistola invase la mansarda, ma non fu la pistola di Danizzetti a sparare. Il dirigente sgranò gli occhi sorpreso. Si toccò il petto, era sporco di sangue. Cadde a terra. Sbatté contro uno di quegli scaffali che tanto aveva custodito. Crollò con la faccia sul pavimento. Sentiva il torace in fiamme e il sapore acre del sangue nella bocca.

Altri spari che lo fecero sussultare. Gli sembrò di sentire la carne trapassata da una infinità di colpi. Voci. Qualcuno gridava. Altri spari. Cercò di sollevarsi per vedere, ma non ci riuscì. Il silenzio invase la soffitta per qualche secondo, interrotto da un rumore di passi.

Qualcuno si stava avvicinando per il colpo di grazia, pensò.

Si sentì afferrare. Aprì gli occhi e vide Alfieri.

«Ancora tu» disse con voce roca, rotta dallo sforzo, «stai sempre in mezzo.»

«Dottore, resti fermo e non parli, chiamo qualcuno.»

«È inutile. È finita... il destino mi ha riservato ciò che meritavo, morire qui...»

«Ho sbagliato, ho sbagliato, mi deve perdonare» gridò Alfieri.

«Tu... tu che sei sempre così preciso e puntuale... cos'hai sbagliato?»

«Non l'ho vista... era nascosta.»

«Chi... era nascosta?»

«Matilde Bova, la moglie di Rossetti, lei l'ha colpita, era nell'ombra, non l'ho vista.»

«No... un'altra poliziotta... un altro fallimento...»

«Mi ha sorpreso, mi perdoni, mi perdoni...»

Alfieri parlava con voce rotta dalla disperazione.

«Io non ti devo... perdonare nulla...»

«Era nascosta...»

«Smettila di frignare. Che fine hanno fatto... quei due...»

«Credo di averli uccisi. Vado a chiamare un'autoambulanza.»

«Alfieri» invocò Danizzetti espellendo un fiotto di sangue, «è inutile... per me è finita... lasciami morire in pace.»

Tossì, altro sangue dalla bocca.

«Queste carte maledette» aggiunse, «sono state la mia vita... sapevo che... sarebbero state la mia morte.»

«No, no, resista» Alfieri era in preda allo sconforto.

«Hai ascoltato... la... la conversazione con Giusti?»

«Sì dottore, ho sentito.»

«Dimentica o morirai... chiama Masi... raccontagli tutto... ogni parola... lui saprà cosa fare e come... come... proteggerti.»

Il sangue fuoriusciva dalla bocca, Alfieri spostò il corpo di Danizzetti di lato per non farlo soffocare.

«Un'altra cosa, assistente, fammi un ultimo favore... dì a mia moglie che l'ho sempre amata e che continuerò a farlo anche da lassù...»

Il vecchio dirigente fissò negli occhi Alfieri, gli strinse la mano ed esalò l'ultimo respiro. Solo in quell'istante il poliziotto si rese conto dell'affetto che provava per lui, un affetto che annichiliva le sue omissioni, quelle che Giusti gli aveva urlato in faccia. Non giudicò, si lasciò andare a una pietà sommessa, liberatoria.

62

Un cupo delirio di rivoluzione armata per acquisire forza ha bisogno di morti ammazzati, come l'acqua per il mare.

Quei terroristi non avevano assunto la piena clandestinità, ma una doppia vita fatta di apparente normalità. Non erano tornati gli anni di piombo, eppure aleggiavano la medesima schizofrenia politica, gli stessi fantasmi degli omicidi, dell'essere seguiti, delle risoluzioni e delle ritirate strategiche.

Anche sull'assalto al portavalori era stata fatta luce. La rapina serviva all'organizzazione per finanziarsi attraverso il solito esproprio proletario.

Molti uomini erano stati arrestati e, tra questi, gli algerini. Masi, nei giorni seguenti la morte di Danizzetti, aveva voluto che Alfieri partecipasse ai blitz. Decine di operazioni, perquisizioni e sequestri. Un'indagine che sarebbe durata ancora a lungo per fare luce sulle troppe connivenze.

In un attimo di tregua, davanti al Colosseo, Alfieri sorseggiava un caffè bollente sotto un cielo terso. Leggeva un quotidiano che riportava notizie del nuovo attacco terroristico al cuore dello Stato. Ovunque infuriavano dibattiti politici. Ci si interrogava sul nuovo fenomeno eversivo, connesso alla crisi sociale. I mass media analizzavano ogni dettaglio, ricostruivano la vita dei protagonisti. Un particolare, però, non era trapelato. Nessuna notizia della mansarda e dell'archivio.

Il capo della Mobile, Masi, gli aveva detto che alcuni apparati dello Stato erano intervenuti per portare via i fascicoli dalla soffitta.

E Alfieri questi *apparati* li aveva visti all'opera.

Erano arrivati all'alba, con furgoni noleggiati, e avevano svuotato la mansarda. Marco si era limitato a osservare la scena, annotando le targhe dei furgoni.

Mille volte aveva ripensato a Danizzetti e alle parole pronunciate prima di morire. Lo aveva avvisato della minaccia che rappresentava quel dialogo con Giusti, e Alfieri s'era ben guardato dal raccontarlo a Masi. Perché avrebbe dovuto farlo?

Era uscito vivo da quella situazione e nessun altro avrebbe potuto rivelare i dettagli della conversazione. Ripensò ad Angela sconvolta dal dolore. Durante i funerali di Stato lo aveva voluto accanto. Sapeva quanto quel ragazzo testardo e coraggioso fosse apprezzato dal marito. Angela aveva cercato conforto da Marco e decine di volte si era fatta raccontare gli ultimi istanti di vita del consorte.

Alfieri pensò che l'amore è dove il cuore si ferma e lì rimane. E il suo cuore dov'era, si domandò. Lo sentiva pulsare tra le foglie trascinate dal vento lungo il viale, tra i battiti accelerati lungo i Fori Imperiali di fronte alla basilica di Massenzio, tra i resti di Roma affollati dai turisti, accanto ai gatti che si aggiravano tra le colonne e gli stipiti dei templi.

Lì stava il cuore, in attesa di Silvia, mentre tutto negli occhi aveva ripreso colore. Erano sensazioni che riaffioravano e che lasciava fluire per nutrirsene.

Si erano sentiti al cellulare, finalmente liberi di parlare lontano dalle orecchie indiscrete dei colleghi. Liberi di riappropriarsi dei sentimenti che li univano.

Alfieri guardò l'orologio, le cinque del pomeriggio.

Era in perfetto orario. Aveva indossato la camicia nera regalatagli da Silvia. Quella tinta, gli aveva detto, metteva in risalto gli occhi verdi. Marco la cercò tra la gente, ma non la vide.

Si sedette su una panchina e guardò un gruppo di giapponesi ammassati davanti ai Fori per fotografarli.

Più in là un cane rincorreva un gatto. Alfieri li seguì con lo sguardo mentre si allontanavano verso il Tempio di Vespasiano.

Il gatto stava per essere agguantato quando, con una mossa repentina, riuscì a sfuggire alle fauci dell'inseguitore arrampicandosi sopra una colonna.

Il cane, dal basso, continuò a guardare il felino con aria di sfida, pur sapendo di esser stato battuto.

Sconsolato ritornò indietro, al luogo da cui era partito.

Le cinque e quindici, e Silvia non era ancora arrivata.

Di lato alla biglietteria c'era un piccolo chiosco a forma circolare, con il tetto a punta come una capanna indiana. Alfieri si alzò dalla panchina e, avvicinandosi al barista, chiese una Red Bull che bevve d'un fiato.

Guardò di nuovo l'orologio, le cinque e tre quarti.

Silvia non poteva essere così in ritardo. Cominciò a preoccuparsi.

Prese il cellulare e la chiamò. Un tentativo vano, l'utente risultava non raggiungibile. Ricominciò a camminare con nervosismo, mentre il vento continuava ad aumentare. Provò a chiamarla più volte, ma il cellulare rimandava lo stesso messaggio.

Le sei e quindici, le sei e trenta, un ritardo eccessivo, si disse.

Compose un altro numero. Attese qualche secondo, poi una voce rispose.

«Pronto» era la madre di Silvia.

«Pronto signora Anna, sono Marco.»

«Ciao Marco, come stai?»

«Bene, lei?»

«Bene, grazie. Cercavi Silvia?»

«Sì.»

«Non doveva incontrarsi con te?»

«Sì.»

«Marco, ci sono problemi?»

«Nessuno» rispose mentendo, «ma non appena arriva la faccio chiamare così non si preoccupa, va bene?»

«Va bene» concluse la donna un po' dubbiosa.

L'orologio segnava le sette.

Decise di fare un altro tentativo, stavolta al telefono rispose un'altra voce femminile, quella della collega Giulia Mariani.

«Pronto.»

«Ciao Giulia.»

«Ciao Marco. È un po' che non mi paghi un aperitivo.»

«Ah ah! Ci provi sempre. Senti, Silvia è con te?»

«No.»

«Sai dov'è?»

«No, ma è successo qualcosa?»

«Avevamo appuntamento alle cinque, ha un ritardo di due ore.»

«Il cellulare?»

«È irraggiungibile. Tu sei in commissariato?»

«Sono a casa.»

«Chiamo per sapere se si trova in stanza. Ciao.»

«Fammi sapere» concluse Giulia.

Alfieri rimase a fissare il cellulare con il cuore in gola. Ora era seriamente preoccupato per Silvia. Che cosa poteva esser successo? Fece un ennesimo tentativo, compose il numero del commissariato. Dal centralino risposero al secondo squillo.

«Sono Marco Alfieri, con chi parlo?»

«Mattevi, dimmi.»

«Fammi una cortesia, puoi guardare se Silvia Grandi è in stanza?»

«Ti sei perso l'amore?»

«Non fare lo spiritoso» rispose Alfieri, «sono preoccupato, non riesco a trovarla.»

208

«Vado a vedere e ti richiamo.»

«Grazie, ciao.»

Le sette e trenta, gli ultimi turisti stavano uscendo dai Fori.

Il poliziotto continuò a guardarsi intorno con la speranza di vederla spuntare da dietro un angolo, da una bancarella e invece nulla.

Il cellulare squillò.

«Pronto?»

«Pronto Marco, sono Mattevi.»

«Allora?»

«In commissariato non c'è. Dobbiamo preoccuparci, devo avvisare qualcuno?»

«No. Aspettiamo ancora un po'.»

«Fammi sapere.»

«D'accordo.»

Alfieri chiuse la conversazione con un nodo alla gola. Dove diavolo era finita, si domandò, mentre il vento del nord gli sferzava il volto.

63

A notte inoltrata Alfieri, stremato e demoralizzato, fece ritorno nella camera di Villa Tevere. Aveva setacciato ogni comando di polizia, telefonato agli ospedali della città, parlato con decine di persone senza avere notizie di Silvia. Alla fine aveva chiamato Masi che si era attivato subito per le ricerche.

Entrò in stanza con il desiderio di infilarsi sotto la doccia e rimanere sotto l'acqua bollente. Con il trascorrere delle ore era ripiombato in un incubo senza fine. Qualcosa era andato storto. Un terrorista forse era riuscito a rapire Silvia. Ma perché, lei non aveva partecipato all'indagine, né agli arresti.

Furono pensieri inquietanti a spingerlo di nuovo in strada dopo neanche mezz'ora.

A bordo della Charleston percorse vie deserte, tra i palazzi dove si incuneava un vento fastidioso che faceva oscillare l'auto.

Entrò in alcuni bar che soleva frequentare con Silvia.

Una ricerca vana, fatta d'improvvisazione, ma che gli permetteva di non sentirsi impotente.

Controllava ogni angolo dei palazzi, ogni vicolo, qualsiasi cosa destasse il minimo interesse. Di tanto in tanto sbirciava il display del cellulare nella speranza di ricevere un messaggio tranquillizzante.

Vagò per ore, fino a quando le palpebre non lo costrinsero a fermarsi. Il timore di perdere Silvia, come era accaduto con Nicole, gli fece girare la testa. Si sentì sfinito.

Sfilò portafogli e cellulare dalla giacca e li mise sul cruscotto. Tirò la levetta ribaltabile del sedile e si distese con il polso sulla fronte, nella speranza di fermare le dolorose pulsazioni alle tempie.

Rimase immobile per alcuni minuti e cercò di dormire, ma fu tormentato da un ricordo.

Riprese il portafogli e ne estrasse la solita vecchia foto, quella che ritraeva la cucina dell'abitazione di Nicole nel giorno del suicidio. Al centro spiccava la sedia sotto la finestra.

Rimase a fissarla per un po' fino a quando si addormentò con l'immagine sul petto.

Si risvegliò poche ore dopo, sorpreso dalle luci del giorno e dalla confusione di un mercatino rionale. Si guardò intorno, tentò di riprendersi dal torpore. L'orologio segnava le sei e tre quarti.

In quella mattina d'autunno il cielo era limpido, mentre la città continuava a essere attraversata da un vento impetuoso.

Prese il cellulare e chiamò.

«Commissariato pronto!»

«Sono Alfieri.»

«Ciao Marco.»

«Ci sono novità su Silvia?»

«Nessuna» rispose il collega. «Qui in ufficio ci sono i genitori. Sono molto preoccupati. Hanno trascorso la notte in commissariato con Ascani. Tu dove sei?»

«In giro. Sai se ci sono state rivendicazioni o cose del genere?»

«Nulla.»

Si salutarono.

Alfieri scese dall'auto ed entrò in un bar. Prese un caffè per togliersi dalla bocca il sapore amaro del mattino. Sfogliò un paio di quotidiani, nessun accenno a Silvia.

Non sapeva se ciò fosse un bene o un male.

Non sapeva più cosa pensare.

Bevve d'un fiato il caffè bollente senza sentirne il bruciore.

64

Vittorio Grandi era un luogotenente dei carabinieri in pensione. Uomo di grande esperienza e saggezza, per anni aveva comandato la stazione di Montalcino. Sapeva come andavano certe cose.

Anna, la moglie, aveva il volto scavato dalla notte insonne.

Alfieri li trovò all'interno di quello che era stato lo studio di Danizzetti. Lei seduta su una poltrona, Vittorio passeggiava nella stanza. Ascani, invece, era seduto sulla sedia del dirigente. Vederlo lì fu per Alfieri un pugno in faccia.

«Marco!» esclamò Anna non appena lo vide, «l'ispettore ci ha avvisati.»

«Ci sono novità?» domandò lui.

«Nessuna» rispose Ascani, «ma abbiamo diramato la foto di Silvia in ogni angolo della penisola.»

«Ragazzo» notò Anna, «hai il volto stravolto, ma dove sei stato?»

«In giro per la città.»

«Non hai dormito, vero?»

«Signora, avrò tempo per dormire» poi rivolgendosi ad Ascani proseguì «qui sotto c'è l'auto di Silvia parcheggiata lungo il marciapiede. I colleghi mi hanno detto che è lì da ieri.»

«Sì, Pagano è l'ultimo che ha visto Silvia allontanarsi a piedi dal commissariato.»

«In che direzione?»

«Piazza Euclide.»

Un nota positiva c'era, si sforzò di pensare Alfieri, se l'auto era rimasta posteggiata l'ipotesi dell'incidente stradale si poteva scartare.

Non era un granché come consolazione, ma non aveva di meglio.

65

Soffiava un irritante vento da Nord.

Il primo freddo autunnale gelava le mani più del ghiaccio invernale. La pelle non era ancora abituata all'abbassamento della temperatura e pure i vestiti non erano adeguati.

Il cielo era limpido e l'orizzonte privo di foschia.

Dall'alto di una collina, in parte arata, tra gli sterpi di grano mietuto e prati sfibrati, una donna osservava la campagna che si estendeva lungo la vallata. Avvolta in un paltò, scrutava le pecore sparse a decine tra i prati, mentre, poco distante, un branco di vacche chianine ruminavano l'erba tra le querce e i cerri in un terreno sassoso.

Poco più in basso c'era il casale della sua famiglia, un fabbricato rurale ristrutturato e suddiviso su due livelli.

Nella parte al piano terra c'erano due garage e una rimessa agricola. Il primo piano ospitava una cucina, un salone, due camere da letto e due bagni. Di fianco alla costruzione si estendevano file d'alberi d'olivo secolari che si diramavano verso valle fino a un fosso circondato da pioppi.

La donna, dall'alto della collina, non si compiaceva del paesaggio agreste, né godeva del colpo d'occhio profondo fino all'orizzonte. Non le interessavano la pace e la solitudine che regnava in quella parte romita della campagna. In quel momento pensava soprattutto a se stessa.

Aveva un dolore da placare.

Era lì per scrutare i poderi confinanti, per vedere la presenza di qualche testimone inconsapevole.

Guardò gli anfratti della valle, scrutò ogni stradina sterrata, capanna o caseggiato, ogni albero o cespuglio e, solo quando si sentì al sicuro, rivolse lo sguardo alle cisterne interrate vicino alla prima fila di olivi, subito dietro il casale.

Il padre le utilizzava come riserva d'acqua perché nel sottosuolo dell'azienda agricola non ce n'era mai abbastanza per irrigare.

Aveva osservato con attenzione quegli invasi, così come le fenditure lasciate nel cemento per fare entrare e uscire l'acqua.

Diede un ultimo sguardo alla valle e poi, con calma, discese il sentiero verso il casale.

Arrivò vicino al boccaporto di un invaso e afferrò la leva che azionava l'apertura. Tirò a sé il coperchio, mentre un odore acre si sprigionò dall'interno.

L'esalazione proveniva dal sedimento posato sul fondo, un problema che suo padre aveva più volte sollevato perché l'acqua, carica di feccia, finiva sulle culture limitandone la fotosintesi.

A lei, però, non interessava il processo biochimico, anzi si rallegrò di quell'odore stantio.

Nei gesti, lenti e studiati, provava soddisfazione, un contrasto esplosivo di sentimenti, un parossistico stato d'impulsi dai quali non sapeva difendersi. Né voleva farlo.

Quella era la trappola, pensata e voluta. La morte perfetta.

L'aveva cercata ovunque e, alla fine, l'aveva trovata nella cisterna e in quella parte isolata della campagna dove non sarebbe stato difficile far sparire il corpo.

Provò un senso di onnipotenza, mentre si avviò verso l'auto.

All'interno, giaceva Silvia Grandi.

66

Alfieri non aveva un bell'aspetto ma ormai non ci faceva più caso.

Occhi cerchiati, volto cinereo e barba incolta.

Davanti al distributore di bevande della questura sorseggiava una brodaglia dal vago sapore di caffeina con una morsa atroce nell'anima.

Silvia era scomparsa da quarantotto ore, svanita nel nulla. Faceva la spola tra le strade di Roma e il commissariato inseguito, di tanto in tanto, da giornalisti assetati di notizie e da Masi. Il capo della Mobile lo attendeva nell'ufficio anche quella mattina.

Non era chiaro che cosa volesse, sperava solo che ci fossero notizie rassicuranti sulla sparizione di Silvia.

Lo vide entrare con il solito impermeabile tipico delle sue giornate uggiose.

«Alfieri» disse.

«Dottore.»

«Vieni con me.»

«Dove andiamo?»

«Non fare domande.»

Entrarono nell'Alfa Romeo. Masi si mise alla guida e partì.

«Come stai?» gli domandò.

«Non bene» rispose Alfieri mentre guardava dal finestrino le fronde dei tigli spazzate dalla tramontana.

«Ti manca Danizzetti?»

«Molto.»

«Dobbiamo guardare avanti.»

«Davanti ho Silvia scomparsa» aggiunse Alfieri.

L'auto sollevava le foglie dei tigli, l'autunno faceva il suo corso.

«Ho avviato tutte le procedure per un sequestro di persona, anche se non abbiamo ricevuto nessuna richiesta di riscatto o rivendicazione» proseguì Masi. «Lo sai che abbiamo trovato il cellulare e il portafogli nella sua stanza al commissariato?»

Alfieri lo guardò sorpreso.

«Quando è uscita non aveva intenzione di assentarsi per molto tempo.»

«Bravo. Può essersi dimenticata del telefonino, ma anche dei soldi?»

«Ha controllato, dottore, l'ultima telefonata ricevuta sul cellulare?»

Masi annuì.

«L'ultima è delle tredici e quindici. Proveniva dalla cabina di piazza Euclide.»

Una cabina telefonica, pensò Alfieri, il metodo di chi non vuole essere rintracciato.

«Silvia è stata vista uscire a quell'ora» proseguì, «si è incontrata con qualcuno che conosce bene.»

«È così, Alfieri. Questo esclude che sia un terrorista. Eppure c'è qualcuno che è convinto che sia stata rapita da uno sparuto gruppo di militanti aiutati da qualche poliziotto corrotto.»

«Non sono molti i colleghi con cui Silvia aveva un rapporto confidenziale. Si fa presto a controllare.»

«Lo stiamo già facendo.»

«Anche lei è convinto che sia stata rapita dai terroristi?»

Masi scosse la testa.

«Quelli ancora in libertà sono pochi, e non sono in grado di organizzare e gestire un sequestro di persona.»

«Edoardo Corsi? Potrebbe entrarci qualcosa?»

«Lo teniamo d'occhio.»

«Non ha trascurato nulla, dottore.»

«Ma non abbiamo elementi concreti. Stiamo indagando senza un vero filo conduttore. Abbiamo solo gettato le reti in attesa che i pesci abbocchino.»

Alfieri annuì. Rifletteva sulle informazioni ricevute dal funzionario che proseguì.

«Chi mette in atto un sequestro quasi sempre lo fa per uno scopo preciso. Se il sequestratore non ha fatto richieste, significa che non vuole nulla.»

Alfieri sentì un brivido che dal cuore arrivò dritto alla schiena scendendo fino ai reni.

«La sua vita!» esclamò sgranando gli occhi. «Solo questo vuole.»

«Ne sono convinto, Marco. Mi dispiace.»

«Silvia è in pericolo.»

«Siamo stati troppo concentrati nel cercare gli assassini di Rossetti e abbiamo trascurato d'indagare su una foto e un appunto manoscritto.»

«Quale?».

«Quello di Sonia Corsi. Sono arrivato alla conclusione che qualcuno, dopo aver annotato parole compromettenti e il cellulare di Silvia, ha fatto in modo che la foto arrivasse a Sonia.»

«Ma era stato scritto da Silvia, così avete sempre detto.»

«Il vapore del bagno aveva alterato la calligrafia, ma siamo stati in grado lo stesso di eseguire una perizia.»

«Allora?»

«Non è la calligrafia di Silvia.»

«Cazzo!» esclamò Alfieri battendo la mano sul cruscotto.

«Marco, questa è la persona che tiene sequestrata Silvia e sono certo che tu sai chi sia.»

«Io? E come faccio a saperlo?»

«Non lo so, ma tu puoi far tornare i conti e trovare la chiave per aprire la porta che la tiene prigioniera. Datti da fare, cerca nella tua memoria, pensa ai volti, alle persone che avete frequentato, ma fai in fretta, lei non ha molto tempo.»

Alfieri provò un formicolio alle dita, a fatica riuscì a respirare.

67

Gli scarafaggi sarebbero stati perfetti.

Osservava quei piccoli insetti ripugnanti, mentre a decine si muovevano intorno alla tana con i corpicini ovali, le lunghe antenne e le zampe ricoperte di minuscoli peli. Due piccole protuberanze sul posteriore con sfumature dal nero al marrone.

Una paura atavica riaffiorò a quella vista.

Le faceva schifo pensare al cibo rigurgitato fatto di escrementi e alimenti deteriorati. Rabbrividì nel vedere la secrezione nauseabonda che rilasciavano. Le riportarono alla mente *La metamorfosi* di Kafka e la rivoltante immagine di quell'insetto. Gli scarafaggi erano animali stomachevoli e maleodoranti, ma sarebbero stati perfetti per la trappola. Le venne una mezza idea, ma pensò sarebbe stato meglio andare al sodo, senza perder tempo.

Eppure qualcosa l'avrebbe potuta fare.

Il cloroformio stava esaurendo l'effetto e Silvia avrebbe potuto riprendere i sensi.

Respirò a pieni polmoni il vento del nord, mentre le folate d'aria s'insinuarono tra i lunghi capelli.

68

La tramontana lo investì in pieno. Alfieri sollevò il bavero della giacca per ripararsi, sprofondò le mani nelle tasche e camminò lungo il marciapiede. Non sapeva dove andare, voleva soltanto muoversi e pensare alle parole di Masi. A ogni passo cercava di mettere ordine nei pensieri, lisi come un tappeto troppo calpestato. Solo tu hai la soluzione, ripeteva a se stesso. Ma dove cercarla, si domandava.

Non poteva cedere alla disperazione di perdere Silvia, doveva dominare il pensiero, andare avanti.

Padrone delle emozioni, cercava di catalogare i ricordi e le immagini. Se voleva trovare Silvia avrebbe dovuto risolvere in fretta quel maledetto enigma analizzando la situazione da diverse angolazioni, non secondo una logica sequenziale, ma da punti di vista alternati...

Camminava e pensava.

Alfieri aveva un obiettivo da raggiungere velocemente. Doveva comprendere chi ce l'avesse a morte con Silvia.

In quello stato sarebbe riuscito a percorrere chilometri senza accorgersi di chi aveva incrociato lungo il cammino, ogni persona era invisibile agli occhi. Non vide lo storpio che chiedeva l'elemosina, né gli extracomunitari su una panchina a bere birra. Non percepì il via vai del mercato di quartiere, né il vociare di un gruppo di ragazzi che giocavano al pallone. Stranamente, più della vita, erano le cose inanimate ad attrarre la sua attenzione. Gli serviva per concentrarsi meglio. Posò lo sguardo sul palazzo di epoca fascista con le finiture in marmo, sui balconi straripanti di ciclamini, sui mattoni rossi di un muro costruito dagli antichi romani, sul cancello in ferro battuto di una villa in ristrutturazione.

Anche i volti di un passato recente riusciva a ricordare, al pari delle parole che avevano pronunciato.

Un clacson impaziente lo distolse riportandolo alla realtà. Marco non sentì le imprecazioni del conducente, aveva altro a cui pensare. Procedeva a passi lenti e regolari, alternati da soste che l'aiutavano ad analizzare le idee, ma ogni congettura perdeva d'importanza pochi passi più in là.

69

Silvia stentava ad aprire gli occhi.

La testa pulsava e più cercava di riprendere il controllo, più lancinanti erano le fitte che le arrivavano al cervello.

A fatica tentò di riemergere da quello stato catatonico.

Cos'era successo, si domandò.

Provò a riordinare le idee.

Le immagini, dapprima sfocate, lentamente stavano riprendendo forma, ma la mente era ancora annebbiata.

Percepì uno strano formicolio sul corpo. Raccogliendo le forze portò le mani al viso e comprese.

Decine di scarafaggi le stavano addosso.

Con uno scatto isterico si ritrasse in un angolo, la schiena aderente al muro. Prese a schiaffeggiarsi per allontanarli, mentre una melma viscida le cospargeva la pelle e impediva agli insetti di staccarsi.

Si guardò intorno. Cercò di alzarsi, ma un freddo improvviso la fece barcollare. Era nuda. Silvia era in pericolo, ma non volle perdersi d'animo. In alto, da un'apertura entrava la luce. Si guardò intorno e si rese conto di trovarsi all'interno di una cisterna umida e melmosa. Non comprendeva però come ci fosse finita.

Qualche istante dopo le fu tutto chiaro.

Con un ghigno satanico, dall'alto, una donna la salutò e chiuse il boccaporto lasciandola in un buio denso e nero che si impossessò dell'invaso e della ragione.

Iniziò a gridare, urla strazianti. Inutili.

70

Alfieri continuava a camminare, lacerato da una sensazione di impotenza e solitudine. Consapevole di non riuscire a opporsi a quella condizione psicologica.

Stampata sul volto un'aria serafica, ma così non era.

L'anima era attraversata da un tumulto di emozioni così forti da scuoterlo dalla testa ai piedi.

Il vento gli riempiva gli occhi di polvere e li faceva lacrimare.

Era un vento nemico, che spazzava via ogni cosa e non gli permetteva più di orientarsi.

71

Nell'invaso non filtrava più la luce, Silvia si era rannicchiata in posizione fetale sul fondo della cisterna per non sentire i brividi di freddo. Le pareti grondavano umidità e il pavimento era reso scivoloso da un residuo melmoso.

Non sapeva da quante ore fosse rinchiusa lì dentro. Forse, era già calata la notte. Il tempo non esisteva più.

Cercò di muoversi per non assiderare. A lungo aveva urlato e pianto, ma nessuno l'aveva sentita. Bisognava recuperare energie, resistere per rimanere viva. Pensò a Marco. Doveva pensare a lui per non morire, si ripeté. Parlare, farlo ad alta voce. Sperare. Cercò di capire il motivo che aveva spinto la donna a rinchiuderla lì dentro. Comprendere perché la volesse morta.

Era probabile che facesse parte del gruppo terroristico, fu l'unica risposta plausibile che le venne in mente.

La chiamò. Più volte gridò il suo nome. Nessuna risposta.

Era stata sequestrata, era chiaro, ma perché, si domandò. Forse il sequestro serviva come scambio per liberare i compagni di lotta armata. Se così stavano le cose, le trattative sarebbero state lunghe e complicate, si disse. Era un ragionamento che la confortava, non avrebbero potuta ucciderla, non potevano eliminare la merce di scambio.

Doveva sopravvivere, presto sarebbe finito tutto. Doveva scaldarsi. Dall'angolo in cui si era rannicchiata cercò di togliere un poco di melma.

Socchiuse gli occhi e attese.

72

La stanchezza sorprese Alfieri. Il corpo era sempre più debole e il cuore pieno di ansie. La corrente di aria fresca proveniente dalle Alpi gli aveva intorpidito il fisico e i pensieri. Non ce la faceva più. Doveva riposare. Rientrò a Villa Tevere. Il collega al gabbiotto lo salutò e lui ricambiò senza enfasi.

Dall'angolo della caserma giungevano gli schiamazzi di alcuni poliziotti che giocavano a carte dentro la sala benessere.

Per un istante pensò di entrare per mangiare qualcosa e fare due chiacchiere, ma subito ritrasse l'idea. Voleva rimanere solo e commiserarsi, in modo da sprofondare nella più totale disperazione. Solo così avrebbe potuto riemergere.

Entrò in camera, si tolse la giacca e la gettò sul letto, poi si avvicinò alla finestra.

Silvia era là fuori da qualche parte.

Fu in quel momento che pronunziò una dura condanna contro se stesso e il suo egoismo. Aveva speso ogni energia per un'indagine che non lo riguardava e per farlo aveva massacrato i sentimenti più cari.

Volse lo sguardo alla Luna. Era luminosa, eppure ai suoi occhi quella luce sembrava oscillare. Un velo di lacrime la rendeva tremula.

Si lasciò cadere sul letto sprofondando in un sonno pesante.

I primi raggi lo sorpresero disteso nella medesima posizione in cui si era addormentato.

La notte era stata piena di fantasmi e di incubi.

A fatica si alzò dal letto e, per cacciare le ombre che lo tormentavano, spalancò la finestra e respirò a pieni polmoni.

Il vento del nord continuava a soffiare.

Affrontò la giornata con una doccia.

Guardò l'ora, le sette e trenta. Decise di uscire, non ce la faceva a rimanere nella stanza. Salì su un autobus, direzione centro.

A quell'ora Piazza del Popolo non era ancora affollata.

Gli extracomunitari iniziavano a tirare fuori la mercanzia, i negozianti stavano alzando le serrande, mentre una volante sfrecciava in via del Corso a sirene spiegate.

Alfieri entrò in un bar e ordinò un cappuccino con il latte freddo e un cornetto integrale al miele.

Consumò la colazione e chiamò Masi al cellulare.

«Buongiorno Alfieri.»

«Buongiorno dottore, come va?»

«Ci sono stati giorni migliori, ma immagino che siamo in due a pensarla così, non è vero?»

Alfieri non rispose, andò subito al sodo.

«Novità?»

«Stiamo facendo il possibile. Tu non prendere iniziative. Qualsiasi cosa concordala con me, intesi?»

«Non si preoccupi.»

Amareggiato dall'assenza di notizie, uscì dal bar.

Con il bavero della giacca si coprì la nuca, mise le mani in tasca e si avviò verso un'edicola. Nella teca centrale alcune riviste suscitarono il suo interesse, sbirciò anche le prime pagine dei quotidiani infilate dentro una rastrelliera in metallo.

Lesse velocemente qualche titolo e si soffermò su una notizia di cronaca liquidata in poche righe. Raccontava di una donna, nubile, che aveva ucciso con un coltello da cucina una madre di tre figli. Decise di acquistare il quotidiano per approfondire la notizia.

Rientrò nel bar, ordinò un caffè e, seduto in un angolo, si concentrò nella lettura.

L'assassina era stata scoperta grazie ai tracciamenti telefonici. A casa della vittima, nei giorni precedenti l'omicidio, erano giunte una serie di telefonate effettuate con una carta prepagata.

Chiamate partite da una cabina telefonica che si trovava nella piazza principale della città. La carta utilizzata, avevano scoperto gli investigatori, risultava con un residuo di credito. Per questo avevano atteso per giorni che l'omicida la riutilizzasse.

Una pazienza ripagata, ma una sorpresa aveva fatto rabbrividire gli inquirenti.

L'assassina era una signora esile, avanti nell'età, pallida e con un paio di occhiali da vista spessi come una lente d'ingrandimento. Una donna insospettabile, nubile e attiva nelle opere della parrocchia.

Come poteva essere arrivata a tanta crudeltà, si domandò Alfieri.

Il giornalista nell'articolo parlava di una donna chiusa e solitaria con un forte rancore nei confronti della vittima.

«Odio e rancore» sussurrò Alfieri con lo sguardo perso in un punto indefinito.

E allora i pezzi di un puzzle complicato iniziarono a trovare la giusta collocazione. Sensazioni cui non voleva credere, supposizioni, idee assurde che divennero sempre più probabili.

Fu il movente dell'omicidio, però, a dargli la spinta decisiva.

Silvia era in un reale e immediato pericolo di vita. Lo aveva sempre sospettato, ma non fino a quel punto. Non per una storia così assurda.

Pagò in fretta il caffè, uscì dal bar e prese il primo bus al volo. Mise mano al cellulare e chiamò.

«Pronto.»

«Ciao Giulia, disturbo?»

«Hai novità?»

Alfieri non rispose.

«Dove sei? Devo parlarti con urgenza» disse.

«Di cosa si tratta?»

«Non al telefono. Ti chiedo solo cinque minuti, adesso. Dimmi dove sei e ti raggiungo.»

«Tra un quarto d'ora in commissariato.»

«D'accordo, fai in fretta.»

«Va bene. Mi stai facendo preoccupare.»

Alfieri terminò la conversazione con occhi gelidi.

73

Marco guidava come un forsennato. L'albero motore martoriato dalla pressione dei pistoni cercava di resistere alle sollecitazioni che arrivavano dai cilindri.

Il motore urlava e la scocca, crepitante, era in sintonia con il propulsore. Alfieri non avrebbe potuto chiedere uno sforzo maggiore alla Due Cavalli.

La lancetta del contachilometri segnava i centoventi chilometri orari. Guidava da quaranta minuti, quaranta minuti trascorsi a imprecare. Si sentiva uno stupido e continuava a ripeterlo rivolgendo lo sguardo allo specchietto retrovisore.

Con una svolta repentina lasciò la provinciale e si immise su una strada consortile, stretta e dissestata. Doveva ancora percorrere quella via di campagna e transitare sulle buche create dal gelo e dalla pioggia.

Alfieri non diminuì la velocità. Le ruote perdevano il contatto con il suolo e l'inefficace aderenza creava un'inclinazione pericolosa alla scocca.

In quel momento desiderò un'auto più veloce.

Percorse cinque chilometri, poi, subito dopo un avvallamento, girò su una via ancora più stretta e dissestata. Era una carrareccia che scendeva verso una valle. Mantenne il centro della stradina per fare in modo che la scocca si trovasse a cavallo di un fossato creato dalla pioggia, attraversò un fiumiciattolo e risalì dall'altra parte, dopo aver evitato un masso scalzato dall'acqua. Finalmente raggiunse un cancello di legno chiuso con una catena e un lucchetto. Aveva previsto quell'intoppo ma, con un paio di tronchesi che teneva nel bagagliaio, tranciò un anello e spalancò il cancello.

Era arrivato.

Guardò intorno.

L'orizzonte era sferzato dal vento, le fronde degli alberi in movimento. In giro sembrava non esserci anima viva. Alfieri non indugiò oltre, tirò la leva del cambio verso sé, inserì la prima e riprese la corsa su una lieve salita al termine della quale spiccava una collina. In alto un casolare dall'aria sinistra, circondato dai cipressi.

La salita non durò molto, un paio di minuti, fino a un parcheggio.

Fermò l'auto con il freno a mano e scese. Si allacciò l'ultimo bottone della giacca guardandosi intorno. Ampie folate di vento investivano il crinale.

La porta del casale era chiusa, così come le entrate dei garage.

Tutto intorno la campagna assumeva un'aria spettrale.

I nervi di Alfieri erano tesi come corde di violino. Si mosse in direzione di un porta laterale per cercare Silvia, ma la trovò chiusa. Controllò altre porte e finestre, senza trovare un varco d'ingresso. Pensò allora di allargare l'ispezione alla rimessa per i fertilizzanti e alla stalla in disuso ora adibita a deposito.

Notò alcune falci e fece attenzione che non ci fossero tracce di sangue. Poi uscì di nuovo all'aperto. Una raffica di vento lo fece barcollare. Scese di nuovo la collina verso un capannone. L'accesso non era chiuso, dentro c'era un'auto.

L'aveva trovata.

Lei era lì. Ma dove, si domandò.

I moti vorticosi del vento continuavano ad alzare granelli di polvere. Rivolse l'attenzione ai filari del vigneto con le foglie ingiallite dall'autunno e proseguì verso la valle, fino a quando non la vide.

Avvolta in un cappotto nero, con i capelli biondi in balia delle folate, si avvicinava al casale camminando in mezzo agli olivi.

Alfieri provò una fitta al cuore, si sentì sprofondare.

Decise di nascondersi dietro a una quercia e aspettò.

Sembrava tranquilla, sicura dei suoi passi e camminava con un'espressione scura in volto.

Quando fu vicina, Alfieri uscì fuori.

La sorpresa le modificò l'espressione, sulle labbra disegnò un sorriso accattivante seminascosto dai capelli scompigliati.

«Marco!» esclamò, «che bella sorpresa, ma che ci fai qui?»

«Dov'è?» domandò lui con durezza.

«Dov'è chi?»

«Lo sai di chi parlo. Dimmi dov'è?»

«Non capisco. Hai una faccia strana.»

«Come puoi essere così malvagia? Dove la tieni?»

«Ma di cosa parli?»

Lui respirò a fondo per contenere la rabbia.

«Non voglio farti del male dimmi dov'è e ti lascio andare.»

«Io non capisco...»

«Dove cazzo tieni Silvia?» tuonò Alfieri.

«Non ti ho mai sentito parlare così. Ma cosa ti prende? Silvia? La tua collega?»

«Ti prego, Norma» proseguì Alfieri con un tono più conciliante, «non mentire più. Hai passato tutta la vita nell'inferno.»

«Inferno? Ma sei matto?»

«Dove sono i tuoi amici?» domandò Alfieri.

Lei indietreggiò.

«Ho chiamato tua madre per sapere dov'eri. Mi ha detto che eri qui, con gli amici. Dove sono? Ti ricordi quante scampagnate con Nicole?» Alfieri aveva il volto livido di rabbia, non riusciva a sopportare di essere stato ingannato per così tanto tempo. Era un fardello troppo pesante da sostenere.

«Certo che ricordo» rispose Norma, «e li rimpiango, quei giorni. Ma perché chiamare mia madre? Potevi chiamare me. I miei amici arriveranno tra poco. Perché non ti calmi e mi spieghi cosa è successo?»

«Mentire non servirà a nulla, ho le prove della tua follia.»

«Non so di cosa parli.»

In preda a una rabbia incontrollata, Alfieri le afferrò il polso.

«Mi fai male!» gridò lei.

«Te lo spezzo se non dici dove la tieni!»

«Basta. Lasciami!»

«Dov'è?»

«Non lo so, non lo so.»

«Maledetta!» esclamò Alfieri, mentre una lacrima scivolava lungo il viso, «hai ammazzato Nicole e ora vuoi uccidere Silvia.»

Lei non reagì.

«Sei stata tu a spingerla dalla finestra, come hai potuto?»

«Tu sei un pazzo, sei un folle, non sai cosa stai dicendo.»

Alfieri non controbatté. La immobilizzò soltanto un istante per sfilarle dal cappotto le chiavi del casolare.

«Lasciami, non puoi toccarmi!» urlò, «vattene, vai via dalla mia proprietà!»

Marco frenò l'impulso di farle del male per farla confessare, decise di giocare d'astuzia.

Dalla giacca prese una busta e ne estrasse una foto.

«La vedi?» disse volgendola a Norma, «la riconosci?»

Lei non rispose.

«L'ho conservata per anni. Non riuscivo a credere che Nicole fosse salita su quella maledetta sedia per buttarsi di sotto.»

«Vattene, hai capito?»

«Me ne vado, ma prima guarda la foto, lì in basso sulla sinistra, tra l'ultimo sportello della cucina e la lavatrice.»

Norma si voltò.

«Guarda!» urlò.

«Va bene» rispose lei, «che cosa devo vedere?»

«Un piccolo insignificante contenitore di plastica, un dettaglio. Ho fatto fare degli ingrandimenti, li ho fatti fare per te.»

Norma li afferrò e li gettò a terra.

«Non vuoi vederli? Te lo dico io cosa raffigurano. Uno stupido prodotto per pulire i vetri. L'hai spinta mentre puliva i vetri della finestra.»

«Tu sei matto.»

«La madre di Nicole, l'ho sentita. Le ho chiesto dove avessero l'abitudine di conservare i prodotti per la casa. Nello stanzino, mi ha risposto, non dietro la lavatrice. Sei stata tu a metterlo lì e lo hai fatto dopo avere spinto Silvia nel vuoto.»

«Tu sei fuori di testa» Norma rise. «Entri in casa mia come un ladro e mi accusi di cose assurde. Vieni a fare il poliziotto con me? Sei uno sciocco patetico. Vattene, sparisci e non farti più vedere.»

Alfieri ebbe un attimo di esitazione. Non aveva mai visto Norma con quell'espressione. Era un misto di superbia e arroganza, un'altezzosità che non lasciava trapelare incrinature.

«Anche Giulia» proseguì lui, «non è uno strano destino quello che ci ha fatto rincontrare? Quello che ti ha messo sulla strada di Sonia ed Edoardo Corsi.»

«Chi? Non so chi siano.»

«Risposta sbagliata. Giulia mi ha detto quanto tu fossi interessata alla vicenda dei due coniugi.»

«E allora?»

«Hai usato anche lei per i tuoi scopi.»

«Ah! Questa storia è ancora più divertente della prima.»

Alfieri non si fece condizionare dall'arroganza di Norma, doveva seguire il filo conduttore che gli stava rendendo tutto più chiaro.

«Sei stata tu a scrivere dietro all'immagine di Silvia le parole che hanno condannato a morte Rocco Artini, e sempre tu hai fatto in modo che Sonia trovasse la foto. La follia della donna ha fatto il resto.»

Alfieri faticò a reprimere la rabbia che lo divorava. Inalò aria con l'intento di calmarsi, non doveva perdere le staffe, non ora. Immobile davanti a lui, Norma alzò le mani e iniziò ad applaudire.

«Bravo» disse deridendolo, «una storia davvero intrigante. Perché non cambi mestiere e ti metti a fare lo sceneggiatore? Arrivi qui e mi accusi di cose assurde, che non hanno un senso.»

«Il senso è nella gelosia, Norma.»

Alfieri ripensò all'articolo che aveva letto quella mattina e a quanto la gelosia potesse trasformare le persone fragili in individui spietati. Era stata la gelosia a spingere un'anonima donna di provincia ad assassinare la giovane madre di tre figli. La piccola, minuta signora che pregava ogni giorno Dio si era trasformata in una killer spietata. Non era mai stata affetta da malattie mentali, ma aveva subito un crollo psicologico dovuto ai fallimenti di una vita. Era diventata un'assassina nel momento in cui aveva rivisto un amore di gioventù. Lui era sposato e padre di tre figli. Una famiglia serena, quella che lei non era riuscita a costruirsi. Così, armata di un coltello, aveva sgozzato la moglie di quell'uomo.

«Gelosia?» la voce di Norma lo riportò alla realtà, «e verso chi, verso te? Sei uno sciocco presuntuoso.»

Alfieri la colpì con uno schiaffo.

«Tu» proseguì Norma con la voce carica di odio, «non sai quanto ti costerà questo.»

Alfieri non rispose. Se voleva ritrovare Silvia doveva muoversi.

Decise di non parlare più, si girò e con passo affrettato si diresse verso il casale. Lei lo seguì. Con le chiavi sfilate dal cappotto di Norma, aprì la porta e iniziò a chiamare Silvia. Controllò ogni angolo ma non trovò nulla.

Guardò nei garage e nella cantina.

Cercò ovunque, chiamandola a ogni passo.

Norma, in silenzio, continuava a seguirlo.

«Sei soddisfatto?» gli domandò dopo un po'.

Lui non rispose. Corse in cima alla collina per osservare dall'alto. A distanza Norma lo guardava impassibile, il volto privo di emozioni. Gli occhi impietosi lo schernivano. Alfieri non se ne curò, l'unica cosa che gli interessava era trovare Silvia.

Continuò a osservare ogni particolare dall'alto. A un tratto intravide gli invasi sotterranei. Tre boccaporti fuoriuscivano dal terreno. Sentì anche il rombo di un motore. Proveniva da un prefabbricato a ridosso del capannone, all'inizio di una fila di olivi.

Corse in quella direzione. All'interno c'era un motore collegato a una pompa utilizzata per estrarre acqua dal sottosuolo.

Il motore era acceso, ma non c'erano irrigatori in funzione nella valle, né sarebbe stato possibile irrigare con quelle raffiche di vento.

Alfieri comprese e fissò Norma con uno sguardo tagliente.

«Ora basta» urlò lei.

Il poliziotto non rispose e corse verso gli invasi.

«Sei un pazzo, sparisci dalla mia vita!»

Continuò a non risponderle, ma sentiva crescere il nervosismo della donna. Capiva di essere sulla strada giusta, poteva ancora salvare Silvia.

«Fermati!» gridò lei.

Alfieri, in pochi istanti, arrivò sopra gli invasi.

Si avvicinò a un boccaporto, afferrò il cilindro per l'apertura e tirò a sé la botola. La luce del giorno entrò nella cisterna illuminando l'ambiente sottostante. Era vuoto.

«Sei soddisfatto ora? Vattene!» Norma era livida in volto, gli occhi fuori dalle orbite. «Cosa vuoi fare? Perquisirmi tutta la proprietà? Non puoi farlo, non sei autorizzato.»

«È qui sotto, vero?» domandò Alfieri a muso duro, «Silvia è qui, il nervosismo ti ha tradita.»

Senza attendere oltre, si abbassò verso la seconda botola e la spalancò. Lo investì l'urlo disperato di Silvia che annaspava nel vortice dell'acqua pompata nell'invaso. Non riusciva a stare a galla e ogni tanto spariva sotto il boccaporto.

«Silvia, Silvia!» gridò Alfieri.

Lei cercò disperatamente di attaccarsi alla scaletta in ferro.

Alfieri allungò un braccio per afferrarla, ma dimenticò Norma che, approfittando della distrazione del poliziotto, tentò un assalto alle spalle.

Con la coda dell'occhio vide l'ombra della donna, stringeva qualcosa in mano. Si girò di scatto gettandosi di lato. Riuscì a evitare un colpo d'ascia alla schiena, ma fu colpito di striscio alla spalla.

Sentì la lama conficcarsi nella pelle, un colpo violento anche se appena sfiorato. Il sangue scese lungo la manica e un bruciore intenso gli annebbiò per un attimo la vista.

Norma era ancora proiettata in avanti quando Alfieri la colpì. Non si rese conto della violenza del pugno, sentì solo infrangersi le nocche contro la cartilagine del naso.

Lei cadde all'indietro. Dalla bocca non uscì un gemito né un lamento, neppure quando la nuca impattò contro una roccia.

Non un grido, solo sangue, sulla bocca e sul viso.

Marco si catapultò sul boccaporto, Silvia galleggiava svenuta. Si allungò per prenderla, ma non ci riuscì. In fretta discese i gradini, si immerse nell'acqua gelida, la afferrò per le spalle tenendosi saldo a un piolo. Sulle pareti notò un brulicare di insetti, scarafaggi che tentavano di mettersi in salvo nelle crepe della cisterna. Non indugiò oltre e aggrappandosi ai gradini risalì l'invaso e la trascinò fuori. La ferita alla spalla gli procurava un dolore acuto.

«Silvia, Silvia ti prego rispondimi» urlò disperato.

La donna non si muoveva.

«Ti prego, rispondimi» disse ancora.

Si tolse la giacca bagnata e la coprì. Si sforzò di individuare il battito del polso e si avvicinò alla bocca per captarne il respiro. Tentò un massaggio cardiaco e la respirazione.

Era assalito dal terrore. Le stimolò manualmente la pelle per riattivare la circolazione. Continuò con la respirazione alternata al massaggio cardiaco fino a quando Silvia non vomitò acqua. La girò di fianco per non farla soffocare. Era viva.

Spalancò gli occhi, le si leggeva sul volto il terrore, mentre tentava con voracità di divorare aria.

Urlò. Un grido disperato e un altro ancora. Era terrorizzata, un'emozione che solo lo spettro della morte è capace di tirare fuori.

Alfieri cercò di abbracciarla, ma lei cercò di divincolarsi scalciando.

«Silvia, sono io. Calmati, ti prego.»

Lei scoppiò a piangere, singhiozzi convulsi, incontenibili.

«È tutto finito, è tutto finito. Dobbiamo muoverci o moriremo congelati».

Finalmente riuscì a guardarlo negli occhi.

«Silvia, ascoltami. Dobbiamo trovare dei vestiti asciutti.»

Non rispose, non smise di piangere.

Marco aspettò che si calmasse, poi la prese in braccio e iniziò a camminare. Diede un ultimo sguardo a Norma, la terra era impregnata del suo sangue.

Passò oltre e camminò più in fretta che poté fino al casale.

Entrò e si diresse verso la camera. Appoggiò Silvia sul letto e la avvolse nelle coperte. Era nuda e tremava dal freddo. Poi sfilò via i suoi vestiti bagnati e li sostituì con altri asciutti presi da un armadio. La spalla ferita gli faceva male, cercò di bendarla meglio che poté e poi si avvicinò a Silvia. Lei continuava a tremare, doveva avvisare i soccorsi.

«Perché... mi voleva uccidere?» sussurrò con gli occhi chiusi.

Lui non seppe cosa risponderle, non era il momento di confidarle che aveva rischiato di morire per colpa sua.

«Adesso riposa» rispose evasivo, «avremo tempo per parlarne.»

«Perché... non capisco...»

«Non ci pensare, amore. Scusami solo un attimo. Devo avvisare Masi, abbiamo bisogno di un'autoambulanza. Scendo in auto a prendere il cellulare.»

«Questo posto mi fa paura...»

«Ci metterò un secondo, intanto cerca di riposare» aggiunse sfiorandole le fredde labbra.

Frattanto il vento del Nord aveva cessato all'improvviso la sua corsa. Alfieri se ne accorse guardando dalla finestra, i cipressi erano immobili.

Alla coda di quel vento affidò un pensiero per un dirigente, un vecchio storpio e Nicole che dall'orizzonte sembrò sorridergli.

FINE

RINGRAZIAMENTI

Vorrei ringraziare tutti coloro che, a vario titolo, mi hanno supportato in questa avventura o che, a loro insaputa, mi hanno fornito spunti e suggerimenti.

E non dimentico nemmeno te, la forza nella disperazione.

Un ringraziamento d'obbligo alle persone a me care, voi sapete.

A te, lassù...

Il vampiro di Munch

di Alessandro Maurizi

*Romanzo vicnitore del Premio **Bovezzo in Giallo** e del Premio*
Fortezza di Monte Alfonso in Garfagnana

In una giornata di novembre, sotto una pioggia indolente, una donna varca la soglia del piccolo cimitero incastonato in un colle, a Ussita. Accanto alla tomba di sua madre, nascosto nell'ombra, il suo assassino attende di squarciarle il cuore. La vicenda è seguita da Marco Alfieri e Francesco Waldman, l'uno poliziotto tormentato dai sensi di colpa e l'altro cronista tenace, legati da un sentimento di profonda amicizia.

Il Vampiro di Munch non è solo un'indagine, ma un'analisi che fonde passato e presente tra giochi di potere, simbolismi ed eroi decadenti a rompere gli equilibri di regole non scritte. Un viaggio alla ricerca della verità, che rimesta nel torbido di insane passioni, andando oltre le apparenze, perché può accadere che tra vittima e carnefice si invertano i ruoli superando quel labile confine tra follia e lucidità. Una donna a cui non è stato insegnato ad amare e, al pari di un famelico vampiro, sugge linfa vitale diventa vittima delle sue stesse perversioni.

Con un abile intreccio narrativo Alessandro Maurizi ci mostra i volti delle umane debolezze, volti allo stesso tempo forti perché ancora capaci di sognare e di inseguire ideali, anche se questo può mettere a repentaglio la loro vita.

© CIESSE Edizioni

L'ULTIMA INDAGINE

di Alessandro Maurizi

www.ciessedizioni.it
info@ciessedizioni.it - ciessedizioni@pec.it